Contos Reunidos I
O ARQUIVO E OUTRAS HISTÓRIAS

VICTOR GUIDICE

Contos Reunidos I
O ARQUIVO E OUTRAS HISTÓRIAS

Curadoria: Eneida Santos

KOTTER EDITORIAL

Curitiba/2025

Diretor editorial:
Sálvio Nienkötter

Coordenação editorial:
Claudecir de Oliveira Rocha

Editor-executivo:
Claudecir de Oliveira Rocha

Editores-assistentes:
João Lucas Dusi / Luiz Felipe Cunha

Design Editorial:
Andre Luiz C. Mendes

Capa:
Jussara Salazar

Ilustração de capa:
Desenho de Victor Giudice

Foto da orelha:
Eneida Santos

Produção:
Joehverson Guslen Jacob

Dados Internacionais de Catalogação na Publicação (CIP):
Angélica Ilacqua – CRB-8/7057

G444c Giudice, Victor

Contos reunidos I : O arquivo e outras histórias / Victor Giudice. Curadoria: Eneida Santos. – 1ª ed. – Curitiba : Kotter editorial, 2025.

276 p.

Bibliografia

ISBN 978-65-5361-499-4

1. Contos brasileiros I. Título

25-4473 CDD B869.3

Kotter Editorial **1ª edição | 2025**

Rua das Cerejeiras, 194

82700-510 | Curitiba/PR

+55 41 3585-5161 | www.kotter.com.br | contato@kotter.com.br

Agradecimentos:

Maurício Del Giudice, Renata Del Giudice e Álvaro Nogueira, legítimos guardiões da memória do autor.

Tereza Virginia de Almeida, Carlos Alberto Mattos e Floriano Hermeto de Almeida, parceiros no empenho de perpetuação do legado literário do autor.

Anna Viana Salviato, Carolina Veloso Costa, Elton da Silva Rodrigues, Liana Aparecida Pauluka de Souza, Luisa Menin Garcia, Rafael Muniz Sens e Telma Scherer, pesquisadores do LabFLOR/UFSC responsáveis pela digitação dos contos, sob a coordenação da Profa. Dra. Tereza Virginia de Almeida.

SUMÁRIO

PREFÁCIO

O presente volume apresenta ao público do terceiro milênio os dois primeiros livros de contos do escritor Victor Giudice (1934-1997): Necrológio e Os banheiros, que tiveram suas primeiras edições em 1972 e 1979 respectivamente.

Estes dois livros fazem parte de uma obra que se constitui por quatro livros de contos, já que são seguidos por Salvador janta no Lamas de 1989 (Prêmio APCA) e O Museu Darbot e outros mistérios, de 1994 (Prêmio Jabuti). A obra de Giudice é composta, ainda, pelos romances Bolero, de 1985, O sétimo punhal, de 1995, e pelo romance inacabado Do catálogo de flores, publicado em 1999 em edição póstuma. Multiartista, Giudice criou, ainda, duas peças teatrais: Ária de serviço, monólogo encenado pela atriz Bete Mendes em 1991, e O baile das sete máscaras, sem data e ainda inédita.

Necrológio já traz no título uma forte indicação de que seus contos trazem a temática da morte como ponto em comum. Entretanto, como o leitor há de perceber, não se trata apenas da morte em seu sentido literal como ocorrerá em diversas narrativas do livro. A morte pode ser abordada como morte em vida como é o caso do já clássico conto "O arquivo" que abre o livro.

Esta obra inaugural de Giudice apresenta, ainda, um elemento que quase não vai mais aparecer nas obras posteriores do autor: o experimentalismo com a linguagem. Giudice se utiliza de diversas marcações com caixas altas, hifens e barras que dão a entender que ele pretende indicar ao leitor a forma com que deseja que o texto seja lido. As caixas altas interferem diretamente na intensidade e volume da pronúncia. Os hifens separam sílabas e induzem a uma forma de ler em "staccato", em que as sílabas são pronunciadas separadamente. Barras, por sua vez, impõem ritmo à leitura, já que marcam silêncios no texto como ocorrem em finais de versos.

Todos os elementos acima se relacionam com a forte ligação de Victor Giudice com a música. Exímio pianista, ele aprendeu a tocar muito cedo através das aulas de uma tia. Além disso, o pai o levava com frequência ao Theatro Municipal do Rio de Janeiro para construir seu repertório de música erudita. Tornou-se crítico de música do Jornal do Brasil na década de 90. Sua obra estará repleta de personagens que, de uma forma ou de outra, se relacionam com a música, principalmente a erudita. Mas, acima de tudo, suas narrativas tiram partido exemplar do ritmo como forma não somente de criar efeito estético, mas de enredar o leitor por suas tramas.

Victor Giudice é mestre em trazer musicalidade a suas narrativas através da maneira com que distribui medidas de orações, de palavras e, portanto, de silêncios. Além disso, é também musical a forma com que administra seus finais, levando a narrativa a um ápice que adia os momentos finais, que acontecem em um parágrafo.

O escritor foi, durante vinte anos, funcionário do Banco do Brasil. Nada afeito ao mundo da burocracia, trouxe para seu universo ficcional personagens burocratas como o funcionário exemplar de "A válvula" ou o explorado joão de "O arquivo". E foi este mundo regrado e institucionalizado que ele surpreendeu com sua ficção.

Os Banheiros, o segundo livro que se apresenta neste volume, tem seu título retirado do conto de abertura. Ali está a ideia de um velho e novo banheiro e o que significam como lugares para membros de uma família. Ocorre que, ao longo das narrativas da obra, se percebe que esta ideia do lugar absconso que guarda o repugnante vai-se repetindo, adquirindo diferentes formas e pode se traduzir em uma forte crítica à burguesia.

Existe algo que se faz muito prevalente nas narrativas do escritor e que certamente vai envolver o leitor nas páginas que se seguem. Trata-se de um modus operandi através do qual se estabelece uma linha bastante tênue entre o absurdo, o estranho e o fantástico. Isto porque para que o último se configure é preciso que ocorra algo que desafie as leis físicas. Isto certamente vai ocorrer. Mas inúmeras vezes acontece um efeito do fantástico através de um acontecimento mais que trivial (sem desafio às leis físicas), como se, com isto, se convidasse a ler a própria realidade como antagônica a si mesma. Nestes casos, instala-se um estranhamento análogo ao fantástico, uma oscilação na leitura.

Nas narrativas de Giudice muitas vezes não há resposta quando se pergunta quem estava louco, se a vizinha ou o narrador ("O dia em que minha vizinha enlouqueceu"), se o recém-milionário estava de fato recebendo visitas ("O visitante") ou qual a identidade de personagens que são definidas como uma "massa escura" ("Eles"). Não são propriamente respostas que estas narrativas pleiteiam. São um determinado efeito de indeterminação através do qual o leitor vê abaladas as crenças sobre o seu próprio mundo.

É essa posição do leitor, ou seja, no âmago da ambiguidade, que as narrativas de Victor Giudice procuram incitar, provocar e construir. Além disto, não se trata apenas de requerer do leitor uma indagação acerca de suas crenças, mas de fazer com que, através dos personagens, o leitor se reconheça dentro da trama social que, é de fato, o alvo de Giudice. A exploração, a fome, a opulência, o feminicídio, o casamento, a loucura etc. surgem nos textos de Giudice como configuradores de uma densa camada de crítica social que atinge o leitor na medida em que ele se reconhece parte daquele mundo absurdo que as narrativas tematizam.

As primeiras edições dos livros do autor se encontram esgotadas, mas ele tem sido lido em universidades onde se tornou tema de inúmeras dissertações e teses, e agora surge reeditado.

Victor Giudice é um escritor fascinante não apenas pelo que se disse até aqui, mas também porque é autor de uma literatura que consegue alinhar sofisticação, profundidade e prazer. Não raro suas narrativas são divertidas. E como o leitor há de constatar Giudice é um mestre da ironia.

Fica aqui, portanto, o convite para que se adentrem estas duas primeiras obras de Giudice com a certeza da surpresa e da fruição. Boa leitura!

Tereza Virginia de Almeida
Professora Titular de Literatura Brasileira da Universidade Federal de Santa Catarina

NECROLÓGIO

O ARQUIVO

No fim de um ano de trabalho, joão obteve uma redução de quinze por cento em seus vencimentos.

joão era moço. Aquele era seu primeiro emprego. Não se mostrou orgulhoso, embora tenha sido um dos poucos contemplados. Afinal, esforçara-se. Não tivera uma só falta ou atraso. Limitou-se a sorrir, a agradecer ao chefe.

No dia seguinte, mudou-se para um quarto mais distante do centro da cidade. Com o salário reduzido, podia pagar um aluguel menor.

Passou a tomar duas conduções para chegar ao trabalho. No entanto, estava satisfeito. Acordava mais cedo, e isto parecia aumentar-lhe a disposição.

Dois anos mais tarde, veio outra recompensa.

O chefe chamou-o e lhe comunicou o segundo corte salarial.

Desta vez, a empresa atravessava um período excelente. A redução foi um pouco maior: dezessete por cento.

Novos sorrisos, novos agradecimentos, nova mudança.

Agora, joão acordava às cinco da manhã. Esperava três conduções. Em compensação, comia menos. Ficou mais esbelto. Sua pele tornou-se menos rosada. O contentamento aumentou.

Prosseguiu a luta.

Porém, nos quatro anos seguintes, nada de extraordinário aconteceu.

joão preocupava-se. Perdia o sono, envenenado em intrigas de colegas invejosos. Odiava-os. Torturava-se com a incompreensão do chefe. Mas não desistia. Passou a trabalhar mais duas horas diárias.

Uma tarde, quase ao fim do expediente, foi chamado ao escritório principal.

Respirou descompassado.

— Seu joão. Nossa firma tem uma grande dívida com o senhor.

joão baixou a cabeça em sinal de modéstia.

— Sabemos de todos os seus esforços. É nosso desejo dar-lhe uma prova substancial de nosso reconhecimento.

O coração parava.

— Além de uma redução de dezesseis por cento em seu ordenado, resolvemos, na reunião de ontem, rebaixá-lo de posto.

A revelação deslumbrou-o. Todos sorriam.

— De hoje em diante, o senhor passará a auxiliar de contabilidade, com menos cinco dias de férias. Contente?

Radiante, joão gaguejou alguma coisa ininteligível, cumprimentou a diretoria, voltou ao trabalho.

Nesta noite, joão não pensou em nada. Dormiu pacífico, no silêncio do subúrbio.

Mais uma vez, mudou-se. Finalmente, deixara de jantar. O almoço reduzira-se a um sanduíche. Emagrecia, sentia-se mais leve, mais ágil. Não havia necessidade de muita roupa. Eliminara certas despesas inúteis, lavadeira, pensão.

Chegava em casa às onze da noite, levantava-se às três da madrugada. Esfarelava-se num trem e dois ônibus para garantir meia hora de antecedência.

A vida foi passando, com novos prêmios.

Aos sessenta anos, o ordenado equivalia a dois por cento do inicial. O organismo acomodara-se à fome. Uma vez ou outra, saboreava alguma raiz das estradas. Dormia apenas quinze minutos. Não tinha mais problemas de moradia ou vestimenta. Vivia nos campos, entre árvores refrescantes, cobria-se com os farrapos de um lençol adquirido há muito tempo.

O corpo era um monte de rugas sorridentes.

Todos os dias, um caminhão anônimo transportava-o ao trabalho.

Quando completou quarenta anos de serviço, foi convocado pela chefia:

— Seu joão. O senhor acaba de ter seu salário eliminado. Não haverá mais férias. E sua função, a partir de amanhã, será a de limpador de nossos sanitários.

O crânio seco comprimiu-se. Do olho amarelado, escorreu um líquido tênue. A boca tremeu, mas nada disse. Sentia-se cansado. Enfim, atingira todos os objetivos. Tentou sorrir:

— Agradeço tudo que fizeram em meu benefício. Mas desejo requerer minha aposentadoria.

O chefe não compreendeu:

— Mas seu joão, logo agora que o senhor está desassalariado? Por quê? Dentro de alguns meses terá de pagar a taxa inicial para permanecer em nosso quadro. Desprezar tudo isto? Quarenta anos de convívio? O senhor ainda está forte. Que acha?

A emoção impediu qualquer resposta.

joão afastou-se. O lábio murcho se estendeu. A pele enrijeceu, ficou lisa. A estatura regrediu. A cabeça se fundiu ao corpo. As formas desumanizaram-se, planas, compactas. Nos lados, havia duas arestas. Tornou-se cinzento.

joão transformou-se num arquivo de metal.

Para o Senhor Francisé.
— Com agá, por favor.
Perdão. Para o senhor Franciseh.

No seu ex-mundo, soldados automáticos marcham pelas ruas carregando fuzis para o nada. Este nada é tudo, porque há uma essência mortal naquele automatismo e naqueles fuzis. Marcham para a morte — matar ou morrer — e isto é profundamente vital aqui, onde não há soldados. Para nós, a vida é total e eterna. Não a eternidade material de sorrisos, lágrimas, flores, orgasmos, dias, noites, lutas ou inércias. Mas o eterno contínuo do ser e não ser, ver e não ver, ter e não ter, luz e treva, crença e descrença, como desprezo às percepções individuais. Mata-se hoje para morrer-se amanhã. E no final, só uma vida permanece inalterável e inextinguível: a vida da morte.

O mais é fantasia e necrológio.

*(*Eustachius de Harmonisópolis*)*

SINEPHRYZA

"— Una esposa que te ame,
mi Hijo, darte quería,
... ..."

(San Juan de la Cruz)

O único acontecimento importante na vida de Bebé foi o assassinato de Tia Sinephryza: ele o cometeu.

— Bebé, querido... depressa... a asthma de novo.

O de novo era todas as noites. Bebé não dormia.

(não aguento mais os guinchos)

Sinephryza era a noventeúm de um grupo de oitenteoito, oitentenove e noventa. As quatro passavam as tardes cochichando o século, enquanto lambiscavam pétalas de margarida com licor de malvasia. Mas Sinephryza era a rainha. A rainha Siné. Não só por mais velha, como também pelo respeito empoeirado dos bandós cor de chá, arrumados uma só vez, ao completar setenta anos.

— Hoje começa minha última vida.

Suspirou.

— Pra sempre ... Bebé, faça-me uns bandós eternos.

Bebé, rapazinho franzino de olhos lacrimosos e sobrancelhas pintadas.

— Bebé, não se pinte. Convença-se de que é um homem.

Não adiantava.

Cabeleireiro amador, penteava as amigas, sessentessete, sessenteoito, sessentenove e, então, setenta. Aplicou-se horas e meia aos cabelos da tia, untando-lhes um mistério de bálsamo-do-canadá e essência de cravo. Prendeu-os com uns grampos de platina de sua invenção, aparafusados nas extremidades e, por fim, envolveu tudo em dez metros de gaze.

Durante uma semana, Sinephryza permaneceu imóvel a conselho do sobrinho. Retiradas as ataduras, surgiu a obra definitiva: os bandós eternos, secos, alvos - naquela época - duas nuvens de carneirinhos.

E Sinephryza adormeceu.

Dia seguinte, acordou em velhice, velinha fina, raquítico alfenim de bolo infantil.

As pupilas azuis centravam um par de coleções de rugas - simetria mágica — geograficamente repartidas em nortes, suis, lestes, oestes.

Bebé impacientava visões futuras-pretéritas nas telas dos corredores em sedas cerúleas da mansão sinephryzica. Afrodisíacos da meninice rejeitada e sujeita a imposições avunculares.

"Egberto Pepe Gonzalez y Gonzalez, pais desconhecidos."

A certidão naufragou nas águas revoltas da descarga do banheiro.

(mania de espanholar o mundo)

Mulheres dos sorrisos profanos adamascadas no alto das paredes: o sonho balouçante no colo da tia, acalentado em magro falsete.

"— Una esposa que te ame,
mi Hijo, darte quería,
que por tu valor merezca
tener nuestra compañia."

Cresceu Bebé, menino-adolescente-homem, sobrinho e filho, príncipe providencial do celibato da rainha Siné.

(bebé menino guloso bebé rapaz educado bebé um homenzarrão eu?)

E rolhas queimadas completavam sobrancelhas inexistentes.

Sinephryza transformava lágrimas de temores ocultos em casimiras masculinizantes, onde Bebé refugiava mágoas de camarotes da ópera. A languidez de um olhar a Radamés recompunha-se num beliscão policiador.

Depois, os anos encarregaram-se de inutilizar apresentações casadouras.

(nojentíssimas criaturas)

As lágrimas de temores ocultos foram-se tornando intransformáveis, descaudalizando-se, até diluírem-se em reclusão absoluta, num silêncio de sílabas rarefeitas e de respirações asmáticas

Bebé vivia entre solidões de poemas neurotizantes e leitos de insatisfação.

O cargo de enfermeiro noturno dava retoques traiçoeiros num ódio elaborado em frustrações.

(velha diabólica)

Os pensamentos envenenavam as manhãs, enquanto regava jardins de margaridas e harmonizava pétalas em pratos de porcelana para alimentar o dialeto vespertino da tia e das três súditas.

Ao chegarem, beijavam as faces empoadas de Bebé e entressorriam segredos maléficos.

Quando Sinephryza aportou nos noventa e um, Bebé passou pelos quarenta, num barco sem leme e sem âncora, comandante solitário de um motim inconfessável.

Os bandós amareleciam a percepção do que não foi, o sofrimento calou-se no hábito de não ser e ele passou a ser o que não era. Sem pó de arroz, rolhas queimadas ou perfumes. As roupas apodrecidas apodrecendo a aparência externa e modelando a interna, tão forte que deixou de ser aparência.

A ideia ganhou maturidade entre as escadas do segundo pavimento e o caixote de brinquedos velhos, enterrado nas teias de aranha do sótão.

(antes fosse uma)

Os automóveis de corda enferrujados, a caixinha de música emudecida com o casal de bailarinos mortos, os soldadinhos de chumbo retorcidos, os cavalos de pernas quebradas, o caminhão dos bombeiros que tocava buzina e fazia voltas, o moinho de vento sem pás, o trenzinho vermelho que nunca funcionara: vãs tentativas de Sinephryza.

(nem uma boneca)

Bebé sentiu pena das penas que ninguém sentira. Quase chorou. Entretanto, o quase deslumbrou-o num canto do caixote: a pistolinha de borracha que esguichava água na cara do carteiro.

A revelação decisiva.

Precipitou-se à primeira torneira e a experiência foi infalível. O jato não perdera os encantos da infância.

Bebé banhou-se em brejeirices redivivas, em redenções de danças requebradas.

Deitou-se e esperou.

(à noite depois do chá)

O antes do chá eram monotonias de horas reminiscentes. Sinephryza abandonava a majestade diurna e inspecionava um alheamento de memórias inglorificáveis, contrafações de uma personalidade sem remédio.

A princípio, Egberto surgira-lhe em forma de panaceias, aplicáveis aos males inaplacáveis. Mais tarde, surgiu em mentiras que ela recusou compreender verdades. Agora, surgia serpentino, nem panaceias, verdades ou mentiras. Apenas garçom de meia-noite extrema, a bandeja esfumaçante pousada na feminilidade das mãos brancas.

Sinephryza provou o calor da bebida na habitual indiferença às ações exteriores.

Primeiro gole. Segundo. Terceiro. E quarto.

A xícara ergueu-se num gesto nobiliárquico destinado a um quinto. Porém, a pistola de Bebé imortalizou em morte a nobreza do último ato: o fio de água gelada feriu a região desnuda entre a raiz dos bandós e o cachecol de lã.

Não houve derramamento de sangue ou chá. Só a vitória de Bebé inundava o salão do trono, cuja rainha eternizara-se em dama do corredor, sublimada na ausência do sorriso profano.

O reinado silencioso não escandalizou as oitenteoito, oitentenove e noventa nos dois dias seguintes. Palravam as antiguidades de sempre, embaladas em malvasia e margaridas frescas, frutos imutáveis do falso servilismo de Bebé.

Mas a terceira visita atordoou odores estranhos nos olfatos de aromas seculares.

O olho de Bebé, resplandecente no veludo das cortinas, expeliu alegrias aos esforços inúteis dos lencinhos de cambraia sobre as narinas ofendidas.

Oitenteoito levantou-se, arregalando visuais espantos na palidez real. Oitentenove e noventa seguiram-na em ordenada surpresa:

— Siné...

— Sinestá...

— Sinestamorta.

A exclamação final apagou as centelhas de Bebé.

As súditas evanesceram nos tremores da inesperada constatação.

Um suor inexplicável misturou orgulhos em medos, e Bebé refugiou os restos da dignidade sob a proteção de lençóis anódinos.

Do esconderijo ao quarto, o pânico socorria-se nos interruptores da fuga, até que a mansão clareou-se em luzes de antifesta.

Bebé desceu as pálpebras, mas a lucidez persistiu as ânsias de iluminação e a treva particular desfez-se em olhar doidejante.

O percurso de retinas desconexas pelas paredes cinzentas esbarrou no intangível: ao lado de uma gravura, a alvenaria formava uma protuberância rósea, crescente em violáceos, roxos, criando rugas no cimento liso.

(um tumor?)

O centro amarelou um círculo, aos poucos transbordante em pus e sangue.

(SANGUE?)

Bebé reduzia-se na visibilidade do impossível.

Eram sangue e pus que se mesclavam no furúnculo, escorrendo estrias putrefatas na pintura, culminando gotas no assoalho.

À direita, próximo à janela, repetia-se a infecção. E logo à esquerda, por detrás e finalmente no teto.

O líquido viscoso vomitava nojos nas cobertas, umedecendo as pernas de Bebé.

A repugnância extraiu terrores paralisantes e impulsionou-o no corredor. Também os sorrisos profanos profanavam-se em purulência.

A moléstia do quarto transmitira-se à casa inteira. Bebé afundava em fétidas gelatinas e no cheiro insuportável de Sinephryza insepulta.

No salão, a realeza materializava irrealidades no asco da furunculose. As pústulas corrompiam sedas, pratas, cristais, o luxo de uma vida sem vida, deteriorada e inerte, ameaça estática nas pupilas sem brilho, nos bandós imundos, no braço levantado, na xícara de chá: fim de uma ilusão suprema.

Bebé aproximou-se da morte na coragem de passos permitidos pelo pavor. A putrefação ondeava penetrante, apesar dos dedos apertados no nariz.

A mão livre libertou mil bofetadas na gélida rigidez da ex-rainha. A pose amontoou-se no tapete, entre cacos de porcelana.

(acabou-se)

O olhar tornou a doidejar as paredes sangrentas. A doença recolhia-se, curava-se, devolvendo a limpidez luxuosa do antigo reino.

A tranquilidade de Bebé sorriu momentânea: violentas pancadas na aldrava despertaram novo susto.

— Quem é?

A resposta não alimentou dúvidas.

— A polícia. Abra.

Bebé obedeceu mais a um orgulho interno do que à ordem exterior.

Dois homens de linho branco invadiram a antessala.

— Quem é você?

— Bebé, *le magnifique*.

— Que cheiro é este?

O indicador ingênuo apontou o salão.

— Tia Sinephryza. Morreu há três dias.

Os policiais mantiveram um inaudível minuto e voltaram-se para Bebé.

— O senhor terá que nos acompanhar.

Foi só uma surpresa a mais.

(acompanhar aonde?)

Aos azulejos da sala de autópsias, Bebé não deu tanta atenção quanto à entrada sem triunfo de Sinephryza no carrinho de rodas pneumáticas. Meia dúzia de aventais compunham o séquito macabro e impediam a curiosidade do sobrinho, sequiosa da nudez proibida.

Houve uma discussão secreta, entrecortada de risinhos escusos. Um dos aventais apontou um olhar interrogativo à angústia de Bebé.

— Era sua tia?

O caos sugerido na pergunta não obteve resposta.

(era minha tia?)

A lentidão com que Bebé alcançou a defunta acendeu um cinismo nas doze pupilas.

Pela primeira vez, em quarenta anos, o príncipe providencial de um celibato de rainha, desvendou a origem pecaminosa de seu próprio celibato.

Ali, na confluência rugosa onde as coxas secas uniam-se ao tronco, atrevia-se uma insuspeitável presença, existência minúscula, apenas perceptível na devastação de um quase-século.

Era o apêndice, inaceitável num corpo de tia, a causa dos risos abafados.

A mente de Bebé descontrolou-se em convulsões, retalhos de passados num presente infindável.

(una esposa que te ame mi hijo darte bebé menino guloso queria que por tu bebé rapaz educado valor merezca tener bebé um homenzarrão nuestra compañia bebé não se pinte faça-me uns bandós bebé não se pinte convença-se de que é um homem bebé não se pinte convença-se de que é um homem homem homem homem homem homem homem hom)

O mesmo rabecão transportou os pensamentos mutilados de volta à mansão refratária à verdade.

(egberto pepe gonzalez y gonzalez pais desconhecidos convença-se de que)

— Amanhã liberaremos o corpo.

Bebé ensurdecia-se na imagem nua que o espelho revelava.

(mulheres de sorrisos profanos genealogia indiferente ao menino de pais desconhecidos mi hijo darte queria hijo de sinephryza nos retratos de mocidade colares brilhantes enfeitando a celibatária excêntrica mi hijo un hombre un hombre un hombre un hombre?)

Lá estavam as pernas torneadas, ocultas na vergonha imposta de não ser um homem.

(não poder ser)

E, no ponto onde as coxas uniam-se ao ventre, não o entrecruzar de rugas bronzeadas, mas o aveludado semicorroído pela virgindade contrafeita, a ausência. Ausência ausente em Sinephryza e que ela tentara deformar em impossível presença.

Bebé sentiu a realidade molhar as faces e descobriu-se em afrontas retardatárias.

Na manhã seguinte, quando vieram anunciar a liberação do corpo, encontraram outro. Perto, uma xícara de porcelana com restos de chá ainda morno e na mão direita, uma pistola de borracha.

Oitenteoito, oitentenove e noventa encomendaram os dois funerais.

No caixão de Sinephryza, prosseguia o reinado de eterno silêncio.

No de Egberto Pepe Gonzalez y Gonzalez, ouviam-se risadinhas de cadáver.

(o único acontecimento importante em minha vida foi o assassinato de tia sinephryza e eu o cometi)

A PEREGRINAÇÃO DA VELHA AURIDÉA

"Quando pois dás esmola, não faças tocar a trombeta diante de ti, como praticam os hipócritas nas sinagogas e nas ruas, para serem honrados dos homens. Em verdade vos digo, que eles há muito já receberam a sua recompensa."

(Mateus, Evangelho, 6.2)

E, como tudo se apresentasse claro e os joelhos não tivessem a mesma energia de outrora, nem a mesma fé nas ladeiras, Bartholomeu sentou-se no primeiro degrau da escadaria da Sé e estendeu o chapéu à caridade pública.

(em nome do pão do frio da fome que eu sinto amém)

Na véspera, houve andorinha frita com farofa de tanajura, mas o inverno chegou à meia-noite arroxeando unhas do mundo, pedras de rua, assobiando silêncios, afugentando aves de peito macio.

Bartholomeu fumou palha retorcida, o nariz no calor da brasa, até o dia voltar. Voltou: o sol era uma lua mais clara.

Olhou a igreja, a neblina na praça, a praça na neblina.

(a neblina levou a praça)

Levou as árvores, os postes, as pessoas que não passavam, as luzes das casas mortas.

E, como também levasse a vergonha, Bartholomeu sentou-se no primeiro degrau da escadaria da Sé e estendeu o chapéu à caridade pública.

(em nome do pão do frio da fome que eu sinto amém)

O falso dia subiu vagaroso, despertando sobretudos mofados, cachecóis, meias de lã, botas de camurça e luvas apressadas que espantavam a neblina.

A umidade esfriava o feltro obrigando Bartholomeu a trocá-lo de mão a cada instante para não congelar os dedos.

O chapéu, vazio.

Por pouco tempo. Alguém se aproximou fazendo o sinal da cruz: a fé e o pobre.

(em nome do pão do fr)

A moeda despencou no ar e Bartholomeu sentiu o choque no fundo ex-vazio.

A mulher arrastou os sapatos brancos na calçada, fez outro sinal da cruz, arrastou os sapatos brancos, fez outro sinal da, arrastou os sapatos, fez outro, arrastou, outro, arrastoutro, rastoutro, rastou, rastou.

Bartholomeu viu a velha sumir na última esquina, três quarteirões adiante, bem na metade de um sinal da cruz.

(moeda pesada)

A aba dobrou sob o peso repentino.

(engraçado)

Pensou em guardar a esmola no bolso, mas o chapéu inclinou mais um pouco.

Foi ver a moeda e as pupilas boiaram no susto: estava maior.

(cresceu)

O diâmetro igual a um palito de fósforo e cinco minutos depois, do tamanho de um cigarro.

Bartholomeu deixou a coragem no primeiro degrau da escadaria da Sé e ficou tremendo no meio da praça.

As crianças riam.

Bartholomeu mostrava o fenômeno, cujo peso aumentou ainda uma vez.

Os transeuntes tropeçavam no medo de Bartholomeu e no riso dos meninos. Um homem ordenou que um deles fosse chamar Sideral Fumaça.

Num instante, a praça da Sé fervia em apupos e palavrões roucos, enquanto os curiosos formavam um círculo amedrontado em redor de um velho de barbas amarelas e casacão vermelho: Sideral Fumaça, o bruxo desmoralizado à custa de sucessivas falhas em promessas de chuva.

Enfim, Sideral balançou a barba, provocando um silêncio debochado.

— Que está acontecendo?

E os olhos apertaram-se em direção à moeda estranha, já agora maior que um pires.

Pegou o dinheiro, examinou, cheirou, considerou o peso passando-o de mão a mão e concluiu:

— Cobre.

O povo repetiu às risotas:

— Cobre.

Fumaça rodopiou um braço ameaçador e encarou Bartholomeu:

— Quem fez a caridade?

— Tinha sapatos brancos, arrastava os pés e fazia sinais da cruz.

O bruxo coçou a barba, devolveu a moeda e atirou vitórias à multidão:

— Auridéa. A esmola está encantada.

As vaias não conseguiram abalar Sideral Fumaça, a cara apontada às nuvens:

— Outra peregrinação da Velha Auridéa. É sempre assim. Começa na Sé e termina na Virgem Sagrada do Sangue Vertido. Até lá são treze igrejas. Quantas vezes o peso aumentou?

Bartholomeu não entendia:

— Umas quatro ou cinco.

Agora, eram as barbas amarelas que tremiam:

— Vai, filho. Vai pelo atalho do sul. Só deste modo chegarás ao Sangue Vertido antes dela. Auridéa é um relâmpago naqueles sapatos. Passará pela Cruz Ensanguentada, por Nosso Senhor das Aflições Credoras, pela Mártir Dolorosa da Lágrima Perdida, pela Virgem Santíssima do Outeiro Imaculado, pela Mãe Amantíssima do Mistério Revelado, pelos Sete Milagres dos Cravos de Christo e pela Nossa Senhora do Sagrado Desespero. Entretanto, não deverá cruzar o Sangue Vertido antes de ti. Em cada igreja que passar, a moeda aumentará de peso e de tamanho, até que não poderá mais te pertencer.

Calou-se, deu meia volta e abriu passagem entre gargalhadas e temores.

Bartholomeu não titubeou. Meteu a moeda num saco de aniagem e as pernas pelo atalho do sul.

Não havia andado cem metros e o cobre aumentou um quilo.

(MÃE MISERICORDIOSA DA CRUZ ENSANGUENTADA)

Veio a noite espalhando geada nos caminhos. Bartholomeu ouviu o estômago gemer e avistou as luzes desfeitas da cidade.

O peso dobrou.

(NOSSO SENHOR DAS AFLIÇÕES CREDORAS)

Arrastava o fardo pela terra e tinha vontade de se jogar no mato orvalhado à espera da morte, mas foi despertado por tremendo solavanco.

(MárTIr dOLOrOSA dA LÁGRIMa PeRDIDA)

A aniagem repuxava. A moedinha de Auridéa era uma fatia do mundo.

(virGEM SANtísSima do outEIro ImaCulado)

Bartholomeu sentia os pés úmidos de sangue, mas não houve dor. Caiu pela primeira vez.

(mãe amantíssima do miStÉrio ReveLado)

Caiu segunda.

(sete milagres dos cravos de cHristo)

E caiu terceira.

(nossa senhora do sagrado desespero e do MEU PRÓPRIO)

Era a última igreja antes do Sangue Vertido.

No horizonte, o sol enluarado começava a ressuscitar e, pelas bandas da escuridão, Bartholomeu adivinhou a torre negra da Matriz da Virgem Sagrada do Sangue Vertido.

Lá, a salvação.

Vieram forças desconhecidas.

(só mais uns metros)

Chegou. Quase cadáver. Mas chegou. Respirou fundo.

A moeda não havia sofrido nenhuma transformação desde Nossa Senhora do Sagrado Desespero, portanto, Auridéa estava perto.

E antes de tomar fôlego, percebeu um arrastar de sola cada vez mais próximo.

Ficou atento, a mão esquerda na ponta do saco, a direita no cabo da faca de depenar andorinhas.

Esperou que Auridéa chegasse junto dele e se apresentou:

— Sou o pobre da escadaria da Sé, a quem você deu de esmola uma moeda encantada.

Auridéa não respondeu. Apenas deixou escapar um grunhido comprido e fino, à medida que a lâmina lhe rasgava o coração, difícil, entre ossos secos.

Afinal, estirou-se nas pedras da calçada, os sapatos sujos de gotas ferruginosas. Os olhos ficaram abertos, perdidos entre rugas cinzentas.

Bartholomeu tremia, quando viu a moeda diminuir, diminuir, até ser moeda outra vez.

Enfiou-a no bolso e voltou.

Durante a viagem, gastou o dinheiro em café e pão com manteiga.

E, como tudo retornasse ao antes e o inverno tivesse afugentado as aves de peito macio, Bartholomeu sentou-se no primeiro degrau da escadaria da Sé e estendeu o chapéu à caridade pública.

(em nome do pão do frio da fome que eu sinto amém)

As luvas apressadas espantavam a neblina da praça.

Bartholomeu dormitava distraído e alguma coisa o acordou, ao bater no feltro enregelado.

Olhou. Era outra moeda. Amarela como as barbas do bruxo desmoralizado. Amarela e brilhante.

— OOOOOOOUUUUROOO

O grito retiniu nos sinos da Sé.

Ia agradecer a piedade, no entanto viu uma velha se afastar fazendo sinais da cruz e arrastando sapatos brancos com manchinhas de ferrugem.

Nas mãos crispadas, Bartholomeu começou a sentir a moeda encolher.

Apertou nos dedos o que ia sobrando do ouro,

(em nome do pão do frio da fome que eu sinto)

le-

vantou-se e foi chamar Sideral Fumaça.

(amém)

A VÁLVULA

"— Agora, não posso. Vou almoçar.
Se quiser, sente e espere."

Oitenta e quatro metros atapetando verdejante maciez nos passos miúdos do Senhor Francisé.

— Com agá, por favor.

Do Senhor Franciseh.

(primeira e última vez mas vez de afinal)

O corredor sonhado, impermeabilidade em luzes brancas do artifício de cortinas-sentinelas a qualquer intromissão solar.

Derradeiros caminhos do Senhor Fran

(ciseh contínuo franciseh auxiliar de escriptorio franciseh diplomado em sciencias contábeis seu franciseh chefdigrupo seu franciseh chefdisseção seu franciseh chefdidepartamento oitentetetrês funcionários quatro secretárias um telephone dois telephones seis telefones banheiro individual louça cor-de-rosa)

ciseh, fim

dos quarenta e cinco anos

(de imaculada folha de serviços prestados sem uma só falta ou)

com festividades diretoras,

(atraso)

medalha, champa

(com absoluta disciplina)

nha.

Pés flutuando cada um dos sessenta e oito centímetros, excedentes orgulhosos de um metro

(não de ócios)

de irre-

gulares tarefas, desonras desonradas na atual
(vida de labuta)

posição.

-is-to-por-que-se-o-tra-ba-lho-al-gum-di-a-di-gui-ni-fi-cou-al-guém-es-te-al-guém-a-pre-sen-ta-se-a-go-ra-pa-ra-a-bri-lhan-tar-um-con-ví-vi-o-em-bo-ra-es-ca-sso-com-es-ta-di-re-to-ri-a-cu-ja-gra-ti-dão-nun-ca-se-rá-

Miopia opiada presidencial soletrante injetando respeitos glaciais no RESPEITÁÁÁÁÁÁÁÁÁVELPÚÚÚÚÚÚPLIco(!),

su-fi-ci-en-te-pa-ra-ra-de-mons-trar-quan-to-es-ta-di-re-to-ri-a-cu-ja-gra-ti-dão-nun-ca-se-rá-su-fi-ci-en-te-pa-ra-de-

ali presente.

mons-trar-quan-to-es-ta-di-re-to-ri-a-cu-ja-gra-ti-dão-nun-ca-se-rá-su-fi-ci-en-te-pa-ra-de-mons-trar-quan-to-es-ta-di-re-to-ri-a-cu-ja-gra-ti-dão-nun-ca-se-rá-su-fi-ci-en-te-pa-ra-de-mons-trar-quan-to-es-ta-di-re-to-ri-a-cu-ja-gra-ti-dão-nun-ca-se-rá-su-fi-ci-en-te-pa-ra-de-mons-trar-quan-to-es-ta-di-re-to-

Ria o Senhor Franciseh o silêncio dos olhos cravados no amarelo da medalha. Comemoração finda, ufanando ruas da volta.

Mas os olhos cravados na medalha amarela cravaram mortalha profana em rios de silêncio amarelo. Franciseh com agá calou-se no vagar da volta. Calou-se no dia, na noite, na vida, no enfim.

donalice patroa estremeceu cuidados na mudez do Senhor Franciseh.
(por que de não falar / por que de só comer e beber / por que de não olhar pra nada / só pra televisão e pra medalha / por que de andar com o queixo pra cima e a barriga pra frente / a bar)
— riga de seu pai. Já reparou?

A filha casada escondeu o rosto na pergunta da mãe, encobrindo decepções e indiferenças na indiferença decepcionante de um minúsculo já.

E donalice fechou-se na solidariedade das mãos cheias de cicatrizes. Pratos lascados, dentes de facas engorduradas. Não quer sorrir para a fillha.

(minha boca não obedecia / acabava rindo / donalice anda rindo / que assombro / franciseh não gostava / me disseram que você)
donalice esconde as mãos.

(riu / é verdade? / eu tinha medo de responder / você não pode rir ouviu? / nÃO PODE / não posso rir? / é / deste jeito NÃO)

Na verdade, o ventre do marido brotava preocupações nos centímetros adquiridos dia a dia.

Entretanto, os olhos do Senhor Franciseh lampejavam convencimentos adiposos num sorriso apenas compartilhado com o espelho do banheiro.

(a ociosidade da missão cumprida)

A existência passou a dividir-se em passos marchados de agorassins e coisalgumas. Havia três marchas distintas: pela manhã, depois do almoço e depois do jantar. A cabeça espetava-se num eixo de vértebras compactas e endurecia caminhadas no equilíbrio da eminente proeminência.

À noite, esticava-se na cama com a precaução de não desmantelar o todo corpóreo, indiferente à atenção de donalice, olho vigilante até madrugada.

(franciseh roncava sempre / nariz vermelho brilhante / a testa coberta de gotinhas / vinha a mosca / ficava passeando na cara / franciseh mastigava a saliva grossa de sono / a mosca fugia assustada / às vezes ia ao banheiro escarrar / eu ouvia o barulho da urina e das fezes na água da privada / quando voltava ficava passeando em mim / me obrigava a abrir o corpo / não tinha desejo / era repulsa / prendia minhas mãos / ficava mexendo dentro de mim / era uma dor / quase morria / você gemeu? / eu fingia que estava dormindo / franciseh achava graça / gemeu / depois de velha)

Os gemidos do Senhor Franciseh acompanharam o crescimento do estômago. Primeiro, foram uns suspiros reprimidos. Mas logo tudo se anasalou e agora, a própria respiração parece superposta por um imenso til.

Palavras, nenhuma.

donalice esfalfando-se em inutilidades de chás segredados na garantia do se-não-fizer-bem-mal-não-faz.

Senhor Franciseh engolindo as infusões na negligência consentida pelo sofrimento.

E a dor aumentando, resplandecendo desconfianças no ventre cada vez mais grávido.

— donalice, cuidado.

— donalice, acaba estourando.

— donalice, pode ser doença ruim.

— donalice, o tio de minha nora ficou assim e

— donalice, chame um médico.

O médico negrejou o fraque pelo quarto do casal, arregalando pupilas no regalo do fenômeno. Auscultou, apalpou, tamborilou e garranchou umas pílulas, cujo efeito único se revelou depois, em três guinchos desanimadores. Do Senhor Franciseh diante da conta da farmácia.

Palavras e melhoras, nenhuma e nenhuma.

Os gemidos tornaram-se francos desafiantes de outros fraques, de outras pupilas, de outras pílulas.

E mais uma vez, agigantaram-se vitoriosos sobre a impotência da medicina.

Dezenas de radiografias projetaram as vísceras assustadoramente perfeitas. E mais nada.

Os diagnósticos anulavam-se, tão mudos quanto o diagnosticado.

O Senhor Franciseh sorria desgraças no consolo de promover a derrota da ciência.

A clínica geral curvou-se à especialização, também vencida, buscando refúgio em bisturis milagrosos.

As possibilidades cirúrgicas universalizaram-se em congressos internacionais e

— O senhor vai, doutor?

— Claro. Com tudo pago, quem não vai?

o Senhor Franciseh foi removido a Budapeste, juntamente com a glória dolorosa do ventre endurecido e a modéstia indolor de donalice patroa.

Virou coisa do mundo. Só não deu entrevista.

O dia da intervenção concentrou a totalidade das comunicações na praça fronteira ao hospital. Do telégrafo sem fio aos fios da televisão a cores, das transmissões via satélite às missões inviáveis via pombo-correio.

Depois da execução do hino nacional de cada cirurgião presente, o Senhor Franciseh ausentou-se ao primeiro toque da seringa anestésica e foi o único a não presenciar a vitória da cirurgia.

Um círculo preto e branco — fraques e aventais — envolveu a elevação macilenta, vasculhada por uma infinidade de dedos enluvados que procuravam, através de traçados invisíveis, a posição exata do corte inicial.

Uma lâmina adiantou-se às demais e abriu a pequena cratera. A lava escorreu em filetes sanguíneos, encharcando insuficientes bolinhas de algodão.

O cirurgião-chefe ordenou o segundo corte. E, na dúvida sugerida pelos olhares adjacentes, ordenou o terceiro, o quarto, o quinto, o sexto e quantos lhe olhassem.

Finalmente, parou no sétimo. Ou o sétimo parou-o, finalmente. O círculo alvinegro dilatou-se e o Senhor Franciseh ficou só, no meio. Centro de atração do mundo médico.

Ninguém dava crédito. No entanto, lá estava, clara, indubitável. Alguma coisa que se movia, tentando alargar a cratera. Alguma coisa viva, alguma coisa vivíssima vivia no interior do Senhor Franciseh. E, diante dos tremores científicos, começou a mostrar-se. Pontas ferruginosas surgiam lentamente. O vulcão enrugava dando passagem a um ser de proporções reduzidas, mas de formas humanas inegáveis. Os vértices férreos formavam uma espécie de coroa sobre a cabeça sanguinolenta, assustando a medicina balbuciante em babelizantes exlcamações:

— **один король**!

— EGY KIRALY!

— EN KONGE!

— EIN KÖNIG!

— A KING!

— UN ROI!

— UN RE!

— UN REY!

— UM REI!

Um monarca de manto, cetro e coroa, um monarca de carta de baralho, um rei de paus gerado indevidamente na barriga do Senhor Franciseh, estupefato na estupefação causada por sua presença, afinal de contas, real. Circundou ares de nobreza, apenas correspondidos na respeitosa curvatura do cientista inglês, e ensaiou uns passos de pompa em direção a uma das extremidades da mesa de operações. Não passou do terceiro. Desequilibrou-se numa vertigem, atualmente estudada na Universidade de Estocolmo sob a denominação de "síndrome monárquica", fez meia volta e esperneou tentativas de reintroduzir-se na geratriz.

Sete cirurgiões detiveram-no em tempo e verificaram um inesperado fenômeno. O pequeno rei debatia-se, encolhia-se, os olhinhos esbugalhando a barriga do Senhor Franciseh. Em alguns segundos, imobilizou-se convertido num galho seco e desfolhado. Depois, esfarelou-se nas luvas profiláticas e desapareceu, eternizado num pozinho marrom, perdido nas estrias dos ladrilhos.

Os médicos embranqueciam seriedades entreolhando os próprios ventres.

Os boletins fornecidos à imprensa caracterizaram-se em prudências reticentes compostas de vinte e duas mil, trezentas e quarenta e oito palavras que se resumiam num obscuro e absoluto nada.

Em quinze dias, o Senhor Franciseh recuperou-se e, acompanhado de donalice patroa, voltou.

No lar, esperava-os um novo porém: com o correr do tempo, o Senhor Franciseh desbarrigou-se e desqueixou-se. O eixo vertebral derreteu-se, a cabeça desespetou-se, o espelho do banheiro descontraiu o sorriso, os orgulhos apagaram-se e as três marchas distintas confundiram-se cambaleantes vaivéns de agorassins transformados em nuncamais.

Outra vez, donalice estremeceu cuidados na nova mudez do Senhor Franciseh.

(por que de não falar / por que de não comer nem beber / por que de não olhar pra nada / nem pra televisão nem pra medalha / por que de andar com o queixo pra baixo e a barriga pra trás / a ca)
— beça de seu pai. Já reparou?

A filha casada repetiu-se. O rosto escondido na pergunta materna. Decepções e indiferenças encobertas na mesma indiferença decepcionante do mesmíssimo já.

Na verdade, a cabeça do Senhor Franciseh brotava preocupações nos centímetros perdidos dia a dia. A estatura diminuía na parábola descrita pelas costas. O Senhor Franciseh arqueava-se numa tristeza escandalosa.

— donalice, cuidado.

— donalice, acaba sumindo.

— donalice, pode ser doença ruim.

— donalice, o tio de minha nora foi definhando, definhando e

— donalice, chame um

O médico bisou o fraque pelo quarto do casal, mas não arregalou pupilas, nem auscultou, apalpou, tamborilou ou garranchou.

Mediu o Senhor Franciseh de alto a baixo, milimetrou a cabeça, tronco e membros. Rabiscou números, fez contas, extraiu raízes quadradas e cúbicas, resolveu sistemas de equações.

Na semana seguinte, repetiu a operação. E, neste momento, as pupilas arregalaram-se. O ollhar eletrificou-se do Senhor Franciseh para donalice, de donalice para o Senhor Franciseh, do Senhor Franciseh para a fita métrica:

— Seu marido sofreu uma redução de quatro centímetros e seis milímetros em cento e sessenta e oito horas, vinte e nove minutos e trinta e dois segundos. Como explica isto?

donalice não teve explicações, a não ser cinco meses depois, quando ouviu seu antigo nome sussurrado por uma vozinha de inseto.

— Licinha... Licinha...

(é do banheiro)

— Licinha... Licinha... Licin

(Licinha

Alice

donalice)

Só os olhinhos de rei de paus do Senhor Franciseh apareciam nas bordas da privada.

— Licinha... Licinha... Licin

Licinha-donalice-mamãe-patroa-tialice-madrinha-vizinha ficou observando.

Alice aproximou-se. Viu a válvula da descarga.

O coração balançou sins e nãos.

Mas a mão cicatrizada disse sim.

OZ GUEIJOS

"terça-feira /
festinha na casa de /
aniversário de /
só queijos e
vinhos france /"

(automatismo psíquico)

Um sortilégio: sorte de Magda passar silêncios domingueiros em tardes marginais. Marginalimagda.

Menos aquela conversando com o marido, maridíssimo em méritos de médico envolvido em hospitalares envolvências: enfermeiras, enfermos.

Ele, assim ele. Ela, fosse ela, vida em voltas envoltas no carro novo, novidades, vitrinas, amiguinimigas.

Mas floresceram discussão vespertina viperina sem culpa de outro ou um. Magda magdalando coisas de terça-feira. Marimagdo maridificando domingos-segundas-terças-quartas-etceterais-semanas mudas-míopes, revistas de ciência importente, ruminando irritações sóporquês.

Por que de Magda desejar festinha tíssima íntima de vinhos e quei

— Franceses. Não fica tão caro. Vou à *fromagerie* e faço uma encomenda pequena. Não virá tanta gente,

jos: aniversário. Dela.

só a

Óculos ocultolhos na miopia de medicinais orgulhos mergulharam desatenções, da enumeração dos convidados às paginais semgraças do Congresso de Cirurgia Plástica.

A sala enfeitou aniversaliências.

Magda recebeu, deu, foi, encomendou, espanou, telegramas, telefonemas, pentear-se, queijos e vinhos, o marido em poltrona imóvel.

Oito horas atendeu campainha.

Primeiro toque: Homem Gordo e Mulher de Branco.

Marido e Magda não conheciam Homem Gordo. Mulher de Branco apresentou sorridências:

— Gazamo-noz hoje, agorinha há bougo.

Rios de risos, felicitações interrompidas em ação de Homem Gordo, brusca, brotando braçada de rosas vermelhas. Do casaco.

Magno magdassusto abraçando Mulher de Branco:

— Um mágigo. É ódimo.

Novos cumprimentos. Homem Gordo esfregava mãos farejantes, olhos em mesas vazias.

Magda desculpiderreteu-se:

— Ainda vão jegar oz gueijos e vinhos. A vromagerri bareze gue ze ezguezeu de nóz.

Mulher de Branco trocava facibeijos com marimagdo:

— Vozê ezdá dão bem. Gomo voi o gongrezo?

Sentaram-se.

Homem Gordo engordava silêncios depois do número das rosas.

Medimagdo dadejava cientificismos do Trigésimo Oitavo Congresso de Cirurgia Plástica realizado em

— Bariss?

— Baris.

Paris. Mulher de Branco enfeitiçava nádegas transmutáveis em caras, dedos em narizes, pernas em.

Só Magda ouviu o telefone:

— Alô?

— Glááároo, gláároo, glaro. A regonsdiduizão da ebiderme brozeza-se gom ezdraordi

— Zim, zou eu mezma.

— nária rabidez, uma vez gue o dezido zelular re

— Gomo?

— zebe uma zérie de ezdímulos

— O senhor boderia

— broveniendes de um

— rebedir?

— gomblegzo vidamínigo

— Mas já denho gonvi

— breviamende

— dados e

— gue voi?

Mulher de Branco, saltitudes:

— Magda desmaiou.

Homem Gordo, permanências.

Marimagdo pegou o fone,

— Alô alô desligaram.

fez o mesmo.

Magda, suspirolhantes reabertos:

— Era da vromagerri.

Medimagdo esfregando pulsos:

— Não vão drazer oz gueijos?

— Vão, guerido. Mas zó à meia-noide.

— Abzurdo.

Homem Gordo despupilou-se nas oito e meia do relógio. Relaxou.

O som da segunda campainha remagdalou Magda às pressas.

Mulher de Branco adiantou-se na porta em recepções gargalhantes: Dama Obesa e Homossexual.

— Gazei-me agorinha há bougo.

Apontou a indiferença de Homem Gordo.

O casalomossexobeso cumprimentou o magdamedicasal.

Marimagdo amargando indignações:

— A vromagerri zó manda oz gueijos à meia-noide.

Dama Obesa esbofeteou-se:

— Ó,

Homossexual investigava paredes:

— Novidades?

— e vocês não domam brovidênzias?

— Vamos zervir oz vinhos enguando ezberamos.

Homem Gordo reacendeu-se.

Mulher de Branco braço dado a Homossexual acompanhou a investigação:

— em Bariss. Ajo gue não ezdeve no úldimo vernizage.

Marimagdo surpreendeu-se na observação:

— Da Bibelô? Mas gláááro, gláááro, glaro gue ezdive. Denho duas bezas da bindora baiana. Ezda e aguela.

— Divinass. Gue rebrezendam?

— Uma, me bareze gue é ezda, rebrezenda um dema de gandomblé. Guando àguela,

— Oz vinhos.

Homem Gordo lentelevou-se.

— não zei ao zerto. Mas não ze bre

Dama Obesa desajudava Magda. Homem Gordo surripanhou um copo e

— ogubem. Bezam ezbligazões à ardizda. Ela vigou

— bebeu.

— de vir. Vai jegar não demora.

— Não guerem vinho?

Mulher de Branco tentou entendimentos sérios:

— É muido bom. Lembra um bougo Gogoshga.

Homossexual feminescandalizou-se:

— Gogoshga? Vozê ezdá looouga.

Homem Gordo, outro.

Mulher de Branco coragengoliu dois goles:

— Ezdas gores nezde gando zão de Gogoshga. Ou não?

Bebeu.

— Vozê devia delevonar oudra vez bara a vromagerri.

Mulher de Branco, insistente:

— É nadural gue haja uma inderiorizazão mais índima, um dezbrezo ao viguradivo, maz é Gogoshga.

Marimagdo fulminolhou terceiro de Homem Gordo.

— Guando ezdive em Viena, vi gomo é divízil um bindor novo

— O zenhor não dem medo de vigar embriagado?

— ze liberdar da dradizão

Homem Gordo desmedicou-se em vinho gargantejante abaixo: quarto.

Marimagdo forcirriu-se delicado:

— Ó, ele é deliziozo.

O comentário relanceou orgulho em Mulher de Branco prosseguinte:

— zimbóliga. Jung diz gue

— Ze vozê guizer eu mezma delevono. Gual é o número?

— oz zímbolos zeguem o homem adravéz doz

— Não guerida, não ze amovine. Valda um bouguinho zó bara meia-noide.

— zéguloss. Vejam gomo eu ezdou de brango. Não é uma goinzidênzia nodável?

— Glááâro, gláâro, glaro.

Campainha.

Homossexual apalpou Homem Gordo:

— Bor gue goinzidênzia?

— Gazei-me hoje, zeu bobo e zimboligamende, vezdi-me de brango.

Marimagdo voltou com Pintora Baiana e Moça Magra:

— Agora bodem endrevizdar a ardizda.

Pintora Baiana aprepertou Moça Magra:

— Minha noiva.

Houve risos de muitoprazeres.

— Diga o número da vromagerri gue eu vazo bougas e boas.

Moça Magra contaminou-se na gordimobilidade mobilizada no quinto.

Magda acaldamobesimava:

— Não é brezizo guerida. Dagui a bougo eles mandam.

Mulher de Branco cumprissegredou Pintora Baiana:

(— Gue mizdério. Gomo zua mão é guende.)

(— A zua dambém. É dão agradável.)

— Andes de vozê jegar, valávamos zobre zímbolos e menzionei meu vezdido brango. É gue me gazei hoje, agorinha há bougo.

— Ela dize gue viu na zua bindura gores de Gogoshga.

Pintora Baiana disfarçolhou raivas:

— Gogoshga, meu bem?

Moça Magra emagredeciu o copo que Homem Gordo ofereceu:

— Não bebo, obrigada.

— Zim, de um zerdo modo, ele dambém udilizou ezde zisdema de

— Gue horas zão? Já ezdou berdendo a

— Muido obrigada. Não bebo mezmo.

— galma.

— gores em zua brimeira vaze.

— Gue vaze?

— A vaze de Durbilhão.

(— Olha, Magda. O gordo da outra já bebeu seis.)

(— Fale baixo. Não posso fazer nada.) Gomo dize, guerida?

— Não gonvunda as goizas. Durbilhão é de mil novezendos e drinda.

— Mil novezendos e guadorze. (Zua mão é dão guende guando zua bindura.)

(Güidado. Oz oudros bodem ouvir.) Gomo eu dizia, não houve nenhuma invluênzia de

— Bêlo amor de Deus. Já dize gue não bebo.

— Gogoshga.

(— Denho medo do galor de zua mão.)

(— E eu da zua.) Vale mais de bindura.

— Baul Glee dizia gue o dezenho é a arde da omizão.

— Divino, Baul Glee. Bindou uma gadedral mais de mil vezes.

— Não voi Glee. Voi Monet.

— Izdo mezmo. Gue gabeza.

(— O homossexual é uma

— Gue horas zão, guerido?

— besta.) Valdam bougos minudos, Magda.

(— Adoro vozê. Onde mora?)

(— Vou ezgrever num babel. Maz largue minha

— Guerida, dogue um bougo bara nóz.

— mão.) Magda vem bra gá.

— Dogue um bouguinho.

— Bianizda?

— Zó naz horas

(— Maldita *fromagerie*.)

— vagass.

— Rebido gue não bebo. Olhe, vão dogar biano.

— Ó, vou dezmaiar ze

(— Magda. O homossexual vai ter um chilique.)

— ezdes gueijos não abarezerem.

— Vou dogar az Valzas Nobres e Zendimendaiss.

— Ódimo. Dão zendimendais az valzas de Jobin.

(— Não é Chopin, sua idiota. É Ravel.)

(— Ó.)

— Doga muido bem.

(— Nem tanto. Está esbarrando

(— Magda. A campainha.)

— um bocado.) Guem é?

— Meia-noide em bondo.

— Adé gue envim.

— OZ GUEIJOS. (Magda)

— OZ GUEIJOS. (Marimagdo)

— OZ GUEIJOS. (Pintora Baiana)

— OZ GUEIJOS. (Dama Obesa)

— OZ GUEIJOS. (Homossexual)

— OZ GUEIJOS. (Moça Magra, só come)

— OZ GUEIJOS. (Mulher de Branco, despianando-se)

— (Homem Gordo, agissinfalando)

Primeiro, uma insignificância de *camembert* abrealas e bocas sofridas, seguindo sofreguidões de *livarots*, *bries*, *coulommiers*, *pont-l'évêques*, *maroilles*.

Segundo, batalhão talhando círculos espirais convulsos, piramidais, formados em formas de *gruyères*, *comtés*, *roqueforts*.

Terceiro, primeiro.

Quarto, segundo.

Quinto, primeiro.

Sexto, segundo

Sétimo, um *emmental.* Monumental desobediência à encomenda de Magda, pequena, desmagdalando-se agora em inútil desencomendar.

Empregados da *fromagerie*, mais do esperável, porque trinta e dois, perfilando a porta de *Port-Saluts*, cilindros de interminável entrega, entupindo entranhas, entradas, estranhas goelas em gritos:

— Jamem a bolízia. ZOGOOORRO.

— ZOGOOOOOORRROZGUEEEEIJOOZOGOOORRRR r oo o.

Silenciados em massas sangrentas mortais, infectas informes de queijos, não só. Mas de vinhos jorrando vinagrosas liquefações de corpos emporcalhados, parvos, perdidos, na impensável sentença de gustações, frustração gastronômica.

Astronômico Homem Gordo esmagando, escapando engordado em bolsos e alma repletos: caixinhas queijeiras, enfins, afinais. De fora, sorrindo atenções.

Terminada tarefa, a braçada de rosas vermelhas. Outra vez brotada surpreendente. Do casaco. Uma flor a cada funcionário. Boca sorrimastigante: um *livarot.*

Agora, saindo, descendo as escadas escusas, estômago farto.

E finalmente, na rua, na noite, no ar, na mansidão, na obesidade, nos passos, no livrestar, no longimorte, na vida, no futuro, no reino, na saciedade, na sociedade, na sorte, na semprespera, na magia, na eternidade efêmera de um sortilégio.

GRÃO MEDALHA

"Então, ficou verde e coberto de escamas como os dragões que devoram crianças."

(pronto)

(até que enfim)

(graças a deus)

Lenços guardados, lágrimas recolhidas, narinas recompostas, sorrisos refeitos. Na alegria da tampa, afinal fechada, lacrada, selada. A sete

(para sempre amém)

chaves. Do caixão negro, primeira classe,

— Primeira?

— Primeira e última.

desclassificando-se agora, guarnecendo fétido miasma de putrefação prematura.

Do Senhor Grão Medalha envidalhado à gorda

— Sabe-se pouco.

sabe-se um quase.

Da juventude, sabem-se alguns anos: anátemas ocultos em desgrandeza sem destino. As desatinações das noites de orgia ou dias destarefados esfarelando-se em não-fazer. Dissolução do moço Medalhinha, menino-anemia, comprido, espremido, confundido na ponta do fio de uma pipa cafifa com o rabo brilhante de lâminas malvadas.

Desalmados anos. Medalhinha medalhudo e magriço, medalhado de medo. Medalha magro magrão, medalhando Medalhão, até Grão Medalha. Depois, medonho, amealhando montanhas metálicas, sonantes e cortantes, em contas bancárias: os juros de clandestina agiotagem nas contagens dos dias trinta de tanta abastança.

$ $ $

— Grão Medalha, você sabe quem se matou?

— Não sei nem quero saber. Não era só a mim que ele devia, era?

$ $ $

— O senhor já assassinou a família toda. Não adianta. Dia trinta desconto o cheque.

$ $ $

— Alô. Seu cheque foi devolvido.

— . . .

— Ora, não se faça de inocente. Estava sem fundos.

— . . .

— Quanto já me pagou de juros? Isto não interessa. Eu quero saber é do cheque. Como é que fica?

$ $ $

— Dez por cento?

— No primeiro mês. No segundo passa pra quinze. OK? Faz o cheque.

$ $ $

— Mas a senhora não recebeu o seguro de seu marido? Então. Vê se sobra um pouquinho pra mim. Amanhã mando apanhar o cheque.

$ $ $

— Claro. São dois milhões. Menos dez por cento dá um e oito. Assina o cheque. Toma.

$ $ $

— É só encher o cheque. Não. A data não.

$ $ $

— Faz dois cheques. Um pra setembro outro pra outubro.

$ $ $

— O banco disse que a assinatura do cheque não confere.

$ $ $

— Se não cobrir até dez e meia o banco devolve o cheque.

$ $ $

— Veja lá. O cheque é pro dia trinta.

$ $ $

— Rasga este cheque e faz outro.

$ $ $

— Onde está o cheque?

$ $ $

— O cheque.

$ $ $

— O cheque.

Os cheques deram xeque-mate no primeiro destino. O segundo lançou a pedra fundamental das Indústrias Medalha S.A.

Grão Medalha desagiotou-se em magnata, com magnações na bolsa e magnotas no bolso.

> "Embarcando para a Europa o Sr. e Senhora Medalha em viagem de núpcias. O Sr. Grão Medalha aproveitará o passeio para visitar os meios industriais europeus, onde realizará importantes contactos visando aspectos administrativos a serem adotados nas empresas que preside. O industrial acre-"

As Indústrias Medalha S.A. ofuscaram uma área de dois quilômetros quadrados e empregam atualmente quatrocentos e onze mil, quinhentos e setenta e sete funcionários, a saber: duzentos e trinta e dois mil, quatrocentos e cinquenta e seis chefes de departamento, cento e sessenta e quatro mil, duzentos e quinze chefes de setor, dez mil trezentas e sessenta e uma secretárias, três mil quinhentos e dezoito chefes de escritório, oitocentos e trinta e cinco escriturários, cento e vinte e nove almoxarifes, quarenta e três chefes de funcionalismo, treze zeladores e sete operários, que se revezam de oito em oito horas, porque como disse o Senhor Grão Medalha numa entrevista:

— As Indústrias Medalha não podem parar. O segredo é a produção em massa para a consequente formação de um mercado interno.

— Senhor Medalha. Quais os principais produtos da organização?

— Bem. A organização se processa através do cumprimento rigoroso de um regulamento.

— Perfeito. Mas quais os produtos de primeira linha?

— Claro. Um regulamento de primeiríssima linha, perfeitamente adequado a um complexo industrial como o nosso.

— Sim, Senhor Medalha. Mas gostaríamos que fornecesse alguns dados sobre os produtos de sua fabricação.

— Meu caro jornalista. As Indústrias Medalha estão capacitadas a oferecer ao público o que há de melhor.

— Por exemplo?

— Exemplo? Há algum exemplo mais valioso do que o nosso? Será que não compreendem os esforços empregados numa indústria de tamanhas proporções?

Dona Marilinda secretariava o Senhor Grão Medalha num secreto ir e vir de joelhos pelos corredores da antessala, onde recolhia informações sobre a obediência ao regulamento. Preparava os relatórios

— Deixa ver. Uma, duas, três, quatro, cinco, seis, sete, oito, nove, dez, onze, doze, treze, quatorze, quinze, dezesseis, dezessete, dezoito, dezenove, vinte páginas. Pronto.

para o Senhor Grão medalha assinar.

Uma vez por semana, anotava solicitações de outros auxiliares.

— Dona Marilinda. Duas joelheiras.

— De novo?

— O que que a senhora quer? Passei trinta dias levando correspondência aos departamentos.

— Se você se apoiasse mais nas mãos e menos nos joelhos, não gastaria três pares em tão pouco tempo.

— Como é possível apoiar mais nas mãos?

— Assim. Veja como ando rápido. O peso maior está nas mãos. Vou daqui ali num segundo. Viu? Experimente.

— Acho tão difícil. Assim?

— Abaixe mais a cabeça. Isto. Mais um pouco. Iiiisto. Ótimo. Não é fácil? Agora, volte ao trabalho. Vou encomendar as joelheiras. Mas trate de economizar. O regulamento só permite dois pares por mês.

No parque de treinamento, turmas novas se exercitavam sob as instruções de um chefe de funcionalismo:

— Atenção. Quem bater atrasado vou marcar. Vamos.

Um.

Dois.

Já.

O senhor da esquerda bateu atrasado. Como é seu nome?

— Franciseh.

— Francisé?

— Com agá, por favor.

— Precisa ter mais cuidado. O corpo deve tombar obedecendo ao ritmo. Primeiro: curvatura do tronco. Segundo: desequilíbrio dos membros inferiores. Terceiro: apoio na mão direita. Quarto: bater com a esquerda no chão provocando som de palma. Mantendo o compasso. Primeiro, segundo, terceiro e quarto. Vamos repetir. Todos juntos. Lá vai.

Um.

Dois.

Já.

Melhorou, melhorou. Agora, o mesmo exercício com presidente simulado. Situação: o Senhor Grão Medalha se aproxima. Entra. Dá três passos. Atitude: olhar em frente. Atenção.

Um.

Dois.

Já.

Não, não e não. Faltou o círculo. Parágrafo sexagésimo nono do regulamento: "Tombar em círculo." Em cír-cu-lo. Será possível? Afinal são todos adultos.

A indústria prosperificou um Grão Medalha noturno, os bolsos abarrotados, arrotando ornamentos sociais de festinhas e jantares. Senhor e Senhora Medalha, surda, muda, sorriboquidente, perfumável em colônias francesas.

Mas não bastou o perfume da Senhora Medalha naquele despertar de segunda-feira, para sufocar um odor marginal.

(de coisa estragada)

Grão Medalha levantou as narinas e

(um bicho morto?)

provou a manhã.

Havia um ar diferente entre os ares do quarto.

(será do condicionador?)

Desligou o aparelho e abriu as janelas, no entanto o cheiro persistiu.

(com tudo aberto daqui a pouco acaba)

Levantou-se cuidadoso, para não despertar a mulher e foi ao banheiro.

(aqui também está cheirando)

O espelho fez outra revelação.

(que é isto?)

A manchinha verde escorria do queixo formando uma listra pelo pescoço até se diluir no esbranquiçado da pele, bem acima do mamilo. Do ponto onde surgia até desaparecer, cobria-se de uma granulação rarefeita. Grão Medalha esfregou os dedos no fenômeno e o esverdeado se desprendeu, limpou-se, deixando um sulco imperceptível. Então, levou o indicador sujo ao nariz e

(o cheiro!)

recuou três assombros: aquilo exalava de seu corpo sob a forma de um pozinho.

(bolor?)

Correu para a ducha e se escovou durante hora e meia. A estria sumiu, mas ficou um vestígio vermelho de epiderme ferida.

Terminado o banho, o odor se misturou à lavanda e o Senhor Grão Medalha passou seis dias esquecido em noites e em boletins financeiros.

No sétimo, o episódio se repetiu.

(de novo?)

Agora, o círculo esverdeado surgia no rosto, sobre a face esquerda.

(está mais visível)

Como ocorrera na primeira vez, se entornava garganta abaixo. Só que ia mais longe. Até o umbigo. O chuveiro e a escova não alcançaram o mesmo sucesso. A mancha se esfarelava, entretanto, parecia mais entranhada. Além disso, os fios de nylon provocavam uma dor insuportável.

Grão Medalha gemeu a impossibilidade de se limpar completamente.

(não sai)

Depois, estatelou-se em sintomas idênticos no antebraço e na coxa.

(preciso ir ao médico / tenho que esconder isto)

E disfarçou a marca num cosmético da Senhora Medalha.

(não está mal / e o cheiro)

Outra vez, a lavanda eliminou o problema.

Porém, num dos jantares seguintes, o Senhor Grão Medalha conversava com dois acionistas as conveniências de uma ampliação da empresa, quando alguém proclamou uma inconveniência:

— Por acaso, estão sentindo um cheiro?

Grão Medalha despediu tremores e se retirou.

No trajeto para casa, também a Senhora Medalha se queixou do calor e de alguma coisa indigesta que lhe perturbava a respiração.

(este inferno do rio de janeiro / lá se foi a lavanda / amanhã sem falta)

O médico descreveu uma repugnância em torno da nudez do Senhor Grão Medalha e não arriscou diagnósticos. Apenas aconselhou emplastros de camomila e compressas de álcool canforado.

Tudo inútil. No fim de dois meses, esgotaram-se as esperanças na farmacopeia e as reservas de lavanda encomendadas por Dona Marilinda.

Grão Medalha se fechava no escritório e se embriagava em boletins da Bolsa de Valores. O mau cheiro se acentuava à medida que as ações se verticalizavam.

A verdade financeira esverdeava sorrisos,

(estou cada vez mais rico)

enquanto as contas bancárias estouravam zeros nas manchas do corpo, entreabrindo rosas clorofiladas, brilhantes de um orvalho amarelecido.

(minhas camisas)

As roupas de casimira importada, as gravatas italianas e todos os objetos de uso pessoal corromperam-se na viscosidade.

A maquilagem se tornou incapaz diante das escamas da pele ungulada.

Ninguém o viu mais.

Na manhã do enterro, as ações das Indústrias Medalha atingiram um índice inédito.

•

Quatrocentos e onze mil, quinhentos e setenta e seis funcionários, comandados por Dona Marilinda, acompanharam o féretro de joelheiras novas.

No entanto, só um bando de cento e sessenta e nove urubus, voando a uma altitude igual à das ações, formou o círculo.

Mas antes que o caixão chegasse à cova, começaram a descer.

OS PONTOS DE HARMONISÓPOLIS

"Voilà les Points de Feu.
Les Points de Feu ne sont pas
exactement comme la Mort.
Cependant la Mort est là,
souriante et mauvaise,
vivante et eternelle".

(Manuscrito provençal)

Quando o passageiro esticou o olhar pela janelinha do avião e avistou Harmonisópolis, sorriu vinte e dois anos de angústia.

(vinte e dois anos três meses cinco dias)

Consultou o relógio.

(e duas horas)

Recostou a cabeça na poltrona e a pele do rosto pareceu mais lisa.

(tenho medo de ser lacrado num grande envelope de plástico azul e enviado a algum centro de despoluição / os ares profiláticos de harmonisópolis / por que os segredos de eustachius? / você será marius / somente marius / azar pro que serei / vinte anos de pedidos e mais pedidos de transferência / respostas e mais respostas / cartinhas de papel transparente / qualquer coisa que me faça esquecer thereza / Thereza / THereZA / THEREZA / Olhos de THEREZA / me disseram que certas particularidades não se devem dizer mas eu amo você Mário e quero quatro filhos parecidos com você com seus cabelos com seu pensamento / por que THEREZA há particularidades que não se devem dizer? / diga tudo THEREZA / tudo que você sente eu sinto também / a transferência não veio / sei que não posso odiar eustachius por isso / Eustachius sempre foi meu amigo / mas eustachius podia ter conseguido a permiss)

"ATENÇÃO AFIVELEM OS CINTOS DE SEGURANÇA. PREPAREM AS ORDENS DE DESEMBARQUE. POUSO EM DOIS MINUTOS."

Uma inexplicável coloração rósea gerou uma sensação de vida no homem da poltrona dezesseis, no momento em que a portinhola se abriu e o mistério de Harmonisópolis penetrou o aparelho.

(os ares de harmonisópolis começam a agir / pelo menos parece que não haverá envelopes / será que também fiquei cor-de-rosa?)

Um ônibus inodoro transportou curiosidades durante um tempo incolor.

Não houve envelopes plásticos, mas a plasticidade vital de Eustachius, cuja imagem balouçava sorrisos aproximativos, substituiu os temores de Marius.

(não é um homem de cinquenta anos)

— Marius.

(marius / agora marius / eustachius / cinquenta anos?)

— Eustachius. Pensei que este dia não viesse mais.

A sinceridade do abraço confirmou as décadas de amizade, apesar de um milímetro de ressentimento subtraído aos lábios do recém-chegado.

— Sei o que você sente. Se fosse há vinte anos atrás,

(sabe o que sinto / vinte anos / THEREZA olhava para mim / veio o correio? / cartinhas de papel transparen)

nada teria mudado.

(nada?)

— Como assim?

Eustachius chamou um carregador e apontou as bagagens do amigo.

— Aos poucos, você se habituará a Harmonisópolis e verá porque certas coisas não mudam. Por enquanto, trate de respirar o nosso ar e perder este aspecto necrófilo.

(certas coisas não mudam / o ar necrófilo)

— Hoje não teremos muito tempo. A não ser para uns goles de cerveja.

— De Harmonisópolis?

— Claro. A melhor do mundo. Uns goles e umas notícias. E seu filho? A transferência virá em dois meses, talvez.

(meu filho e de THEREZA / quatro filhos parecidos com / agora transferências de sobra / você com seus cabê)

A janela do carro funcionava parcialmente sobre edifícios decepcionantes: Marius havia pensado visões artificiais.

Entretanto, um fato o intrigava: o silêncio, materializado além do motor do veículo e, que de tempos em tempos, partia-se em sílabas imprevisíveis.

(um ruído distante / trrrrrr / ?)

— O ar de Harmonisópolis foi notável nos seus cinquenta anos.

Eustachius riu sem tirar a atenção do copo quase cheio.

— O mesmo acontecerá a você. Experimente a cerveja.

Marius intimidou-se no primeiro gole. Os olhos brilharam e o líquido desapareceu num sortilégio. Limpou a espuma branca acumulada no lábio superior e descontraiu-se.

— É um milagre. Isto é cerveja?

A resposta de Eustachius resumiu-se em risinho de dentes salutares.

— Mais?

O mais repetiu-se até o terceiro copo. Só então, a volúpia de Marius acalmou-se em tragos espaçados.

(meu cérebro flutua / delícia / sono / cerveja de harmonisópolis / meu filho / a permissão)

— E a transferência de Márcio? Perdão, Marcius. Não é assim?

— Martius. Com tê.

A bebida começava a desmoronar as cerimônias de Marius.

— Você não acha esta latinização total meio ridícula?

Eustachius balançou uma superioridade.

— Não é total. Só os escolhidos para o Comando sofrem o ridículo. Quanto à permissão é provável que Martius venha em dois meses.

(fui grosseiro / afinal Eustachius)

— Compreenda minha impaciência. Você se lembra. Thereza.

Eustachius levantou-se e colocou na vitrola um quarteto de Beethoven.

— Nada mudaria, Marius.

(nada mudaria? / então harmonisópolis e os ares profiláticos não passam de uma grandessíssima fraude / FRAUDE)

— Hoje à tarde, no aeroporto já ouvi isto. Não entendo. Por que não mudaria nada se fosse há vinte anos atrás?

(outra vez vai me deixar sem resposta / levantou-se de novo / responda logo / ah / outra cerveja / vou recusar)

— Aceita mais um pouco?

— Só um copo. E minha pergunta?

(calma enervante)

Eustachius sorria.

— Agora são duas perguntas e logo serão três, quatro ou mil. Mas não se preocupe. Sempre haverá respostas. O caso de Thereza não tinha solução porque Thereza morreu. Os que vivem em outro espaço geográfico não podem sentir a distância que os separa de Harmonisópolis. Não é só a separação física medida em quilômetros. Há uma espécie de quilometragem mental incalculável. Daqui a um mês, dependendo da sua capacidade de aceitação, Harmonisópolis fará parte de seu dia a dia. Que sabem vocês a nosso respeito?

O cérebro de Marius perdeu a coordenação. Ficou enjaulado em impossibilidades.

— Nada. A não ser...

— O quê?

— A não ser a profilaxia e...

Eustachius desferiu uma gargalhada.

(o idiota acha graça da morte de THEREZA / se não fosse esta cerveja)

— A profilaxia é completa, mas não resolve certas instituições. Em Harmonisópolis não há hospitais. Sabia?

(profilaxia completa / não resolve hospitais / sei?)

— Vocês criaram um mistério monumental.

— E não poderia ser de outro modo. Só se compreende aos poucos.

(mas eu quero compreender aos muitos)

— E as instituições? A finalidade inicial não era a eliminação de todas?

Eustachius espalmou um gesto tranquilizador:

— As instituições coletivas. As individuais, não. Thereza e sua morte tornaram-se uma instituição particular em você. A morte de cada um é uma instituição em Harmonisópolis. Mas não tão esmagadora a ponto de causar vinte anos de necrofilia.

(neCroFILIA?)

— Chama de necrofilia o meu sentimento com relação a Thereza? Enquanto eu me contorcia à espera de uma simples permissão, um papel assinado? Duas ou três respirações e ela estaria salva.

O tom de Eustachius metalizou-se.

— Salva, não. Curada. Como já disse, em Harmonisópolis não há hospitais, mas a morte é uma instituição individual.

— Não há doenças, mas há morte. É boa.

Eustachius abriu outra garrafa.

— A *mors, mortis.* Mais?

Marius estendeu um copo inexpressivo.

— Acho que vou beber Harmonisópolis inteira.

As mãos de Eustachius comprimiam-se.

— No seu ex-mundo, soldados automáticos marcham pelas ruas carregando fuzis para o nada. Este nada é tudo, porque há uma essência mortal naquele automatismo e naqueles fuzis. Marcham para a morte — matar ou morrer — e isto é profundamente vital aqui, onde não há soldados. Para nós, a vida é total e eterna. Não a eternidade material de sorrisos, lágrimas, flores, orgasmos, dias, noites, lutas ou inércias. Mas o eterno contínuo do ser e não ser, ver e não ver, ter e não ter, luz e treva, crença e descrença, como desprezo às percepções individuais. Mata-se hoje para morrer-se amanhã. E no final, só uma vida permanece inalterável e inextinguível: a vida da morte. O mais é fantasia e necrológio.

O disco do quarteto chegou ao fim e as harmonias perderam-se nas repetições dos sulcos sem gravação.

(fantasia / necrológio / fantasia / necrológio / fantasia / necrológio / fantasia / necrol)

Os efeitos da cerveja disfarçaram um bocejo e Marius

(ógio
/fantasia / necrológio / fantasia / necrológio)

adormeceu na curiosidade do inequívoco trrrr, longínqua indagação do silêncio.

A manhã de Harmonisópolis cumpriu promessas inesperadas.

Marius respirou fundo e assustou-se: o rosado das faces, apagando rugas, acrescentou um sorriso virtual à superfície do espelho.

(Ares Profiláticos)

— Awakening up, he took her hollow lute, —
Tumultuous, — and, in chords that tenderest be,
He played an ancient ditty, long since mute,
In Provence called,...

Grudado à nova imagem, Marius concluiu o humor matinal — de Eustachius:

— ... *La belle dame sans mercy.*

Abriu a porta do quarto e mostrou-se:

— Que tal? Harmonisópolis começou a redução dos meus quarenta e oito anos. Se não é fenomenológica, não deixa de ser fenomenal.

Os dois amigos riram o aroma de presunto com ovos que invadia os corredores.

Eustachius percebeu o apetite dilatar-se nas pupilas de Marius.

— Na varanda. Venha.

A redução do pequeno almoço foi outro fenômeno ocasionado mais pela surpresa de Marius,

(cervejarmonipresuntópolis)

do que pela frugalidade de Eustachius.

Entretanto, o primeiro passeio sobrepujou qualquer esperança.

(harmonisópolis / o nome foi bem escolhido)

Eustachius estacionou o carro num jardim

(igual a qualquer outro)

e convidou

Marius para uma caminhada:

— Andando se vê melhor.

Marius respirava alívios exagerados sob a atenção sorridente do companheiro.

Na grama, viu mulheres divertindo crianças

(THEREZAS / Márcios)

com bolas coloridas.

— Estamos no centro de Harmonisópolis. Ali em frente, a avenida principal,

(a largura impressiona)

Avenida do Comando. É lá que você vai ficar.

(Márcios / Martii)

— Martius também?

— Não. Por enquanto, ficará do lado oposto. Na zona universitária. Mais ou menos um ano.

Na Avenida do Comando, o movimento diário dava os passos iniciais em sorrisos cor-de-rosa de pessoas sem pressa.

(harmonigente)

A uns vinte metros dos dois, um grupo de seis moças uniformizadas de azul riam futilidades.

(profundamente vital aqui / onde não temos soldados / soldadas?)

— Pertencem ao Comando?

A resposta de Eustachius truncou-se num ruído inin

(O TRRRRRRRRRRRRR)

terrupto e em brilhos infinitesimais, mensuráveis apenas na trajetória invisí

(?)

vel, mas pressentida num leque semiaberto de manchinhas luminosas.

(DA PAREDE / TRRRRRRR)

Um dos uniformes tombou sobre o retângulo de alumínio, quase imperceptível, na calçada branca.

(A MOÇA DO CANTO)

O sangue arroxeou a blusa azul na altura do seio

(MORTA?)

e derramou gotas vermelhas no metal.

Marius paralisou-se patético e tentou parar Eustachius.

Inútil. O homem de Harmonisópolis prosseguiu a resposta e o passeio, inaudível e indiferente, a caminho do fogo.

(LOUCURA)

Atravessou as luzes, o retângulo, o corpo

(A FANTASIA / O NECROLÓ)

e só se interrompeu ao dar pela ausência de Marius. O trrrr cessou, enquanto as cinco moças

(RINDO?)

ainda guardavam os vinte metros de alienada distância.

— Marius.

O apelo de Eustachius não encontrou Marius: olho e mente cambaleantes na inexistência rubro-azul do alumínio. Durou um tempo sem tempo. A placa girou cento e oitenta graus, engoliu a jovem e mostrou a outra face. Límpida e convidativa.

— Marius.

(   )

— Marius.

(m   us)

— Marius.

(m r us)

— Não está ouvindo?

(marius não est)

— Marius.

(eustachius me cha)

— Eustachius. Que aconteceu?

(azul / roxo)

— Nada de mais. O ponto pegou a moça. Venha.

(PONTRRRrrrr r r)

As pernas de Marius recém-nasceram uma lentidão mórbida na minúcia com que examinou o intangível retângulo e o orifício por onde escaparam os fogos.

(de artifício? / ponto pegou a moça)

O olhar estúpido tateou a impassividade de Eustachius.

— Que foi isto?

Havia um vestígio de glória na voz do amigo.

— Um ponto. Agora, vamos. Depois conversamos.

(ponto pegou a moça / fantasia / necrológio)

— Acho que já estamos no depois.

Eustachius encheu os copos. O mistério permanecia em branco nos colarinhos de espuma.

— Não quer a cerveja?

(cerveja / serveja / ser ver/ ser e não ver / ver e não ter eza / THER e não ser / morta no alumínio / o contínuo contém fantasia e necrológio / o alumínio escondeu o necrológio / ficou a fantasia / THEREZA morta no metal / não tê-la e viver / viver sem tê-la / sem vê-la / ser vê-la / ser veja / serveja / cerveja)

— Cerveja? Não. Quero saber da moça de hoje de manhã.

O indicador de Eustachius circulava pela borda do cristal.

— A moça morreu. O mesmo destino de Thereza. Só que a morte da moça foi bem mais limpa. Ou não foi?

(Mais limpa? / imunda a morte de THEREZA / cadáver com olhos de amor / eu não podia ver / transfusões / o sangue da humanidade para salvar THEREZA / morte limpa da moça / mesmo destino de THEREZimundimorta)

— Thereza morreu. A moça foi assassinada. Havia metralhadoras naquela parede. Eu vi o buraco por onde saíram os tiros.

Eustachius ocultou o sorriso num gole:

— Parabéns. É um grande progresso para o primeiro dia. O buraquinho que você viu é um dos pontos de Harmonisópolis. Existem vários espalhados pela cidade e nenhum harmonisopolitano foge deles. Aqui, ninguém apodrece num leito de hospital durante meses, nem há velórios macabros fedendo a cera derretida. É uma questão de opção. Vida e morte são fatos naturais. Lá fora a vida é maravilhosa. E a morte?

(THEREZA viva era amor / amortativa / morteapodrecida num leito de hospital)

— A morte é sempre pavorosa quando não estamos preparados. Eustachius, eu tenho medo dos pontos. Compreenda. Se for possível, irei embora.

Os temores de Marius libertavam as intenções de Eustachius.

— Medo dos pontos? Claro. Quem não tem? Eu tenho. As pessoas que conheceu no Comando também. É um medo como outro qualquer. Mas em Harmonisópolis não há outro qualquer. Só temos um medo. Único e desprezível. Você viveu num mundo onde só há medos. Símbolos de medo que aparecem durante toda a existência. As crianças nascem e já reconhecem o medo no primeiro código inventado pelos pais: "ai, ai, ai". É muito gracioso, não é? Mas é o medo que vai sendo gerado. Quantas vezes, Thereza e você disseram para Martius recém-nascido: "ai, ai, ai", e ele, com a carinha engraçada do medo, largou um cinzeiro de vidro ou um pires de porcelana, cujo valor é nenhum comparado à perda da liberdade?

(ai ai ai)

Depois de um pequeno silêncio, Marius pegou o copo e novamente o paladar inédito colaborou com Eustachius.

(meu mundo em medos imundos)

— Qual dos homens do Comando você achou mais simpático?

A pergunta interrompeu os efeitos da cerveja.

(simpático? / o vellho das anedotas / o nome era denê / denilius / não / delinius / De)

— Delenius?

— Delenius. O velho Delenius. Diante dele, as impressões do ponto pegando a moça desapareceram e você chegou a rir.

A lembrança do almoço no Comando, guarnecido das comicidades de Delenius, valeu uma garrafa inteira. Eustachius apressou-se em outra.

— Sabe o que ele faz naquela sala misteriosa, enquanto não conta anedotas?

Marius ainda sorria, quando Eustachius serviu mais bebida.

— O velho Delenius é muito responsável, apesar das palhaçadas. Tranca-se na tal sala e não faz quase nada. Existe um dispositivo eletrônico que trabalha sozinho. Delenius é o Coordenador Geral dos Pontos de Harmonisópolis. Foi ele que assassinou a moça, que girou o alumínio, que escondeu a morte. O mesmo homem que fez você esquecer toda esta coisa tenebrosa.

(assassinou a moça / assassinou THEREZA / me fez esquecer / dispositivo eletrônico / a sala de Delen)

— Delenius?

Eustachius abandonou o amigo e, talvez por coincidência, ligou a vitrola num Schubert ocasional: a Morte e a Moça.

— Gosta?

(delenius / a morte e a moça / obra-prima de delenius / obra-prima de schubert / necrológio e fantasia)

— Mas por quê?

Não houve resposta. Só a música penetrou os quatro ouvidos naquele instante que precedeu a segunda noite de Marius. A noite de Harmonisópolis, adormecida em cerveja e profilaxia, desperta na fragrância de presunto com ovos.

Porém, os pontos permaneciam na distância crescente dos sonos de Marius, alimentando retângulos de metal, desenrugando dúvidas, roseando pensamentos, eliminando porquês.

(um dispositivo eletrônico que trabalha sozinho)

Dois anos dilataram os dois meses da promessa de Eustachius, malgrado o duplo esforço junto ao Comando, mas afinal o avião de Martius aterrissou no aeroporto de Harmonisópolis.

Marius abraçou a surpresa do filho:

— Os papéis se inverteram. Eu é que pareço seu pai.

Os risos de Marius apontavam os sorrisos de Eustachius, prolongados durante a estreia do novo harmonisopolitano, embevecido no conforto da residência paterna, rebatizado em copos de cristal.

As perguntas de sempre foram as de sempre mais uma vez, apesar das inovações do estudante. E as eternas respostas eustachianas, coaguladas em mistério, encobriam a admiração de Marius diante do olhar azulado do filho.

(olhos de thereza)

De manhã, os primeiros passos pelo sol rosado, as apresentações na antessala do Comando, o registro oficial na reitoria da zona universitária.

Entretanto, para Martius o dia não acabou bem: na volta, as esperanças desmantelaram-se nos poucos metros que o separavam do giro de um retângulo metálico. A deslumbrante rapidez com que os cento e oitenta graus apagaram a vida desvitalizada do caminhante, cuja simpatia tanto se evidenciara no cumprimento dirigido a Marius e Eustachius.

O mutismo de Martius não resistiu à sobremesa:

— Mas papai, eu vi. Eu vi e ouvi os tiros de metralhadora. Saíram da pare...

— Martius. O que você viu foi um ponto de Harmonisópolis pegar um homem. Quando eu cheguei, há dois anos, vi uma das moças do Comando ser colhida por um ponto. Então me apresentaram a Delenius, o Coordenador Geral, uma das criaturas mais engraçadas que já conheci. A explicação é simples. Há um sistema eletrônico de extrema sensibilidade que capta através de um processo cibernético as disposições mentais de cada habitante. Uma espécie de transmissão psíquica transformada em sinais elétricos positivos ou negativos. Em resumo, Delenius descobriu que a morte não passa de uma disponibilidade individual. Se aquele homem não morresse num ponto, morreria de outra maneira qualquer, um acidente ou um leito de hospital. Foi o que aconteceu com sua mãe. Thereza morreu porque apresentava esta disponibilidade para a morte. Mais cerveja? De nada lhe adiantariam as profilaxias científicas de Harmonisópolis. Aqui não se mata ninguém. A pessoa morre no momento inconsciente em que deseja morrer ou em que...

O olhar e as palavras de Marius mergulharam no copo de bebida. No entanto, o silêncio de Martius foi mais forte e Marius refez-se:

— ... em que se torna contrária ao Comando.

Martius preencheu a pausa com um passeio visual pelos objetos refinados que ornamentavam a sala. Marius sorriu e impôs uma naturalidade:

— É uma instituição como outra qualquer. Com uma diferença. Em Harmonisópolis não existe outra qualquer. Vamos ouvir música?

No dia seguinte, Martius devorou o presunto com ovos, temperado na jovialidade de Eustachius, e partiu para a segunda manhã.

Na avenida principal, pairava a tranquilidade organizada dos funcionários a caminho das repartições.

E um dos silêncios foi interrompido pelo súbito funcionamento de um ponto.

O terror sufocou os movimentos de Martius.

Neste instante, Marius e Eustachius, duas crianças libertas de medos imundos, seguraram o moço por braços e pernas e atiraram-se os três no meio dos fogos.

Dez segundos se passaram antes que o leque mortal se fechasse. E quando isto aconteceu, os dois riam de Martius e Martius ria dos dois.

Apoiados na disponibilidade vital que ainda lhes restava, foram celebrar numa cervejaria.

Marius notou um leve rosado no rosto do filho e viu a bebida se escoar pela garganta jovem. Depois, tratou de esvaziar o próprio copo — cerveja e confiança — na onisciência dos destinos que lhe eram familiares, graças à posição importante de substituto de Delenius na Coordenação Geral dos Pontos de Harmonisópolis.

(o mais é fantasia e)

IN PERPETUUM

Passar outra noite: tranquilamente.

É sempre assim?

Sempre.

A campainha nunca chega a tocar?

Nunca.

Porque antes da seis, Debi Mediocriz desdorme o maldormido, desliga o despertador e se repete na cama, respirando funduras. Espera a coisa ríspida responder no peito. Responde: um gosto de véspera na boca. Da boca ao jornal da véspera. Da cama à cadeira da véspera, apanhando a roupa da véspera, indo ao banheiro da véspera, urinando a urina da véspera, lavando o rosto da véspera, escovando os dentes da véspera, penteando os cabelos da véspera, voltando ao quarto da véspera, guardando o pijama.

(da véspera)

A dona da pensão vespera-se em atelogos sem desvesperar o serviço do dia.

O garçom prossegue a troca de obscenidades com o operário.

E Debi?

Debi? Pendura uma xícara de café com leite e um pão com manteiga.

Só?

Mais um maço de cigarros e uma caixa de fósforos.

Debi Mediocriz come sem pressa. De olhos baixos, no caminho da parada de ônibus, fumando o primeiro cigarro.

Primeiro?

Do dia. Espera a condução, a viagem de pé, mãos no balaústre, espiando a revista do passageiro sentado.

Mas só saltou dois anos depois. No centro da cidade, andando cinco minutos num passo calmo até chegar ao banco: um edifício cinzento com portas de ouro.

Para quê?

Para assinar o ponto, para guardar o blusão azul no armário, para vestir uma camisa amarelada, para enfiar o pescoço numa gravata marrom de laço feito, para acenar aos colegas acenantes, para se sentar no trabalho, para tirar da gaveta um monte de fichas brancas, para meditar sobre uma fita de papel com números impressos, para

— Como é, Debi. Acharam a diferença?

ouvir a pergunta do chefe e deixar passar três anos antes de responder:

— Ainda não.

— Ainda não?

— Ainda não.

— Então anda logo. Vê se vocês dão cabo disto antes do homem chegar.

Debi Mediocriz ficou estudando as fichas com duas esperas a mais: o gerente e o colega de mesa que

(nunca chega na hora)

também era colega de diferença.

Afinal, chegou. Debi disse bondia e lhe entregou a fita numerada:

— A diferença.

— Se eu pudesse, pagava do meu bolso.

— Mas não pode. Canta.

O funcionário dizia as importâncias numa voz

(de missa de defunto)

monocórdia.

— três mil quatrocentos e vinte e nove e trinta e cinco dois milhões duzentos e vinte e três mil novecentos e quinze e oitenta

Mediocriz ia riscando um tracinho do lado das quantias.

— seis milhões trezentos e quarenta e oito mil seiscentos e trinta e quatro e dez nove milhões duzentos e cinquenta e nove mil cento e dezesseis e sessenta

— Sessenta ou setenta?

— meia zero.

O companheiro sorriu uma esperança, mas Debi arriou os ombros:

— Certo. Vai.

— dois mil duzentos e vinte e sete e quarenta e oito sete milhões quatrocentos e noventa e seis mil quinhentos e cinquenta e nove e trinta e dois.

Logo que passaram cinco anos, Debi Mediocriz interrompeu a conferência e se dirigiu ao chefe:

— Ainda nada. Podemos almoçar?

— Podem. Mas acabem com isto. O homem está virando fera. Depois do almoço a coisa tem que aparecer.

Era o tempo de esperar um sanduíche de queijo com presunto, um ovo cozido e um chope. Esperou e comeu. Pagou e voltou ao banco no passo de sempre, fumando outro cigarro, desperdiçando pupilas em vitrinas de crediário.

Quando respirou fundo e a coisa respondeu no peito, Debi escarrou na calçada.

Por quê?

Porque o colega recomeçou:

— seis milhões quatrocentos e quarenta e dois mil trezentos e vinte e sete e noventa sete mil duzentos e sessenta e nove e dezesseis onze milhões quinhentos e vinte e três mil setecentos e trinta e quatro e quarenta

— Um momento. A ponta do lápis quebrou.

Debi Mediocriz desembrulhou uma lâmina enferrujada, fez outra ponta e apagou o brilho da testa com as costas da mão.

Às duas e vinte, houve um intervalo: o chefe autorizou Debi a ir ao reservado:

— Mas vê se não demora e acha esta diferença. O homem está reclamando.

Debi se sentou no banheiro com as pernas esticadas sobre os minutos passantes.

Respirou.

Nova resposta.

Novo escarro.

(diabo / preciso ver o que é isto)

Então, se limpou, se vestiu e voltou aos sete milhões oitocentos e trinta e quatro mil duzentos e vinte e cinco e setenta dois milhões quatrocen

Doze anos mais tarde, às sete e meia da noite, Debi Mediocriz parou de trabalhar, sob a interrogação do chefe. Desviou o olhar:

— Infelizmente, ainda não foi possível.

— É. Não sei o que vou dizer ao homem. Espere aqui.

E Debi esperou?

Esperou. A passagem do tempo sem sentido ou direção. De pé. Esperou a porta se abrir, se fechar, se abrir. Esperou a cara do chefe sair da gerência, se aproximar e se fechar enquanto fechava a porta:

— Sua sorte é que o homem já foi. Vê se acaba amanhã. Já está fedendo.

Debi Mediocriz pediu licença e se retirou.

Para quê?

Para guardar a camisa amarela e a gravata marrom de laço feito, para vestir o blusão azul, para ir embora, para comprar o jornal, para entrar na fila da condução para esperar.

Veio o ônibus. Outra viagem, outras mãos no balaústre, espiando outra revista de outro passageiro sentado.

Até a pensão?

Até a pensão.

E depois?

Tomar banho, fazer a barba, sair, se isolar no botequim, pedir uma cerveja e beber devagar. Fumando o alheamento de assuntos das outras mesas: os de sempre. Fumando e esperando.

O quê?

Que o relógio marcasse dez e quarenta. Então, voltou para o quarto, botou o pijama e acertou o despertador para as seis horas.

Deitou-se, olhou as manchetes e acendeu um cigarro.

O último?

Daquele dia. Num instante, o jornal caiu no chão, pois alguém assobiava uma canção desconhecida, o sono não vinha e as notícias eram as da véspera.

Debi Mediocriz fechou os olhos e esperou mais dois anos.

(amanhã a diferença apare)

E deste modo, conseguiu

Conseguiu?

passar outra noite: tranquilamente.

No entanto, antes das seis, Debi Mediocriz desdorme o maldormido e desliga o despertador.

A campainha nunca chega a tocar?

Nunca.

É sempre assim?

Sempre.

CARTA A ESTOCOLMO

Digníssimos Senhores Sábios:

Não há nenhuma razão de ordem emocional que me leve a escrever esta carta, ou melhor, este relatório. Existe apenas a honestidade essencial, fruto de um raciocínio destituído de ambições materiais. Escrevo, pura e simplesmente, por motivos científicos. Assim como, pura e simplesmente, abro mão do Prix Nobel a mim conferido pela Seção de Física dessa respeitabilíssima Academia.

Recuso porque não mereço.

A Ciência deve colher na verdade filosófica seus fundamentos milimétricos e micrométricos, e não aproximações ilógicas despidas de qualquer senso matemático.

Sou, embora nem sempre tenha sido, um cientista completo e, como tal, reconheço ter conseguido me avizinhar do absoluto a que me propus acidentalmente.

Se quisesse, poderia mentir ao mundo as charlatanices do cotidiano.

Entretanto, que me restaria? A eterna insatisfação individual, a autocondenação da insensatez, o reconhecimento subjetivo do fracasso, um sorriso exterior afogado em lágrimas invisíveis e, afinal, o medo de que algum dia, embora póstumo, fosse descoberta a contrafação.

Para todos os efeitos, tornem sem efeito as causas que levaram os Digníssimos Senhores a me elegerem a glória tão elevada. Certamente, haverá outros, cujos méritos terão mais brilho e cuja intuição ou gênio estarão refulgentes de verdade. Não eu.

Meu trabalho durou cinquenta anos, e duraria cem, duzentos ou mil. Seria tão inútil como se não durasse coisa nenhuma, de vez que o tempo, sendo um fenômeno estúpido e irracional, é por conseguinte, irrelevante. Acreditem, caso ainda depositem algum respeito em minhas afirmativas.

Em 1920, aos dezenove anos, obtive meu diploma de Físico Matemático, com distinção, na Universidade Provincial de Westphornia e meu pai presenteou-me com uma pequena joia que marcaria meu destino. Meu destino, de maneira excelente, minhas horas, muito mal: um Jardevault & Lantron de ouro, vinte e dois quilates, trinta rubis, primeira linha e todos aqueles et ceteras capazes incapazes de fornecer a um usuário com minhas qualificações, aquilo de que mais se orgulham os fabricantes, justamente por serem meros "aproximadores ilógicos, despidos de qualquer senso matemático". A precisão.

Examinem esta palavra com a devida gravidade.

Significa: nem mais nem menos, o ponto exato, inespacial e atemporal, unicamente o ponto.

A princípio, não dei importância ao fato de trazer no bolso do colete um instrumento de precisão. Consultava-o com a naturalidade de quem palita os dentes depois de um jantar de terça-feira.

Esta indiferença durou quatro meses e dezesseis dias. Meu diário registra o início de minhas preocupações na data de cinco de maio de 1921:

"Hoje cheguei dois minutos atrasado à palestra do Círculo de Lógica Teórica, devido a uma incorreção de meu Jardevault & Lantron. Recebi críticas tão justas quanto desagradáveis. Infelizmente não posso confiar no alarde cretino dos *maîtres d'horlogerie dès 1766.*"

Na manhã seguinte, passei numa loja especializada e mandei verificar o mecanismo. O homenzinho olhou-me desaprovações e me remeteu aos representantes da firma suíça.

Na oficina de Lapoireux et Frères, os tais representantes, meu relógio sofreu os mais estranhos exames e vexames. Depois de uma conferência temperada em marginalidades visuais, optou-se por uma regulagem simples.

— Não é conveniente mexer na máquina.

O próprio Lapoireux devolveu-me o Jardevault & Lantron, entre desculpas e explicações esfarrapadas. "Que alguma limalha microscópica se alojara no eixo dos ponteiros provocando a interrupção, que tal fato não era frequente e que a tradição de Jardevault & Lantron era merecedora..."

Dos quinze minutos que fui obrigado a ouvir recusando a mínima convicção que pudesse advir do discurso.

Todavia, meu diário não mente. Aos dezessete de junho do mesmo ano, encontra-se nova anotação:

"Repetiu-se o episódio de quatro de maio. Só que desta vez, o atraso recebeu um acréscimo de vinte e oito segundos. Continua a minha descrença nos *maîtres d'horlogerie*. Nos Lapoireux et Frères, nem se fala."

Naquela noite, retirei cuidadosamente a tampa de ouro do Jardevault & Lantron e observei os movimentos da âncora. As repetições infinitas, de aparência correta, executadas pelos minúsculos círculos dentados. Durante quantos anos este bailado automático poderia manter entre os passos frações de tempo iguais? Até quando o desgaste do metal permitiria o uso do atributo "precisão" àqueles bailarinos?

Estas conjeturas, talvez ajudadas pela insônia, guiaram-me à Sala dos Relógios do observatório local. Fui atendido por um indivíduo sonolento. Fiz-lhe algumas perguntas a respeito da hora certa e ele me respondeu quase sem abrir os olhos, enrolando uma ladainha decorada sobre as correlações entre os incontáveis relógios da sala. Ali, guardava-se o tempo universal. Havia a hora de Londres, de Paris, do Rio de Janeiro, de Nova Iorque, de Buenos Aires, de Barcelona ou de qualquer outra parte do mundo.

Entretanto, só me interessava a hora certa. Na medida do possível e por meio de processos manuais ajustei os ponteiros do Jardevault & Lantron na mesmíssima posição indicada pelo cavalheiro, agradeci e me retirei.

Exatamente vinte e quatro horas depois, retornei à Sala dos Relógios. O homem interrompeu o cochilo e me inspecionou de alto a baixo, como se já me tivesse visto em alguma ocasião. Tornei a perguntar pela hora e só então se lembrou da visita da véspera. Cumprimentou-me e apontou o cronômetro do centro. Consultei a posição dos ponteiros e, não verificando nenhuma alteração sensível no Jardevault & Lantron, despedi-me. A partir do terceiro dia, o sujeito apenas acenava e indicava o mostrador do meio. Do décimo em diante só acenava. E do vigésimo primeiro para a frente, nem isso. Compreendi que a Sala dos Relógios passara a ser minha também.

Contudo, justamente na trigésima consulta, sucedeu o que eu esperava. Era inegável. Os ponteiros do Jardevault & Lantron não mais obedeciam à posição angular composta pelos ponteiros do Gravesmith & Sons.

E assim, de vinte e quatro em vinte e quatro horas, testemunhei a derrota vergonhosa do Jardevault & Lantron, cujo atraso se declarava na humilhante redução do ângulo dos ponteiros.

Em dois meses, o Gravesmith & Sons marcava dezesseis horas e trinta e um minutos, enquanto o Jardevault & Lantron engatinhava nas dezesseis e vinte e sete e meio. Um escândalo.

Escrevi uma carta à firma suíça relatando em pormenores o desempenho do relógio e indaguei da precisão e das causas de tão disparatado funcionamento. A resposta consistiu de um catálogo das últimas novidades e de um convite para visitar a fábrica.

Examinei a coleção dos cronômetros à venda e compreendi, com decepção, que o presente de meu pai não era, efetivamente, uma peça de primeira linha. Havia outros Jardevault & Lantron de qualidade superior. Pelo menos uns seis.

Voltei a escrever aos suíços e encomendei um relógio de preço exorbitante. Duas semanas depois, estava de posse do novo Jardevault & Lantron. Corri à sala dos roncos letárgicos e iniciei outra odisseia.

Foram sessenta e oito emoções. O Jardevault & Lantron II comportava-se dignamente, mantendo um invejável empate com o representante britânico.

No entanto na sexagésima nona volta, a Inglaterra começou a ganhar terreno. Meio segundo, um segundo, um segundo e meio. E minha derrota converteu-se no ódio com que escrevi a terceira carta aos Jardevault & Lantron.

Disse horrores de toda a relojoaria suíça, reduzindo a zero sua propalada tradição. Demonstrei a superioridade inglesa, tomando por base o impecável Gravesmith & Sons. Ameacei mover-lhes uma campanha depreciatória, realçando os irrecuperáveis prejuízos que isto lhes poderia acarretar perante a opinião pública. Por fim, despachei os desaforos numa caixinha com os dois Jardevault & Lantron, I e II, devidamente espatifados.

Não me atrevo a descrever o ridículo atrevimento dos fabricantes suíços. Prefiro transcrevê-lo na íntegra:

"Prezado Senhor:

Pela terceira vez, em dois meses, somos molestados por V.Sa..

Torna-se necessário esclarecer que tal ocorrência nunca nos sucedeu anteriormente, desde 1766.

A acusação feita a nossos produtos, com referência à falta de precisão, é improcedente.

V.Sa. compara os instrumentos de nossa fabricação com uma peça do século XIX, encomendada especialmente para a Sala dos Relógios a que se refere, a um preço anticomercial por excelência e, sobretudo, proveniente das oficinas dos senhores Gravesmith & Sons, cuja sociedade dissolveu-se em 1902, por falência fraudulenta, devido à baixa qualidade apresentada em seus produtos.

Vide o Courrier Financier de outubro daquele ano.

Outrossim, asseguramos que nossos relógios não são manufaturados com vistas a uma precisão científica, mas sim atendendo a um exclusivo uso doméstico.

Caso V.Sa. apresente nível financeiro bastante e desejo de possuir um cronômetro de melhor desempenho que o da Sala dos Relógios do observatório citado, escreva-nos e em sessenta dias teremos a satisfação de fornecer o que há de melhor em matéria de precisão.

Creia-nos sempre,

mui respeitosamente,

Gustave François Amedé Jardevault.

P.S. — Não conhecemos as condições de seu observatório, entretanto, informamos que o de Greenwich funciona à custa de nossos produtos."

Acompanhava a carta do Senhor Gustave François Amedé Jardevault uma ordem de pagamento com o respectivo valor do Jardevault & Lantron II.

Depois de duas noites meditativas, enviei uma comunicação ao Observatório de Greenwich, declinando minha posição de Físico Matemático interessado em certos estudos a respeito da divisão infinitesimal dos espaços temporais. Escrevi sobre fotometria de partículas imensuráveis aplicada à medição das intensidades luminosas, abordei um problema relacionado à distribuição dos parâmetros do tempo, discuti possíveis disparidades entre o cálculo diferencial de Leibniz e Newton sobressaindo minha simpatia pelo último, opinei sobre os trabalhos de Diofanto e sua superioridade numa comparação a Al-Khowârizmi, descrevi em minúcias um teorema de Gauss associando-o ao fenômeno dos fusos horários, apresentei dúvidas referentes ao desenvolvimento das funções de Weierstrass, revi a teoria dos conjuntos segundo a concepção de Cantor, elogiei os métodos de Fizeau no tocante à fórmula da velocidade da luz, enalteci a genialidade dos Philosophiae Naturalis Principia Mathematica, inaugurei um processo de demonstrar a equação de Biot para o cálculo dos campos magnéticos, redigi quarenta linhas realçando Thales de Mileto e a influência capital da Grécia antiga, citei Ptolomeu e Arquimedes elevando o segundo a verdadeiro pai da Geometria, sugeri algumas falhas na astronomia de Copérnico e sua inferioridade diante da argúcia de Tycho Brahe e Kepler, exaltei a inteligência de Galileo e suas críticas à física aristotélica, extraí conclusões partindo dos estudos de Maxwell e suas ondas eletromagnéticas, mostrei um sistemático conhecimento da então recente teoria dos quanta de Max Planck, defini meus esforços relacionando-os às descobertas de Hertz e, encerrando, solicitei dos senhores diretores, a marca dos cronômetros utilizados na sala dos relógios.

Minhas oitenta e quatro páginas tiveram como única resposta uma tricromia exibindo uma paisagem de Greenwich, tendo ao fundo as cúpulas do observatório e em cujo verso se lia: Jardevault & Lantron. Só.

Foi indescritível o estado de prostração que me abateu durante três semanas. Estes raros momentos comprovam aquela afirmação: "sou, embora nem sempre tenha sido, um cientista completo". São épocas terríveis. A Ciência me abandona e me submeto às condições degradantes de simples homem-massa.

Entretanto, o dia 4 de fevereiro de 1922 trouxe uma notícia que viria modificar minhas frustrações: o falecimento de meu pai, a milhares de quilômetros, tornava-me o único herdeiro de sua fortuna. Minha mãe morrera no parto.

Concluídos os trâmites legais, dirigi-me à Suíça e entrei em contacto com o Senhor Gustave François Amedé Jardevault. Houve uma breve troca de arrogâncias, perfeitamente compreensíveis, se levarmos em conta as ofensas postais, mas logo o Senhor Jardevault convidou-me a almoçar e ao fim da sobremesa ficou estabelecida a confecção de um cronômetro em tudo semelhante aos modelos adotados pelo pessoal de Greenwich.

Preenchi um cheque, apesar das recusas do Senhor Jardevault e voltei à minha cidade acompanhado pelas ânsias de precisão.

Interessante, o modo pelo qual minha vocação começou a caminhar daquele momento em diante: no mesmo sentido dos ponteiros do relógio.

A pontualidade prometida pelo suíço efetivou-se a onze de abril. Desfeita a embalagem, surgiu o Jardevault & Lantron III, mostrador retangular, todo ele confeccionado numa liga de prata, que lhe conferia um aspecto reluzente, exaurindo confiança nas arestas retilíneas, na extrema delicadeza dos números e na firmeza com que os ponteiros marchavam. Na parte inferior, dois mostradores menores: um destinado aos segundos, o outro, aos décimos de segundo.

A título de curiosidade, desafiei pela terceira vez o Gravesmith & Sons. Como sempre, o zelador do tempo universal zelava pela perda universal do próprio tempo. Meu orgulho despertou-o. Os olhos sopraram uma névoa sonolenta sobre o Jardevault & Lantron, enquanto a boca reprimia um bocejo. Dirigi-me ao Gravesmith, corrigi o Jardevault e dei a partida.

Quando ia me retirar, fui impedido pelo guardião, inacreditavelmente desperto:

— Perdão, mas o senhor não pode levar o relógio.

O imbecil agia como um sonâmbulo. Julgava-me um ladrão. Desfiz o mal-entendido apresentando meus documentos e o recibo da firma suíça. O homem desculpou-se e se esborrachou nos braços cruzados.

Mas foi lamentável, quando cinco meses e doze dias depois, verifiquei que o Gravesmith & Sons estava perdendo a corrida. A diferença media-se em décimos de segundo, porém a vitória do Jardevault & Lantron evidenciava-se de hora em hora.

Mais uma vez, a angústia. Quem estava certo? Gravesmith ou Jardevault? A qual dos dois pertencia a precisão?

E naquele instante inesquecível, a intuição, a sublime intuição dos cérebros privilegiados iluminou meu próprio cérebro e eu a recebi cabisbaixo, com a humildade e a emoção de quem recebe uma dádiva suprema. Foi esta, sem dúvida, a sensação singular que animou Descartes ao vislumbrar de um só golpe, toda a Geometria Analítica. Cerrei as pálpebras e deixei as retinas dançarem livres o enigma cadenciado da intuição: tique-taque, tique-taque.

Tudo se resumiu numa pergunta: que é a precisão?

Era tão claro quanto uma equação do segundo grau. Somente o conceito exato de precisão poderia conceder os louros a Gravesmith ou a Jardevault. A simples comparação do funcionamento de dois cronômetros, de dois gigantes, como era o caso, jamais seria suficiente para demonstrar o fenômeno metafísico da precisão.

Em casa, iniciei uma série de anotações:

"1º — A precisão compreende a divisão do tempo em partículas iguais que formarão um conjunto, cujos elementos de separação apresentam-se infinitesimais.

2º — A igualdade de tais partículas independe de fatores externos e deve manter-se constante em qualquer espaço.

3º — Os ponteiros de um relógio apresentam, teoricamente, movimento circular uniforme."

À meia-noite atingi a centésima quadragésima quinta proposição. Reli uma a uma e adormeci sob o ritmo vigilante do Jardevault & Lantron III.

Antes do Natal, havia completado trezentas e quatorze páginas de teorização.

Foi nesta época, que me aprofundei no estudo dos sistemas binômios de diferenças finitas nos cortes verificados em conjuntos densos e estruturei em seis semanas de fecunda reclusão o teorema que leva meu nome e que me valeu mais tarde, a medalha de ouro, o cobiçado Prix D'Alembert, do Troisième Congrès des Sciences Mathématiques do Institut de Physique Supérieure de l'Université de Paris.

Esta é a encruzilhada em que muitos cientistas interrompem as carreiras, vitimados pela aparente realização refletida num prêmio desta grandeza.

Não foi o meu caso.

O teorema dos binômios não passou do primeiro degrau de uma série ilimitada. O segundo consistiu de um condenável mergulho mental.

Depois do Prix D'Alembert, a existência se tornou meio irritante, com pessoas aborrecendo portas, à procura de entrevistas que não conduzem a nada.

Arrumei as malas e voltei para o Rio de Janeiro. Mas o janeiro do Rio ria um carnaval eterno. Insuportável. Minha permanência durou noventa e nove horas e quarenta e oito minutos. Embarquei para Buenos Aires e de lá, novamente para a Europa.

Na viagem, travei conhecimento com Theodorus Theodokopoulos, um grego desnaturado fortemente atraído por assuntos de alquimia e congêneres. A princípio misturou-se em amador de Física Matemática e entendido em transmutação dos metais. Na véspera do desembarque, confessou-se um simples fabricante de anéis de Gravezande e pirômetros de quadrante, aplicados em salas ginasianas do "mundo inteiro". Passava as tardes no convés, envolvido numa espreguiçadeira, as mãos cruzadas ao peito à moda dos mortos, dormindo um sono macabro de olhos vítreos.

Um dia, estava eu às voltas com uma leitura e ele se interessou pelo título do livro. Era uma obra sobre Geometria Espacial. Começamos a balbuciar um dialeto ítalo-francês inventado por nós, pois o Senhor Theodokopoulos só conhecia grego e italiano e eu só falava o português, o alemão, o inglês, o espanhol, o francês e, curiosamente, o húngaro, herança de um confeiteiro vizinho nosso, responsável por muitas indigestões da infância.

Uma vez contei a Theodokopoulos o episódio do Jardevault & Lantron e falei de minha mania por cronômetros de precisão. Houve um silêncio pontilhado de olhares indecisos. Afinal, o grego puxou uma caneta e anotou um endereço: Arcopolli Giovanni, Coromandel, Índia.

Minha incompreensão diante da atitude fez com que Theodokopoulos se levantasse e fosse espiar um ponto inexistente no horizonte. Passados alguns segundos, voltou de braços marcando nove e quinze:

— Isto é homem você querer... saber tudo desse coisa... desse precision... maníaco enterrado no Índia... saber tudo.

A peregrinação pela costa do Coromandel durou exatamente dez meses e quatro dias. Entretanto, a primeira indicação sobre o tal Arcopolli Giovanni traria uma alegria compensadora, não fosse o final desastroso que me esperava.

Obtidos todos os dados referentes à posição geográfica do Senhor Arcopolli, através de um raríssimo exemplar do Atlas Schaeffer, consegui um guia motorizado que se dispôs a me transportar pelos quatrocentos e vinte e três quilômetros, a troco de uma importância suficiente para a compra de dois Jardevault & Lantron III.

Rodamos quatro dias e meio numa estrada, cuja paisagem nunca pude descortinar, eternamente proibida num véu de pó estilo indu.

No final da aventura, atingimos uma região mais tranquila, pelo menos esverdeada de canaviais tendentes ao infinito. Tratava-se da propriedade do Senhor Arcopolli Giovanni.

Fomos recebidos pelo sorriso do proprietário guardado pela decisão de dois fuzis.

Identifiquei-me através da amizade com Theodorus Theodokopoulos. O italiano pronunciou satisfações, enxotou os fuzis e me convidou a entrar. Tudo num inglês perfeitamente satisfatório, para meu alívio.

Preparou-me um banho perfumado em especiarias e me condenou a uma bebida de paladar intraduzível. Até hoje não sei se era vinho ou aguardente.

Ao primeiro gole, Arcopolli piscou-me uma supremacia. E o jantar foi todo acompanhado de preeminências piscadas. Bastava um simples olhar ao copo.

O Senhor Giovanni improvisou um exaustivo questionário sobre a vida atual de Theodorus Theodokopoulos. As respostas iam-se formando nas possibilidades do momento, insufladas pelos primeiros efeitos do xarope.

Dali em diante, decidi recusar qualquer oferecimento alcoólico. O criado nos serviu um doce indefinível e então, falei dos motivos de minha viagem. Contei os aborrecimentos causados pelos cronômetros de Jardevault & Lantron, as dúvidas a respeito do Gravesmith & Sons e as resoluções quanto aos estudos da divisão do tempo.

O italiano bebia a despreocupação causada por minhas palavras e vez por outra franzia a carantonha num bocejo disfarçado.

Quando terminei, quis saber quais as informações que me poderia fornecer relacionadas ao problema.

O Senhor Arcopolli Giovanni passeou um aparvalhamento e declarou não entender nada do que acabara de ouvir. Voltei ao assunto, lembrando-lhe as afirmações de Theodokopoulos:

— Mas ele disse que o senhor conhecia todos os mistérios da precisão.

O italiano ia prosseguir o alheamento científico, entretanto, interrompeu-se e liquidou minhas esperanças numa gargalhada letal. Sem parar de rir, pegou uma das garrafas e balançou o rótulo em minha incredulidade.

"SOCIETÀ VINICOLA DELLA PRECISIONE
ARCOPOLLI GIOVANNI & CIA."

A ressaca proveniente da bebedeira de vinhos Precisione só se curou quando desembarquei em Calcutá e comprei passagem para Europa.

Foi mais uma temporada de abandono científico: gastava as horas maldizendo o grego Theodokopoulos.

Ao abrir a porta de casa, fui recebido pelo silêncio do Jardevault & Lantron III. É inútil dizer que a corda não funcionou. Pudera. Depois de um ano de vadiagem.

Levei-o aos Lapoireux & Frères e ordenei uma limpeza geral.

Neste meio tempo, retomei as anotações e acrescentei oito itens. No entanto, aquilo começou a me parecer sem fundamento. A precisão demandava mais prática do que teoria. De que valeriam as proposições, os teoremas, os axiomas, se a realidade cronométrica era composta de âncoras, coroas, balanços, escapamentos, virolas, cabelos, rodas e uma infinidade de miudezas?

No dia em que Lapoireux me devolveu o Jardevault & Lantron "em perfeito estado de funcionamento", tomei a decisão de me dedicar ao estudo dos componentes. Isto não representava um desprezo à teoria. Em absoluto. Apenas uma aproximação maior da técnica que me faltava e que me conduziria, de minúcia em minúcia, ao Prix Nobel e a esta carta recusatória.

A grandiosidade do progresso é feita de insignificâncias. Foi a paradoxal verdade revelada no mármore da mesa de trabalho: os duzentos e quarenta e oito pedacinhos soltos do Jardevault & Lantron III.

Estudei as ligas metálicas e o processo de corrosão, a resistência dos materiais empregados e o comportamento de sua mecânica mediante variações de temperatura, o efeito das ondas sonoras inaudíveis nas repetições simétricas do balanço, a proporção entre o desgaste dos eixos e das demais peças, o peso ideal dos ponteiros, a divisão correta do mostrador, o diâmetro micrométrico do cabelo e um sistema de lentes adequadas que salvaguardassem minha visão: em 1934, eu já havia consultado vinte e oito oculistas e inutilizado quarenta e nove pares de óculos, sem contar as setenta e duas lupas fabricadas a meu pedido.

A Segunda Guerra me obrigou a fugir precipitadamente para a Suíça. Aqui, além de encontrar a paz indispensável à pesquisa, sentia a vizinhança dos grandes relojoeiros. Projetei uma residência dotada de sala subterrânea à prova de som e de outros aborrecimentos e lá instalei o laboratório.

As paredes aluminizadas dispunham de osciloscópios e instrumentos de medição, além dos cento e noventa e sete cronômetros de variadas marcas, exceto Jardevault & Lantron, pois finalmente, lancei a prometida campanha difamatória que ocasionou a ruína da empresa dois anos depois.

Ao lado direito, enfileiravam-se quinze relógios experimentais construídos por mim com material encomendado aos Senhores Allastair Macpherson & Brothers, sucessores de Gravesmith & Sons.

Na época, tais encomendas revoltaram Gustave François Amedé Jardevault, já à beira da falência.

Afinal, os frutos do trabalho começavam a amadurecer.

O primeiro estava pronto. Com ele eu podia obter elementos comprovadores de uma precisão quase absoluta, pois a margem de erro reduzia-se a um épsilon de 1/150.000.000.

E não se tratava destes relógios atômicos, que apresentam falhas da ordem de 1/100.000.000.

Meu aparelho, concluído em 1946, foi o resultado de uma observação a partir dos efeitos de ondas senoidais sobre as vibrações moleculares de metais preciosos.

O atraso de dois anos verificado na confecção decorreu da extrema dificuldade em localizar uma agulha imantada que pudesse satisfazer às modulações daquilo que em meu diário dou o nome de oscilometógrafo. Não confundir com osciloscópio.

Tal instrumento prestava-se a diversas tarefas. Entre elas, media as sonorizações provocadas por certos magnetismos exteriores que se convertiam em números de dupla valência traduzidos numa tabela de sistema plurivalente de bases 2, 5 e 12.

Era muito simples: se desse negativo, desprezava-se, se desse positivo, aproveitava-se o elemento magnetizador, desde que submetido a várias operações de neutralização.

No começo, houve algum desespero devido a uma insignificante troca de sinais. As senoides apresentavam-se com um aspecto cossenoidal de consequências desastrosas. Embrenhei-me num emaranhado de integrais e a conclusão final surgiu sob a forma de um sistema de dez equações a dez incógnitas.

A resolução de semelhante sistema, caso eu me servisse da regra de Cramer e considerando que gastaria dez segundos em cada operação, demandaria cento e dois anos, oito meses, vinte e um dias, quatorze horas, quarenta e quatro minutos e cinquenta segundos.

Duas firmas norte-americanas de computadores ofereceram auxílio e o tempo da resolução baixou para um mês.

De posse dos resultados, restou o problema da referida agulha. Recebi amostras de Boston, Londres, Basileia, Tóquio e Milão. Mas não me envergonho de dizer que o único exemplar aproveitável pertencia a uma bússola rudimentar adquirida numa feira livre do Rio de Janeiro.

São os paradoxos da Ciência.

Todavia, pude dormir com alguma tranquilidade: meus caminhos pareciam corretos.

No laboratório tudo funcionava e a única preocupação resumia-se num épsilon de 1/150.000.000.

No ano seguinte, apresentei relatório completo em doze sessões da Academia de Bruxelas e recebi um convite para ministrar um curso num universidade da África do Sul.

Contratei um jovem espanhol que trocara a carreira eclesiástica pela de Físico Matemático, Juan Francisco Miguel Valdez de Aziñagra, deixei a sala de alumínio sob sua guarda e parti para a Cidade do Cabo.

A experiência como professor foi decepcionante. A juventude moderna não se interessava pelos novos princípios apresentados. A insatisfação era flagrante naquelas fisionomias dispersas pela curiosidade em idiotices não científicas.

Entretanto, encontrei Pamela, uma adolescente inglesa de um metro, oitenta e um centímetros e dois milímetros de altitude. Depois de me conhecer, desinteressou-se pelos estudos e se interessou por mim. Casamo-nos em 1950 e tivemos uma rápida lua de mel em Turim, onde todas as noites, assistíamos às conferências da Associação dos Amantes da Física: um desastre.

Quando voltei à Suíça, Aziñagra havia relacionado elementos novos, extremamente satisfatórios.

Foi a partir dos dados do espanhol, que elaborei o projeto de um cronômetro auxiliar no intuito de corrigir e se possível, eliminar a desagradável margem de erro. Seria a vitória total.

Em junho de 1954, como os senhores estão lembrados, meu nome já constava da lista dos prováveis Nobel. Porém, a palma coube a um tal Johann Markus Von Rehfeldt, um obscuro alemão, que descobrira umas radiações capazes de curar certas anomalias celulares.

Não desanimei com a injustiça da escolha. Pelo contrário. Passei a dedicar dezoito horas ao subsolo.

Mas o cronômetro auxiliar dependia de uma inovação eletrônica somente possível num ambiente desprovido de qualquer tipo de vibração ou de influências magnetizantes. Então, movidos por um ânimo indestrutível, partimos para a construção do segundo laboratório.

Mudamo-nos para Vevey e às margens silenciosas do Lago Léman, erigimos um dos maiores monumentos da Física experimental. Um edifício de oito andares, numa área de dois quilômetros quadrados.

O salão principal onde se localizariam os dois cronômetros, o de ondas senoidais e o auxiliar, funcionava sobre colunas de mercúrio, possibilitando um deslocamento de todo o conjunto — assoalho, teto e paredes — de cota igual a trinta centímetros e afastamento idem.

Só esta medida arquitetônica pôde eliminar as tais vibrações indesejáveis.

Os esforços exigidos pela obra dilataram-se por quatro anos e quatro dias.

Não houve inaugurações de caráter público, uma vez que a solidão é a condição indispensável ao cientista.

A montagem do cronômetro auxiliar só teve início no inverno de 1960, pois o computador adquirido na Pensilvânia teimava em certas incorreções assustadoras.

Como exemplo, basta citar o caso do teorema de Pitágoras. Havíamos tentado diversos testes numa programação primária e o resultado mostrava-se avesso ao matemático grego, ou seja, segundo o computador, o quadrado da hipotenusa apresentava discrepâncias quanto à soma dos quadrados dos catetos. A princípio, Aziñagra e eu aceitamos com reservas a opinião da máquina. Até verificarmos o erro tecnológico, dispersamos cinco meses em cálculos impublicáveis.

Mas tudo se resolveu e a tarefa se restringiu ao silêncio coordenado de dois cérebros: o meu e o de Aziñagra.

Depois de muita luta, consegui dissuadir Pamela de perder as tardes ouvindo vitrola em nossa residência do último andar. A música, apesar do baixo volume, introduzia pequenas alterações nos oscilometógrafos. E um decibel a mais ou a menos poderia tornar-se funesto.

Só o exercício de uma extrema paciência possibilitaria a execução do cronômetro auxiliar. E assim foi.

Na manhã de 4 de abril de 1963, acionamos os comandos e os dois relógios mostraram uma obediência cega.

O princípio da correção parcial por meio de um instrumento coadjuvante tornou-se lei.

Os demais mostradores da sala transbordaram uma harmonia extraterrena. Não havia um só ponteiro desconexo à sua missão. Era encantador assistir à marcha real do tempo dividido nas partículas tradicionais: minutos, segundos, décimos, centésimos, milésimos.

Aziñagra e eu trocávamos sorrisos na vitória automática da Ciência.

No entanto, ao cabo de três minutos, ocorreu uma desestruturação não programada. Pamela, a ingênua Pamela, simbolizando a imbecilidade milenar do elemento feminino, contagiou-se daquela alegria e revelou sua condição indigesta, estourando uma garrafa de champanha.

O estampido provocou a descontinuidade do instrumento catalisador das ondas senoidais e o oscilometógrafo denunciou quase meio grau para a esquerda.

Aziñagra tentou interromper o processo fixando as placas fotocromáticas. Foi a sopa no mel: houve curto no acionador de energia irradiada, consequentemente, desregulagem dos platôs internos, que por sua vez, desestimularam o impulso das baterias protônicas, ocasionando perda de intensidade no fornecimento das ondas. Estas passaram do secundarismo esverdeado a um primarismo de composição amarelo-azul e, desgraçadamente, inverteram-se de senoidais a uma nauseante cossenoidal violeta.

Resultado: o efeito maravilhoso do cronômetro auxiliar sobre o principal reduziu-se a um aproveitamento mínimo.

Desliguei o complexo, envergonhadíssimo com o deboche inconsciente dos oscilometógrafos e bebi o champanha de olhos baixos.

Foram necessários dezesseis dias para recompor o estado de repouso inicial.

Pamela ficou expressamente proibida de penetrar no laboratório e afinal, reiniciamos as experiências.

A margem de erro baixou para 1/482.000.000.

Não era o ideal, mas tratava-se de um estágio promissor.

Comuniquei à imprensa especializada os progressos alcançados e publiquei uma separata da Revue des Sciences Physiques, sob o título de Contribuição ao Estudo das Correções Cronométricas.

O laboratório de Vevey era o único ponto do Universo em que já se podia vislumbrar a precisão. Inegavelmente, isto me orgulhava.

Agora, podíamos pensar no futuro e na destruição completa do erro.

O novo sistema integralizaria os dois cronômetros, fundindo-os num só. Tanto a função divisora, quanto a corretora, trabalhariam simultâneas, interligadas por meio de cabos eletrônicos revestidos de guta-percha mais uma substância composta de grafite e celulose.

Quando, depois de uma reunião secreta, confessei a Aziñagra a ideia da guta-percha, o espanhol levantou-se deslumbrado e me beijou as mãos.

O esquema do monobloco era de uma simplicidade infantil. No lado direito, os eletrodos autocontroláveis, no centro o mecanismo do relógio montado numa base inteiriça de quartzo e no lado esquerdo, os aparelhos de correção.

O gabinete, moldado numa liga de alumínio, magnésio e uma insignificância de ferro, media três metros e quarenta de largura, quatro e vinte de altura e dois e noventa e nove de profundidade.

Não haveria mostradores nem ponteiros. As indicações seriam controladas por meio de raios luminosos que se projetariam numa diminuta tela frontal, cabendo ao observador a habilidade da leitura dos dados e sua consequente conversão em horas, minutos, segundos, décimos, centésimos, milésimos e assim por diante.

Mais uma vez, o funcionamento seria testado pelos oscilometógrafos, sendo que agora, havíamos introduzido um método cromático de compreensão elementar.

As cores quentes, tais como o vermelho, amarelo e laranja, significavam incorreção positiva. A cor azul, fria e as neutras preta e cinza apontariam as incorreções negativas. As intensidades tonais sofreriam transformação numérica e mostrariam em trinta e dois osciloscópios as margens de erro prováveis.

Além disso, instalamos em todo o edifício um circuito fechado de televisão, que nos facultava observar, através de oitenta e oito vídeos, o que se passava nos demais andares, em sua maioria, usinas energéticas fornecedoras.

Com a finalidade de um trabalho ininterrupto, imaginamos um fornecimento alimentar autônomo. Em horas certas, as bandejas chegavam-nos por uma esteira de asbesto. A comida se resumia numa mistura destemperada de vitamina, água e trigo.

Aziñagra reclamou do paladar das primeiras refeições. Mas veio a imaginação de Pamela, introduzindo corantes variados. E meu assistente passou a exigir os cremes cor de abóbora ou de beterraba. Enfim, o espanhol ficou gastrônomo.

A nova construção estendeu-se por cinco anos, onze meses e vinte e dois dias.

Até agora, não sei se valeu a pena, pois esta carta é fruto de observações efetuadas hoje.

Dirijo-me aos Senhores Acadêmicos para recusar a Glória.

Vossas Excelências foram vítimas de um engano fatal amplamente perdoável, pois eu próprio também me deixei levar pelas ilusões da Física Prática.

De meu relatório de setembro último, constavam declarações correlacionadas à divisão do tempo e sua associação às velocidades astronômicas, fato que proporcionava o invento de um cronômetro perfeito e dotado de precisão absoluta, cuja margem de erro se reduzia a zero.

No mês seguinte, abri as portas do laboratório à curiosidade científica e o mundo inteiro comprovou a veracidade do feito.

Finalmente, a sábia Academia apontou meu humilde nome à honra do Prix Nobel.

Todavia, minha honestidade científica falou mais alto.

Não aceitando o prêmio, não aceito também as "aproximações ilógicas, despidas de qualquer senso matemático".

Hoje, num desses momentos em que Aziñagra faz a inspeção das usinas energéticas, assinalei um surpreendente fenômeno num dos oscilometógrafos cromáticos de medição positiva.

A olho nu, me pareceu que o branco indicador da margem zero pulsava um amarelecimento quase imperceptível. Esfreguei as pálpebras e repeti a observação. Era indubitável. Liguei um dos osciloscópios e fiz a conversão. A verdade realizou-se numa constante intermitente. Havia um erro positivo variando entre 1/1.168.000.000.000 e.......... 1/1.134.000.000.000. Acionei maior energia ao oscilometógrafo e a pulsação intensificou-se. O amarelo se derramava por toda a tela durante quase meio segundo e em seguida se desvanecia sem desaparecer por completo.

Apertei todos os interruptores: uma loucura. Os positivos amarelavam-se. Os negativos acinzentavam-se. Tornei aos osciloscópios e li a margem negativa. Havia um erro criminoso e também constante entre menos 1/840.000.000 e menos 1/680.000.000. Quatro erros, dois a dois em sentidos opostos.

ERA INACREDITÁVEL, MAS ESTÁVAMOS REGREDINDO AO PRIMITIVISMO DOS JARDEVAULT & LANTRON!

Agora, as cores piscavam ritmadas, provocando um verdadeiro espetáculo de fogos de artifício.

Liguei o circuito de TV e tentei localizar Aziñagra, mas desgraçadamente, o maldito espanhol não se encontrava em parte alguma.

Passei pelas câmaras de circulação do segundo andar, pela fornecedora de irradiações do terceiro, pelo departamento de locomoção eletrônica do quarto, pelo depósito de componentes do quinto, pelo laboratório complementar do sexto, pela sala de vácuo do sétimo. O infeliz desaparecera. Fiz uma conexão com o oitavo. Aziñagra estava lá, com Pamela. Os dois, destituídos das vestes, se haviam deitado formando uma incalculável junção corporal. Pamela afastara os membros inferiores, num ângulo correspondente ao diâmetro abdominal de meu auxiliar. Aziñagra se acoplara nas coordenadas indicadas por Pamela e imprimia ao tronco um movimento pendular de aceleração uniformemente variada, cujos impulsos, como verifiquei estarrecido, correspondiam às variações cromáticas apontadas pelos oscilometógrafos de medição positiva.

Peguei o microfone e chamei-os. Os dois descontrolaram-se tentando desfazer a posição, mas sugeri o contrário, ordenando-lhes movimentos mais sofisticados. Aziñagra obedeceu e os oscilometógrafos concordaram. Em seguida, determinei uma redução de um terço da velocidade anterior. Meu assistente não obedeceu. A aceleração prosseguiu constante, me obrigando a desligar os medidores sob a ameaça de uma pane. Subitamente, Pamela e Aziñagra interromperam-se e separaram-se. Tornei a acionar as telas cromáticas. Cessara a vibração amarela.

Entretanto, os mostradores de medição negativa continuavam a pulsar e a margem permanecia: menos 1/840.000.000 e menos 1/680.000.000.

Meu cérebro desfazia-se em raciocínios desconexos. Intimei-os a comparecer ao laboratório. Procurei descrever a Aziñagra o fenômeno das pulsações, inquirindo-o sobre a causa da permanência do erro negativo.

Os dois me olharam a mesma incompreensão que vira na Índia, nos olhos do Senhor Arcopolli Giovanni e, da mesma forma, riram um riso infindável.

Neste momento, os oscilometógrafos de medição positiva encheram as telas de uma intermitência amarela tendente ao laranja. Quanto mais Aziñagra e Pamela riam, mais o cromatismo latejava. E quanto mais eu lhes ordenasse a suspensão do riso, mais os oscilometógrafos de medição negativa passavam do azul ao cinza e do cinza ao negro.

Só então, a essência fundamental da verdade científica surgiu na clareza dos mostradores.

A precisão absoluta jamais se tornaria possível na presença antitética de nossas vidas ou de qualquer outra.

Minha energia vital provocava erros negativos, enquanto que a energia vital de Pamela e Aziñagra excitava erros positivos.

Digníssimos Senhores. Haverá um tempo em que toda manifestação orgânica cessará sobre este planeta. O Universo mergulhará em dias e noites de eterna pureza. Aí, apesar da contradição, será a oportunidade de pensar num Prix Nobel a quem determinar a precisão cronométrica. Não agora.

Fiz uma leve pressão no comutador da fonte negativa e um gás neutralizante invadiu o laboratório.

Nossos corpos se desfizeram num líquido opaco e semearam manchas disformes no assoalho, signos de um idioma desconhecido.

CURRICULUM MORTIS

(Fragmento)

((tum tum tum-tchtuntum tum tum tum-tchtuntum))
(paupéria / paupéria não / a coxa / as pernas lisinhas de paupéria dando nó cego na cintura de anacleto meglianti / anacleto salvatore meglianti / o italiano e a putana / mato os dois)

Gafilhão de Saburgo III passa as noites sentado na privada pensando coisas sangrentas. Há sangue de Paupéria e Anacleto salpicado nas paredes. Há exércitos de credores e oficiais de justiça despedaçados, putrefatos pelas calçadas.

(da rua quatorze de fevereiro / o rio de janeiro não tem bancos gerentes duplicatas juros / meglianti e paupéria mortos / nem sei quem são / moro em paris / na rive gauche / olho as águas do sena e não sinto a menor emoção / sou francês estou habituado
— monsieur gafillon de sabourg?
— oui?
— le dîner
— merci
meglianti também está jantando)
— Meglianti?
(o guardanapo uma nota promissória de quatro mil e trezentos /
— anacletô est vif? pas possible / eu apunhalei o canalha / o copo de châteauneuf flutua / derrama-se em meglianti / o agiota é uma poça de sangue e vinho)
((tum tum tum-tchtuntum tum tum tum-tchtuntum))

Seis horas.

(a vaca deve estar dormindo)

— Paupéria.

— Ainda?

— Não tenho sono. Que é que você tem com isto?

— Nada. Fico com pena. Mas não grite. Gafinho acorda.

(gafinho dorme doze horas por dia e tem a pele amarela / não come porque não quer)

— Gafinho?

— É. Gafilhão de Saburgo IV.

((gafilhão de saburgo III / gaf-gafilhão / tum tum tum-tchtun-tum tum tum gaf-gafilhão/

"Gaf com sete annos já está no collegio. Só tira primeiro lugar. O Doutor diz que sua cabecinha é um thesouro. Tem phosphoro demais. Bem que podia dar um pouco pro Gafão. É tão secco. Quase não abre a bocca."))

— O café. Acaba logo este banho. Seis e meia já.

(o café tem gosto de vinagre)

— Falou com seu irmão?

— Gafão?

— Quem mais podia ser?

— Me deu uma banana.

— Usurário. Mais de cinco mil por mês.

Gafilhão não respira.

— E Anacleto? Muito mais de dez mil e em cima de mim como um abutre. Por causa de quatro e trezentos.

Paupéria corta uma fatia de pão.

— Anacleto é agiota.

— Um miserável.

— Não, Gaf. É agiota. Vive disso.

(vive disso / a desgraçada defende o amante / vou preso morro e aí vão-se esfregar livremente / deixa / mantenho a calma / mais tarde dou o flagrante e liquido os dois)

Gafinho aparece na porta, meio adormecido.

— Papai. Quero um caminhão vermelho com motor de verdade.

— Papai compra. Papai compra tudo pra você.

Sai. Paupéria vai até o elevador.

— E se vierem outra vez?

— Diga qualquer coisa. Por favor, Paupéria... diga... diga que eu morri. Que estou quebrando o galho deles com um gerente...

(da quatorze de fevereiro)

— Mas olhe bem. Não fale em Rua do Rosário. De maneira nenhuma.

— Até logo.

(se deita com um agiota mas tem medo dos outros)

A Rua do Rosário tem bancos de portas douradas, cartórios escuros, cobertos de pó.

(pra que serve esta merda toda?)

— Senhor Gafilhão de Saburgo... Três?

(que imbecil)

— Terceiro.

— Ah, perdão. Pode entrar.

— Com licença.

(o gerente tem cabeça de coco barriga de mamão)

— Senhor Gafilhão? Por favor.

(mas está sorrindo / sorrindo? / será?)

Gafilhão senta-se marcial, a mão estendida.

— Bom dia.

— Bom dia.

(continua sorrindo / ainda SOU um GAFILHÃO DE SABURGO)
((tum tum tum-tchtun))
(BOLAS!)
— O senhor leu a carta?
— A proposta?
— Sim.
— Está aqui. A quantia que o senhor solicita,
(o sorriso aumentou)
— Vinte e três...
— justo.
Vinte e três mil. É um pouco alta. Mesmo com o avalista apresentado, contudo
(("Contudo, o senhor director queira desculpar, mas meu filho tem um nome honrado. Gafilhão de Saburgo Terceiro. E não commetteu nenhum acto delictuoso ao contrahir uma dívida de vinte e três mil réis. Assim sendo, sahirá do collegio".))
talvez
pudéssemos liberar uma quantia menor. Uns quinze mil, quem sabe?
— Pra mim não há problema. Se não tem outro jeito, concordo.
(onde está o sorriso?)
— Acontece que... Lamentavelmente, entrou em nossa carteira de cobrança uma nota promissória de quatro mil e trezentos e
(anacleto salvatore meglianti e paupéria / o italiano e a putana novamente / queimaram meu último cartucho / agora é andar com todo o cuidado / a quatorze de fevereiro é perigosa / na esquina com rosário há dezenove credores chefiados por meglianti / já me viram? / estão preparando as garras / vou entrar no maxim's antes que me encontrem /
— garçon?
— monsieur?
— hors-d'oeuvre)

— Vai tomar alguma coisa?
(— un gafilleux de sabourg)
— Com este calor?
(— não prefere um meglianti sec?
— non!) Porra.
(— pardon / não chore / trarei o gafilleux /
— merci / merci)
— Entrada?
(— bifteck de paupère à la sauce de salvatore /
— un peu de la cuisine italienne / un connaisseur /
— oui /
— et ensuite? /
— rien /
rien a não ser uma das mãos de paupéria esmagando-se em minhas costas / gaf querido / gaf)
((os meninos da primeira série desfilam no pátio batucando tambores de papelão colorido /
tum tum tum-tchtuntum tum tum tum-tchtuntum
gaf-gafilhão cagalhão terceiro
gaf-gafilhão cagalhão terceiro))
(a outra mão aperta a masculinidade europeia)
— Europeia?
(de anacleto salvatore meglianti)
((os meninos fazem a volta /
tum tum tum-tchtuntum tum tum tum-tchtuntum
gaf-gafilhão cagalhão terceiro
gaf-gafilhão cagalhão tercei))
— A conta.
— Posso pagar com cheque?
(sem fundos)

— Pois não.
(agora ou nunca / na casa de gafão / só de vingança)
Gafilhão dá outro cheque ao motorista do táxi.
Gafão não estava.
(que pena)
Cumprimentou a cunhada e se trancou no banheiro. Ficou olhando pela janelinha.
(paris)
Na mão direita, a Smith & Wesson que pertencera a Gafilhão de Saburgo I.
Jogou o olho numa nuvem.
(tal e qual o nariz de anacleto)
O olho caiu manso: um balão apagado.
Nuvem.
Céu.
Montanha.
Telhado.
Casa.
Calçada.
Chão.
Terra.
Lama.
((os meninos distanciaram-se com os tambores / tum tum tum-tchtuntum tum tum tum-tchtuntum gaf-gafilhão cagalhão tercei))
Pum.
O olho balançou, pendurado na lâmpada do teto.
Foi parando, paran…
Parou.

PÔQUER

(Fragmento)

Pôquer por quê?

Porque pôquer era o pouco a me apoquentar desde que eu quisesse passar um domingo ao lado de Auriflor, filha da falecida Auriflávia, neta de Auridéa, bisneta de Auricétera e tal.

Mas tinha pai, tio e principalmente avô, que despejava palavrões, cusparadas e milênios da sacada do primeiro pavimento, enquanto o cravo brigava com a rosa debaixo de.

Além disso, tinha também papos-de-anjo em lugar de joelhos e matraqueava bobagens adoçando as palavras numa calda de sensualidade ocasionada por um defeito de prolação. As frases arrebitavam-se numa clareza decrescente, até perderem-se num suspiro esmagador de sílabas finais. Uma deficiência respiratória despertando em mim reminiscências inconfessáveis e impublicáveis.

Sendo assim, aceitei o convite: Auriflor era uma incongruência chovendo fetiches em meu deserto.

> (em lugar deste ponto aí de cima, achei preferível uma vírgula, mas não ficava perfeito, porque o melhor seria uma semivírgula, coisa que não existe e precisa ser inventada para a sublimidade de certas compreensões, portanto considero uma semivírgula depois de deserto e passo ao parágrafo seguinte sem concluir o anterior, cuja conclusão poderá ocorrer mais tarde ou nunca, fato que não terá importância considerável comparado a outros acontecimentos de tal impaciência em acontecer, que me levam a acontecê-los sem perda de perdas, todavia, para o bom entendimento do que segue, confesso haver saltado três períodos, um em que descrevo a

sala de estar da casa de auriflor referindo-me à decoração com calculada indignidade ou acentuando o mau gosto dos moradores, outro onde passo cento e cinquenta e quatro linhas amontoando palavras difíceis como zingamocho, etogenia e manipanso, sem apresentar nada que valha a pena e afinal, um terceiro de belíssima grandeza metafórica ou onomatopeica, mas redundante no que tange aos aspectos da sexualidade semeada pelo vislumbre momentâneo das rótulas de auriflor)

Primeiro, ninguém: o avô dormia o domingo.

"mas, no momento em que a lança de aquiles prenunciava vitórias nos portais de tróia, estes ribombaram em trovões de ousadia"

"quem teria a petulância de interromper de modo tão vil as paradisíacas delícias prometidas pela condessa?"

Dois homens invadindo a sala, entre gargalhadas, vitupérios e bandeiras.

— Papai. Titio.

— Prazer.

— Prazer.

— Prazer.

— O senhor de quem lhes falei. Estão lembrados?

Ninguém se lembrava.

O pai de Auriflor acariciou o ventre e passou a língua no lábio superior:

— O senhor joga pôquer?

Antes que eu pudesse arrumar uma sintaxe à minha alergia pelas cartas, acendeu um cigarro e fez um gesto cabalístico:

— Auriflor, o baralho.

A primeira baforada esbaforiu a desculpa.

— Não se incomoda se jogarmos? É assim todos os domingos.

— Absolutamente. Acho mais interessante assistir.

Auriflor entregou ao pai uma caixa de madrepérola. Dentro havia dois baralhos. Um deles era de fabricação espanhola, com os signos característicos. O homem pegou o outro, prendeu o cigarro num canto da boca, apertou os olhos em atitude antifumaça e iniciou um espetáculo de crupiê. As cartas lambiam-lhe os dedos em maestria de cassino, formando leques ou sanfonando mistérios. Enquanto isto, o avô que acabara de entrar num falso sonambulismo, escorregou uma das garras em direção ao baralho espanhol. No entanto, o pai de Auriflor, sem se descuidar da prestidigitação, aplicou um tapinha nas falanges do velho:

— Nada de tramoias. Hoje temos visitas.

A seguir, distribuiu as cartas. Os quatro examinaram o jogo e aguardaram as apostas. O tio pediu duas cartas. Auriflor, uma. O avô, nenhuma. O pai arriscou uma ficha. O tio dobrou. Auriflor triplicou. O avô quadruplicou. A operação se repetiu algumas vezes. As fichas terminaram. Os olhos entrebrilhavam ódios ao avô. Auriflor trouxe feijão. Prosseguiram as apostas. O avô multiplicava sem cessar. Na mesa, havia cento e sessenta e nove fichas vermelhas, cento e vinte e uma azuis e sete douradas, além de cinco mil setecentos e treze grãos.

O pai esmurrou uma impaciência:

— Enquanto houver feijão nesta casa, continuarei jogando.

E assim foi. Auriflor apareceu com uma vasilha de alumínio que se esvaziou em poucas rodadas. Veio um saco de cinco quilos. Outro e mais outro. Às duas e quarenta e nove da madrugada as apostas teimavam. Felizmente, às quatro em ponto o último feijão rolou no campo de batalha.

O pai levantou o braço, o leque e a vitória a uma altura de dois orgulhos e dez desaforos e desfechou o jogo na madeira:

— Four de reis. DE OUROS.

O tio desdenhou uma confiança:

— Five de reis. DE COPAS.

Auriflor bocejou:

— Six de reis. DE ESPADAS.

Porém, o avô se mumificou no espaldar e exibiu o que só poderia ser um seven de reis de paus.

A partida não se concluiu. O pai e o tio seguraram o velho pelos braços e obrigaram-no a se debruçar sobre a mesa. Então, desnudaram o par de nádegas pré-históricas nos tremores de um pleistoceno epidérmico:

— Ladrão sujo.

Durante as quarenta e nove chineladas, brotaram três filetes escuros, mas o avô não gemeu. Apenas apertou as gengivas e rugiu promessas:

— Amanhã irei a palácio e mostrarei o que fazem com o descendente de um Auri (qualquer coisa que não entendi)

Todavia, a outra descendente de um auri-qualquer-coisa não descolou os olhos da flagelação, apesar de me sorrir uma inocência de café com canela:

— Não adianta. Vovô não toma jeito.

FALECIMENTO, MORTE E VIDA DE F.

No dia do falecimento, os médicos olharam os olhos de F. e se desentreolharam: F. falecera com um quilo na cara de sapo e trezentos e vinte gramas nas rugas em tonalidades cambiantes do amarelo ao roxo para encantar as enfermeiras da Maternidade Pública da Mãe Idem.

Não houve necessidade de cortar o cordão umbilical, uma vez que o referido cordão não resistiu aos solavancos da morte e se partiu sozinho na rapidez de confundir o mundo em outra armadilha imunda.

Enquanto isto acontecia, o camelo tentava sem cessar.

Vinte e quatro horas depois, F. ainda morria e a Ciência não se assustou porque as mortes dos FF não assustam mortalma. Não obstante, F. estava morrendo e talvez continuasse a morrer ad aeternitatem.

Aos cinco anos de morte, F. ganhou a mãe numa hilariante conjunção de dois veículos. A distintíssima senhora sujava roupas para garantir a sobremorrência de F. e de si própria. Equilibrava-se numa trouxa de roupa limpa, no momento exato em que os motoristas se cumprimentaram.

F. seguiu para um orfanato e aos sábados se torturava com uma ou outra guloseima atirada pelos pais ou pelas mães dos órfãos.

Mais cedo, transferiu-se para uma indústria de perfumes franceses, tornando-se um operário quase genial devido à ideia de adicionar algumas gotas de ácido sulfídrico aos frascos.

O sucesso comercial motivado por tal prática foi tão indubitável que o diretor-presidente da empresa, num raro instante de euforia, despediu F., suicidando-se em seguida.

O episódio trouxe consequências agradabilíssimas e F. se viu obrigado a passar algum tempo às expensas do Estado, sob a proteção de vistosos cavalheiros, cujo bom gosto se estampava no hábito de se vestirem com trajes idênticos.

Ao meio-dia, F. devorava o alvelho com tanto apetite que desprezava o jantar.

E assim, a morte de F. pontilhou-se de glórias até encontrar Auriflor. Quando se avistaram, choraram desavergonhadamente e trocaram um profundo ódio. Esbofeteavam-se e mordiam-se nos cantos mais iluminados.

O camelo tentou outra vez, não conseguiu, tomou impulso e partiu de novo.

Auriflor e F., coagidos pela superficialidade de uma reflexão milenar, resolveram morrer juntos até que a vida os separasse.

Nesta época, F. sofria uma invejável situação financeira: aplicara-se ao estudo da Numerologia, publicando um artigo na Revue de Sciences Mathématiques da Universidade do Pará. Foi apontado como um dos prováveis perdedores do Prix Nobel. Então, para reprovar a própria tese, roubou um bilhete. A Loteria ganhou. F. recebeu aplausos do mundo inteiro ao pagar o prêmio à instituição em cento e quarenta e quatro prestações semanais sem juros.

Foi a sopa no fel. Auriflor vendo-se miliardária ao lado do único homem que odiara, abandonou-o. Trocou F. por um R. qualquer.

F. saiu da benfazeja depressão em decorrência da pressa com que esvaziou as malas, rasgou o passaporte e voou para a sala de jejum. Não se deu muito mal. Mudou-se para o quarto de acordar. A angústia da felicidade levava-o ao cinquenta, quarenta, trinta, vinte, desespero. Era animador. Nada o fazia lembrar-se da mulher odiada.

E o camelo em outra tentativa infrutífera.

F. matriculou-se num curso de datilografia, diplomou-se em corte e costura e se inscreveu num concurso para sacristão de uma igreja literária obtendo reprovação em penúltimo lugar. Tomou posse na antiga função e mergulhou no ócio em busca de recordações. Felizmente, foi nomeado poste de luz. Apesar da amizade canina, exauriu-se. Acendia-se às seis e se apagava meia hora antes. Era de menos. Dedicou-se ao crime: abriu um armazém de secos e molhados, umedecendo os primeiros e secando os últimos. A clientela descobriu a fraude e passou a dirigir-lhe os mais torpes elogios. F. tolerava tudo. A firma virou casa de tolerância. F. desperdiçou a oportunidade e comprou ações. Dez milhões, vinte, trinta, cinquenta, noventa. Quando os acionistas perceberam o plano, enfeitaram-se com cento e sessenta e nove Smith & Wesson e foram cumprimentá-lo. F. não os pressentiu. Sentara-se no meio-fio para acariciar os noventa milhões. Os acionistas cercaram F.. F. correu para trás. Os acionistas para frente. Para frente. Para trás. Para frente. Para trás. Os prafrentes fecharam o círculo. F. no centro. Alguém fez um passe de mágica e puxou um tamborim do casaco. Seguiram-se imitações.

O camelo tomou novo impulso.

Trinta e oito acionistas compuseram um grupo de pandeiros e cuícas. Surgiram quatro cavaquinhos e vinte e um atabaques.

F. deu os primeiros passos. Os acionistas também.

O camelo se lançou na última tentativa.

O ritmo do samba entorpecia o deserto afogado em tantas satisfações. Sempre no meio da roda, F. rodopiou a inexistência na ponta de um estandarte invisível. Dançou até a pele se incandescer no mesmo roxo-amarelado com que falecera. Então, se deitou na terra, sorriu a lembrança de Auriflor, abriu os olhos e viveu.

Mas era tarde: o camelo, depois de dois mil anos de insucessos, conseguira afinal passar pelo furo de uma agulha e assim sendo, não sobrou vaga para F.

SALVATOUROS

"... ... ...
con sus dos pechos cortados
puestos en una bandeja."

(Federico Garcia Lorca)

Burgalês Salvatouros (ou Salvatauri) não chegou a comemorar o Natal de 1148. Examinou atentamente as janelinhas da esquerda e da direita e optou pela primeira. A hélice do monoplano engoliu a peruca ruiva que ocultava as tranças negras da revolta.

Inútil traição mecânica.

O corpo de Burgalês flamejou parabólico nos ares do anonimato e foi assustar a sonolência do Mar Vermelho, quilômetro e meio abaixo, num ponto previamente determinado.

As águas responderam ao choque formando círculos concêntricos.

Era a senha aguardada pelos companheiros.

Flutuante, Salvatouros consultou a ampulheta.

(faltam poucos milímetros se é que não houve alguma danificação na queda)

Ao se escoar o último grão de areia, Burgalês confirmou a precisão do aparelho no ruído da lancha aproximante.

Enfeitou dois metros e trinta e seis centímetros no orgulho da proa, ordenou que desligassem o motor e, com pulmões inexauríveis, inflou vontades nas velas da embarcação:

— Daqui pra frente, silêncio.

O cérebro quilometrava estradas de lutas eternas, internas-externas, sangue prescindível, não fosse a bula

(maldita)

de Capadotius III.

(burgalês salvatouros versus capadotius terceiro)

Afinal, a clandestinidade dos grãos de trigo douravam as terras fertilizadas no ódio das proibições.

(trinta por dia)

Os dez anos de estômagos ocos começavam a corroer as cabeças ocas ocasionadas em ócios de Estado. Ao sentir o absurdo, a ordem gerou energias em noites solitárias de fomes e meditações. O metro e setenta de obediência dilatou os dois e trinta e seis de obstinação.

(fúlvia caprina chorava ferrugem)

Mas o amor agigantou-se também e Fúlvia não regateou prazeres ao repentino fenômeno.

Salvatouros soletrou a bula uma vez e releu novecentas e noventa e nove.

"Capadotius III, Representante Estatal do Poder Absoluto de Flebius II, Coordenador das Bulas Provinciais, Preposto das Liberdades Oficiosas, Irmão da Confraria dos Lanzapiedras, Administrador dos Tesouros Públicos, Escrevente do Reino, Encarregado dos Negócios Exteriores, Defensor Perpétuo da Suzerania, Autor da Contributio Studiis Subnutritionis, Juiz Supremo, Pretor, Chefe de Polícia resolve: proibir, a partir de primeiro de janeiro de 1138, Ano da Graça de Nosso Senhor Jesus Cristo, a ingestão de quaisquer alimentos ou de matérias tidas e havidas como tal, por parte de quaisquer pessoas — homens e mulheres — ou de quaisquer seres tidos e havidos como tal; revogam-se as disposições em contrário.

Assinado: Capadotius III."

As mil exclamações não constantes do documento conceberam-se dele na mente de Burgalês e retribuíram outra bula, secreta e irrevogável.

(burgalês salvatouros vírgula camponês absolutamente sem estado segundo flebius vírgula coordenador de panças provincianas vírgula imposto por liberdades inescrupulosas vírgula irmão da confraria dos lanzatrigo vírgula administrador das tesuras públicas vírgula analfabeto sem reino vírgula agressor perpétuo da suzerania vírgula carregado de leucócitos interiores vírgula autor da contributio studiis nullius merdae vírgula pavor de chefes de polícia vírgula vírgula vírgula resolve dois pontos a partir de primeiro de janeiro de mil cento e trinta e oito vírgula ano em desgraça de nosso senhor jesus cristo vírgula proibir proibições de capadotius terceiro vírgula plantando e ingerindo trigo ou quaisquer matérias tidas e havidas como ingeríveis e difundindo o hábito por todas as partes da província ponto e vírgula revogam-se as indisposições e contrários ponto)

E mentalmente, assinou: Burgalês Salvatouros.

Os efeitos da segunda bula festejaram a feitura de um pão de oitenta e dois metros de comprimento por três e meio de diâmetro, em forno subterrâneo aquecido ao calor de quatro mil seiscentas e vinte e oito nádegas camponesas, revezantes irreverentes na audaciosa missão.

O miolo voou de fatia em fatia até esfarelar os ouvidos capadoçais: Flebius II era surdo-mudo em ocasiões convenientes.

Os restos da notícia entupiram algumas vírgulas da bula estatal e o autor da Contributio Studiis Subnutritionis nutriu-se em glórias policialescas, conformando-se num exército de vinte e um mil, duzentos e setenta e quatro famintos, silenciados em crânios intestinais.

Declarou-se a guerra intestina, cujos temas e lemas simplificaram-se em três palavras, "morte a Salvatouros", e dificultaram-se em três mil escaramuças infrutíferas nas artimanhas de Burgalês.

Seguiram-se panificações multiplicantes de adesões à causa de Salvatouros. Enquanto os traseiros aqueciam massas de trigo, massas humanas aquiesciam à única voz de comando: "Morte a Capadotius".

Salvatouros viveu entre as emoções de batalhas imprevisíveis e de outras tantas imprescindíveis: os homens do Capadotius e o amor de Fúlvia Caprina, tão voraz quanto as lutas, tão luta quanto a veracidade dos sentimentos.

A beleza de Fúlvia era a fome de Burgalês.

Nas noites de vigília, o orvalho ponteava brilhos de sangue nas matas e os pensamentos orvalhavam-lhe os olhos em visões de remotas esperas.

(fúlvia caprina / seios brancos de trigo cozido / cheiro de leite fresco)

Em momentos depois-amor, enumerava beijos nas feridas do amante. E nas guerras, Salvatouros respondia um sorriso a cada ferimento recebido.

(mais um beijo de fúlvia)

Na tarde em que o Mar Vermelho circulou honrarias em torno de Burgalês Salvatouros, beijou também o respeito das oitocentas e quarenta e duas cicatrizes.

Mas foram tempos de tristeza.

Salvatouros não cantou hinos de antigas vitórias, emudecido nos horrores do último golpe de Capadotius III.

Esforçava-se em apagar o ódio da inteligência, mais necessária do que nunca, na execução da probabilidade salvadora.

(sou salvatouros salvador de buchos burlados em bulas burras / mas nem um bilhão de buchos vale as tranças de minha fúlvia / onde está fúlvia caprina?)

A mensagem de Capadotius tecia labirintos no raciocínio e Salvatouros queimava em fogos de vingança.

(a burgalês salvatouros setenta e duas horas para se entregar esteja onde estiver ponto a mulher que se diz chamar fúlvia caprina encontra-se em meu poder / meU pOdEr / MeU PodEr / MEU PODER / poder de capadotius terceiro vírgula representante estatal do poder absoluto de flebius segundo vírgula preposto das liberdades oficiosas vírgula juiz supremo vírgula pretor vírgula chefe de polícia vírgula vírgula vírgula e filho de uma grandessíssima vírgula)

O barco se agarrou às areias da praia. Burgalês, à decisão das trezentas e seis caras que o receberam.

— Já sabem de tudo. Vou tentar o impossível mais impossível que já foi tentado. Tão impossível quanto o sol nascer três vezes no mesmo dia ou haver três dias sem que o sol nasça uma só vez. Burgalês Salvatouros vai enfrentar as estradas da Província. Não sei quanto tempo sob a mira das metralhadoras de Capadotius III. A nosso favor, só a escuridão da noite e a despontaria daqueles zarolhos. Comeremos grãos de trigo e mais nada até o palácio de Flebius II.

Um velho rouquejou sabedorias:

— Cuidado, Salvatouros. Não confie no trigo. A maior parte azedou e o que resta não dá para todos.

Burgalês sorriu, pensando a resposta. Porém, o silêncio não se completou: o jato de enxofre da vassoura de Mafalda, a fada malvada, riscou a noite de amarelo, efetuando pouso suave ao lado de Salvatouros:

— Estou voltando do futuro. Lá, andam dizendo que na natureza nada se perde e nada se cria. Levareis o trigo bom e o podre. Por que duvidar do futuro?

Salvatouros abraçou a Velha Mafalda, na gratidão da graça concedida e lançou a pergunta conclusiva para concluir impossíveis.

— Quem vai comigo para libertar Fúlvia Caprina?

Trezentas e seis bocas frutificaram uma surpresa semeada pelas palavras da fada em seiscentos e doze ouvidos, mas três mil e sessenta dedos aerificaram sins imediatos.

Mafalda ligou as turbinas e vassourizou-se em risos supersônicos de um destino ignorado.

A partir daí, três tranquilidades colaboravam na trilha de Salvatouros: o luar, as patas dos cavalos e a confiança na fada malvada.

Quando o sol se mostrou, Burgalês interrompeu a marcha:

— Agora, dormir. O dia é inimigo porque não tem a capa da noite.

(capadodiacapadoidacapadócia / capa doce das sombras de
moitas de orva)

Estômagos secretos trituravam trigo em crespa respiração. Ressonar aparente-expirante de espectros protegidos pela luneta de Salvatouros.

(lho/orvalhamareladas moitas de murtafulva Morta Fúlvia? /
Morta FÚLVIA CAPRINA? Fúlvia fulvivas moitas de orVALHA-ME)

— Deus!

O olho de Burgalês atravessou as lentes, voou quilometrais perigos em movimentos da distância e deslizou

(capadotius / os zarolhos)

receios ao sono de um dos homens:

— Acorde os outros sem fazer barulho. A turma de Capadotius anda perto.

Salvatouros voltou ao posto. Na redução do espaço facultada pelo óculo, estarreceu uma tropa inimiga

(estão longe)

no negrume de roupas conhecidas, mas

(só chegam à tardinha)

cobertas de lampejos.

(as metralhadoras da confraria dos lanzapiedras)

Surpreendeu por trás da revelação uma revolução de tremores indesejáveis em cada centímetro dos duzentos e trinta e seis.

(medo modo de matar coragem / apodrecer o raciocínio / pensamentos podres como o trigo / como o trigo azedo / como trigo azedo? / EU E TODOS / COMER TRIGO AZEDO)

Horas depois, os grãos deteriorados inflavam barrigas na espera do encontro.

Os dentes de Burgalês Salvatouros luziam respostas aos aços de Capadotius.

A distância diminuía à medida que os ventres cresciam.

(na natureza nada se perde)

As moitas de murta circunscreviam a ansiedade próxima à geografia do quando capadoçal. No pó, os pontos negrejavam caveiras no trote da morte. E foram chegando, chagando a terra em terrores, ruminando chagas na lógica de ódios automáticos.

O riso de Salvatouros comandava as mentes na estratégia do trigo estragado.

(quase)

Afinal, a mancha negra da guarda de Capadotius centralizou o círculo da fortificação.

(agora)

— JÁ!

Antes que o tempo engatilhasse metralhas, Salvatouros metralhou audácias no meio da estrada:

—MOOOOOOOOOOOOOOORRRRA CAPADOOOOOOOOOOOOOOOTIUS!

As seiscentas e doze nádegas abriram-se num único estrépito, expelindo gases letais, armas de nada, armazenadas em grãos de certeza.

A mancha desmanchou-se desfazendo as tentativas de agressão: o traseiro de Salvatouros decidiu a escaramuça, enquanto o bando de Capadotius debandava desordens na retirada.

Os dentes vencedores ofuscaram as metralhadoras vencidas e aos poucos, a nuvem fétida festejou gargalhadas, relinchar de cavalos, rumo a Flebius II.

À frente, Salvatouros baritonando a noite até o sol mergulhar os cânticos na transparência das fontes, até os homens estenderem o cansaço em relvas de tranquilidade.

Enquanto isto, a vigilância de Burgalês tornava possível a primeira ideia.

(amanhã a torre de flebius surgirá no meio deste vidro / nós no meio desta vida dando a vida pela vida de fúlvia se ainda houver vida)

De noite, a cavalgada renovou-se, varando vales, penetrando áreas proibidas.

Salvatouros não entendeu a pontada no estômago. O fixo pensamento no plano eliminava outros raciocínios. Mas a dor crescia. Espalhava-se de ventre a ventre envergonhando a valentia. Depois, começou a descer, ameaçando intestinos finos e grossos.

O sofrimento da tropa esbarrou em outra cilada de Capadotius III. A visibrilhidade dos canos de prata.

Um gelo escorregou nas costas de Salvatouros.

(os zarolhos / estamos cercados)

Clarões rápidos repicaram na pontaria perdida.

Burgalês Salvatouros abaixou a cabeça elevando ordens inesperadas:

— O trigo fabricou gases, mas ainda está aqui dentro. TODOS JUNTOS. TRIGO NELES. ATÉ A BARRIGA ESVAZIAR!

Não houve respeito à noite. Desnudaram-se os trezentos e sete traseiros, prestes ao batismo das estradas de Flebius II. A metralha intestinal provou a inutilidade da artilharia dos Lanzapiedras. As balas estomacais estouravam em caras e canos, cegando, entupindo, desonrando os esbirros de Capadotius.

O medo emudeceu o martelar dos tiros e a quimera estatal afogou nos segredos do trigo.

Assim que Salvatouros recobrou o alívio, as bocas retomaram os hinos de vitória, num só verso, verdade futura nos prenúncios da fada Mafalda.

"Na natureza, nada se perde e nada se cria."

Na manhã seguinte, as previsões de Salvatouros efetivaram-se no centro da luneta: a torre sombria do palácio de Flebius II.

(lá está)

A terceira caminhada desfez-se no alvorecer, revelando as colinas azuis da Província. Numa delas, alcandorava-se o castelo de Flebius, desbotada visão de ódio, inferno de perseguições.

A aparição, refletida em restos de um luar sinistro, transmitiu pavores momentâneos aos comandados de Burgalês. Nunca um instante de luta foi tão extremo.

Salvatouros ordenou um repouso de meia hora. Ajeitou a ampulheta sobre uma pedra e preparava-se para dormir um pouco,

(a primeira vez em três dias)

quando a folhagem chirriou inconfundíveis presenças.

(de novo)

Salvatouros levantou-se antes que o ruído arruinasse a missão. Os gestos multiplicavam-se por trezentos e seis. Desceu as calças e apontou armas na direção das folhas.

(a munição terminou mas eles não sabem)

O luar imaculou seiscentas e quatorze nádegas prestes à ordem de ataque.

O grito de Burgalês definiu o quadro:

— TRIGO!

Houve um nervosismo no matagal, seguido de um silêncio. A tentativa de Capadotius III, a exemplo das anteriores, permanecera tentativa.

Quando Salvatouros certificou-se da fuga da guarda negra, transpirou meditações.

(o trigo é mais forte que tudo)

Depois, a cavalgada disfarçou-se em cautela e partiu para o reduto de Flebius II. O sol prometia denúncias.

A poucos metros da encosta real, realizou-se a última reunião rebelde. Salvatouros cochichou sigilos e seguiu sozinho em direção à ladeira. Os homens abaixaram-se formando meia-lua diante da elevação. Não viram mais o chefe. Entretanto, sentiram odores de enxofre e perceberam um rastro amarelo atravessar o céu e desaparecer junto a Burgalês.

Passados alguns minutos, apareceu um ingênuo corcunda manquejando um alaúde pelas pedras íngremes, à frente de uma jovem em trajes de princesa montada num esqueleto de cavalo.

Os companheiros riram a ousadia dos primeiros versos:

"Ai dona de flébil passo
Asinha que já me vou,
Quem prende donas em aço
Do aço touros salvou."

A recomendação do aleijado, que vinha oferecer um presente dos trovadores da Província para alegrar as orgias de Flebius, serviu de salvo-conduto à obscuridade dos corredores.

Arrastando a dama na pista indicada pelo fantasma preto, as pupilas do corcunda iluminavam o caminho, faiscando vinganças pelas portas.

Passou pela sala das proibições, onde trinta proibidores togados de verde e branco congelavam-se no ar-condicionado e no cálculo da tarefa do dia, pelo salão do tesouro público, recheado de moedinhas de um quartil, suor mensal da população, pela imprensa provincial, a rotativa rangendo o Vespertino das Bulas, pelas oficinas dos Lanzapiedras, carregadas de aços, pelo escritório dos censores, enlouquecidos na leitura dinâmica e destruição sistemática de livros do passado, presente e futuro, pelo departamento de comunicações, abafado em ruídos de telex e nas telas do circuito fechado de televisão, pelo gabinete de Capadotius, guardado por sete sombras, por mil e outros mistérios, até os aposentos de Flebius II.

As sentinelas do suzerano afastaram as lanças e deram passagem ao fantasma preto para as apresentações de praxe.

O corcunda e a princesa entressorriam expectativas confiantes.

A espera durou pouco. O soldado que conduzira os dois visitantes desentravou a boca numa permissão sem novidades:

— Podem passar. Sua Majestade Flebius II abre uma concessão real à homenagem dos trovadores.

Houve nova separação de lanças, no entanto, quando o corcunda claudicou os passos iniciais no tapete escarlate, uma delas espetou-o:

— Você. De joelhos.

O trovador obedeceu, mas um calor subiu-lhe à cabeça.

(daqui a pouco veremos quem estará ajoelhado)

— De pé.

Era voz de Flebius II, era a figura de Flebius II, era Flebius II, afinal, mostrando os desencantos ao encantado corcunda.

(poder absoluto de flebius segundo / camponês absolutamente sem estado segundo flebius / em minha frente / se quisesse)

A princesa disfarçou um murmúrio:

— Mas não quer.

Depois, adiantou-se deixando escorregar pelos ombros o manto de veludo azul:

— Os trovadores da Província me enviam a vossa presença real para que o poderoso Flebius possa ex

Os olhos do suzerano lambiam a pele da jovem, semi-oculta em transparências de nylon.

— perimentar a felicidade dos prazeres eternos.

Flebius febricitou-se em senilismos:

— Quais são os prazeres eternos, graciosa menina?

A moça gesticulou uma ordem ao trovador:

— Minha dança é um deles.

O corcunda não chegou a tocar as cordas, porém o alaúde transmitiu sonoridades alinhavadas em melodias desconhecidas.

O corpo da princesa dinamizava pernas e braços em curvas miraculosas, acentuando concavidades ou surpresas convexas, artimanhosas sensualizações provocando um aparvalhamento facial: Flebius e a

(quadrilha de imbecis)

guarda negra.

As retinas bailando as alvuras epidérmicas da bailarina, na mesma cadência de feitiço do momento preparado prestes a acontecer.

E aconteceu.

Nos poucos minutos. Nas breves atitudes. Na coreografia mágica escondiam-se mistérios com que não contavam os capangas da Confraria. Entorpecentes eflúvios diluídos no balouçar das mãos. Devagar. Muito devagar. Substituindo o vazio das mentes por memórias de nada. De bem-estares difusos no mal-estar não sentido do sono. Da morte. Aproximante. Cada vez mais perto. Num ondear que vai. Que vem. No agora ou nunca da decisão calculada.

(assim)

Quase desacordados nos acordes hipnóticos. Os Lanzapiedras apoiando-se

(no compasso girante da fita magnética)

nas lanças.

(adaptada ao alaúde /
vamos soldadinhos de chumbo / vamos reizinho de opereta / fechando os olhos / assim / balançando / deitando nas almofadas / embriagados na minha dança / vamos depressinha / mais um pouquinho / pronto)

— Pronto.

Burgalês Salvatouros emergiu da corcunda evanescente, enquanto a beleza da jovem fundia-se nas rugas da horripilante Velha Mafalda, a fada malvada:

— E agora?

Mafalda apressou-se num sorriso e numa vareta de aço da qual saíam outras até atingir o comprimento de uma ilusão. Salvatouros gaguejou dúvidas sobre a feiticeira:

— Uma vara de condão?

A fada suspirou num desânimo:

— É o que todos pensam. Trata-se de uma transformacional molecular. Um produto do Século XXII.

O engenho desprendeu um raio azulado e iluminou a cabeça de Flebius II. Os olhos de Burgalês quase abandonaram as órbitas quando viram o suzerano se

(meu deus)

reduzir

(está virando)

, reduzir

(um)

, reduzir até o tamanho de um rato.

— Um camundongo. Põe no bolso.

Burgalês obedeceu. Mafalda dirigiu-se à janela e pegou a vassoura. Entretanto, um dos guardas soltou um gemido. Salvatouros ergueu o punho e desceu-o prontamente sobre o crânio do lanzapiedras: um coco desfeito em sete pedaços.

— Este, nunca mais.

A Velha correu até o fundo do salão e chamou Burgalês:

— Depressa, segure bem.

Salvatouros montou na vassoura, agarrado aos farrapos da fada:

— Pode ir?

— Quando quiser.

Mafalda ligou as turbinas. Um gás estrondou os aposentos reais e o artefato se deslocou rumo ao espaço. Salvatouros sentiu os cabelos formarem ondas escuras em torno das orelhas e riu aos movimentos inofensivos no bolso do gibão. Embaixo, o povo só percebeu as letras amarelas desenhando o céu:

MORTE A CAPADOTIUS TERCEIRO

Feito isto, Mafalda efetuou uma correção no curso e iniciou a descida. Os homens receberam Burgalês e a Velha nas aclamações do triunfo, porém, a admiração contagiou-se no camundongo inquieto entre os dedos de Salvatouros, trêmulo, crescendo, flácido, fletido, fléxil, flébil,

(flebius?)

(flebius?)

(flebius?)

Flebius II, enfim.

Uma circunferência de sustos envolveu o susto monárquico e cobriu Salvatouros de glória

(incompleta)

e de estupefações

ao bem-fadado plano da fada Mafalda. Mas Burgalês falou:

— Ainda não é tempo de alegria. Capadotius deve estar promovendo a maior concentração de Lanzapiedras que já se viu. Porém, nada fará antes de nosso pronunciamento. Portanto, mãos à obra.

Entregou Flebius aos cuidados de dois camponeses e passou a instalar alto-falantes e fios nos galhos das árvores. Em seguida, testou o microfone e o sistema transistorizado de amplificação:

— Tudo em ordem. Lá vai.

A voz estremeceu o circuito e se desprendeu pelos ares, atravessando a distância que os separava do castelo até ferir de morte os tímpanos do Representante Estatal do Poder Absoluto de Flebius II.

— ATENÇÃO, PROVÍNCIA. AQUI FALA BURGALÊS SALVATOUROS. ATENÇÃO. O RATO QUE SE DIZ CHAMAR FLEBIUS SEGUNDO SE ENCONTRA EM MEU PODER. A CAPADOTIUS TERCEIRO CONCEDO O TEMPO DE UMA AMPULHETA PARA ENTREGAR A MULHER QUE SE DIZ CHAMAR FÚLVIA CAPRINA, ESTEJA ONDE ESTIVER. EM CASO CONTRÁRIO, A CABEÇA DE FLEBIUS APODRECERÁ A ESTRADA PROVINCIAL NO MOMENTO EM QUE SE ESCOAR O ÚLTIMO GRÃO DE AREIA. FÚLVIA CAPRINA DEVERÁ TRAZER A BULA DE PRIMEIRO DE JANEIRO DE MIL CENTO E TRINTA E OITO PARA QUE SEJA ABOLIDA. ESTAS SÃO AS CONDIÇÕES DE BURGALÊS SALVATOUROS, IRMÃO E CHEFE DA CONFRARIA DOS LANZATRIGO.

Depois de repetir o ultimato três vezes, o camponês ordenou silêncio e colou a luneta ao olho em direção à ladeira do palácio. Não percebeu o jato de Mafalda sobrevoar uma despedida e se esfumar em nova retirada.

Mas veio a resposta. O porta-voz de Capadotius vociferando num dos minaretes:

— CAPADOTIUS TERCEIRO, REPRESENTANTE DO PODER ABSOLUTO DE FLEBIUS SEGUNDO, COORDENADOR DAS BULAS PROVINCIAIS, PREPOSTO DAS LIBERDADES OFICIOSAS, IRMÃO DA CONFRARIA DOS LANZAPIEDRAS, ADMINISTRADOR DOS TESOUROS PÚBLICOS, ESCREVENTE DO REINO, ENCARREGADO DOS NEGÓCIOS EXTERIORES, DEFENSOR PERPÉTUO DA SUZERANIA, AUTOR DA CONTRIBUTIO STUDIIS SUBNUTRITIONIS, JUIZ SUPREMO, PRE-

TOR, CHEFE DE POLÍCIA, PERGUNTA QUAIS AS GARANTIAS DE QUE SE PODERÁ VALER?

Salvatouros virou a ampulheta, observou os primeiros grãos passarem à parte inferior e pegou o microfone:

— DE NENHUMA. PRIMEIRO A MULHER. A AREIA JÁ COMEÇOU A CAIR. FÚLVIA CAPRINA E A BULA DA FOME.

Ainda não se havia derramado metade da areia, quando Salvatouros ouviu o rufar dos batedores e surpreendeu o reflexo de dois cavaleiros no centro da lente. Mais atrás, num passo andrajoso,

(FÚLVIA CAPRINA!)

Fúlvia Caprina

de bula em punho.

Burgalês respirou aindabens ao acariciar a face estiolada de Fúlvia, o semblante escondendo tristezas. Virou-se para os homens:

— Agora, sim. Começa o tempo de alegria.

Pela última vez, dirigiu-se a Capadotius:

— FLEBIUS SEGUNDO E OS DOIS ESQUELETOS IRÃO CONOSCO ATÉ QUE EU ORDENE SUA VOLTA. NINGUÉM NOS DEVERÁ SEGUIR. SALVATOUROS É QUEM MANDA.

Rasgou a bula em treze pedaços e desligou o amplificador:

— Homens. Mantenham Flebius na frente. As duas caveiras irão ao meu lado. A ordem é voltar.

Voltaram. Salvatouros esquadrinhava receios na aparência doentia de Fúlvia Caprina. Mas sorria os desejos do amor ao sorriso da mulher, na lembrança dos

(seios brancos de trigo cozido)

próximos instantes. Ele queria

(ter fúlvia outra vez)

estar certo da

vitória, eternizar um bem-estar que só seria possível na extinção das bulas, na eliminação da Confraria dos Lanzapiedras, na destruição dos poderes de Capadotius III.

(como? / lutar até quando?)

Até quando os pensamentos não fossem perturbados pelos ruídos da aldeia em recepções a Salvatouros. Antes que penetrassem a região revoltosa, Burgalês ordenou o retorno dos guardas negros e de Flebius II.

O desaparecimento das três figuras na primeira curva da estrada acelerou a marcha da volta. No entanto, Burgalês Salvatouros e Fúlvia Caprina buscaram refúgio na ânsia de isolamento alimentada pelo terror dos dias de separação.

E se amaram invisíveis, não só pela noite, como também pelo êxtase de pálpebras cerradas. Um sentimento tátil, compartilhado na reciprocidade dos dedos rudes, a não ser na súbita interrupção

(FÚLVIA?)

causada por um não-existir-mais

(os SEIOS DE TRIGO)

das duas presenças

anteriores

(ONDE ESTÃO?)

só conhecidas por Salvatouros e agora

(ONDE ESTÃO OS SEIOS BRANCOS DE TRIGO
COZIDO?)

ausentes.

— Fúlvia!

Fúlvia Caprina combatia o luar cobrindo o peito com mãos insuficientes. Não adiantava. No lugar de seu corpo, onde antes se erguiam os segredos da paixão de Salvatouros, enrugavam-se as marcas de Capadotius, a inexistência escurecida em sangue recentemente coagulado. O ódio de Burgalês dominou-se e ele retribuiu a Fúlvia os beijos com que premiava suas cicatrizes de batalhas.

De madrugada, quando a mulher adormeceu a satisfação do amante, Burgalês Salvatouros despertou vinganças e, armado dos pés à cabeça com a certeza do irracional, retomou as estradas da Província.

(MORTE A CAPADOTIUS TERCEIRO)

Devorou as distâncias no galope faminto das esporas, misturando dias e noites,

(MORTE A CAPADOTIUS TERCEIRO)

desafiando a fome e a

(MORTE A CAPADOTIUS TERCEIRO)

sede, acompanhando o vento e a

(MORTE A CAPADOTIUS TERCEIRO)

tempestade,

conduzindo no cérebro desordenado morte a Capadotius III.

Na realidade, ninguém soube o que aconteceu a Burgalês Salvatouros. Alguns camponeses dizem que os Lanzapiedras dispararam três mil tiros de metralhadora e dois atingiram Burgalês. Porém, na primeira página da edição extra do Vespertino das Bulas, havia o retrato de um morto e uma nota logo abaixo das manchetes:

"O indivíduo metrallhado nos corredores do Palácio de Sua Majestade Flebius II foi identificado como sendo Burgalês Salvatouros (ou Salvatauri). A identificação só se verificou depois da comparação das fichas datiloscópicas, pois as perfurações, em maior parte no rosto, tornaram o cadáver irreconhecível. Entre os lábios, foram encontrados vestígios de um cozimento de trigo e água, prova irrefutável de sua insubordinação aos dispositivos estatais."

——— ——— ———

A vassoura da Velha Mafalda, a fada malvada de mil cento e quarenta e oito e tantos anos de idade — mil cento e quarenta e oito de passado, tantos de futuro — está amarelando meia-volta para atravessar os espaços retornantes, levando o mistério vital roubado ao Futuro.

As turbinas foram acionadas ao máximo, porque Mafalda quer encher as distâncias de clarões dourados, projetar visões do tempo em seu eterno ir e vir pelos ventos gemēēēēēēēēēēēēēēēēēēēēēēēēēēēēēēēēē
A legião de astronaves manchando os ares de ardên-
āāāāāāāāāāāāāāāāāāāāāāiiiiiiiiiiiiiiiiiiiiiiēēēēēēēēēēēēēēēēēēēēēēē
cia metálica, o homem morto na lua putrefata ao
ēēēēēēēēēēēēēēēēēēēēēēēēēēiiiiiiiiiiiiiiiiiiiiāāāāāāāāāāāāāāāā
primeiro contacto orgânico, exércitos de corpos acé-
iiiiiiiiiiiiiiāāāāāāāāāāāāāōōōōōōōōōōōōōōōōōōōūūūūūūūūūūūūūū
falos obedecendo a uma só cabeça, um campo de
ōōōōōōōōōōōōōōōōōōōōōōōōōōōūūūūūūūūūūūūūūūūūūūūūūūū
lírios se consumindo numa labareda azul, um casal
ōōōōōōōōōōōōōōōōōōōōōōōōōōōōōiiiiiiiiiiiiiiiiiiiiiiiāāāāāāāāāāāāāā
de jovens devorando o defunto de um velho, um
āāāāāāāāāāāāāāēēēēēēēēēēēēēēēēēēēēēēēēēēēōōōōōōōōōōōōōōōōōōōōōōōō
parque de diversões repleto de crianças gordas, um
ōōūūūūūūūūūūūūūūūūūūūūūūūūūāāāāāāāāāāāāāāāāāāāāāāāāāāāāāēē
cravo descompondo uma rosa debaixo da sacada de
ēēēēēēēēēēēēēēēēiiiiiiiiiiiiiiiiiiiiōōōōōōōōōōōōōōōōōōōōōōōōōōōōō
um tribunal, uma senhora de idade oferecendo ca-
iiiiiiiiiiiiiiiōūūūūūūūūūūūūūūūūūūūūūūūūūū ūūūūūūūūūūūūūūūū
viar a um cão, sete mil mulheres de seios cortados
āāāāāāāāāāāāāāāāāāāāāāāāāēēēēēēēēēēēēēēēēēēēēēēēēēēēēēiiiiiiiiiiiii
como Fúlvia, um rapaz escrevendo um livro de
ōōōōōōōōōōōōōōōōōōōōōōōōōūūāāāāāāāāāāāāāāāāāāāāāāāāāāāāāāē
poesias e o livro sendo proibido, um robô vestido de
ēēēēēēēēēēēēēēēēēēēēēēēēēēēēiiiiiiiiiiiiiiiiiiiiiiiiiōōōōōōōōōōōōōōō

demônio lendo a Bíblia, um rio de lágrimas tragado
ōōōōōōōōōōōōōōōōūūūūūūūūūūūūūūūūōōōōō
por um batalhão, milhões de pessoas levantando
āāāāāāāāāāāāāāāāāāāāāāēēēēēēēēēēēēēēēēēēēēēiiiiiiiiii
cartazes sem nada escrito, um poeta sendo assassi-
āāāāāāāāāāāāāāāāāāāāāāēēēēēēēēēēēēēēēēēēēēēiiiiiiiiii
nado, um assassino sendo coroado rei, um rei co-
ōōōōōōōōōōōōōōōōūūūūūūūūūūūūūūūūiiiiiii
roado rainha, uma rainha coroando-se prostituta,
āāāāāāāāāāāāāāāāāāāāāāēēēēēēēēēēēēēēēēēēēēēiiiiiiiiii
uma prostituta atravessando as nuvens, um sábio
ōōōōōōōōōōōōōōōōūūūūūūūūūūūūūūū ūūū
amarrado num poste com o peito crivado de rosas,
āāāāāāāāāāāāāāāāāāāāāāēēēēēēēēēēēēēēēēēēēēēiiiiiiiiii
uma lama de terra e sangue afogando setecentos
ōōōōōōōōōōōōōōōōūūūūūūūūūūūūūūūūiiiiiii
carneiros, um bando de negros sendo espancado até
āāāāāāāāāāāāēēēēēēēēēēēēiiiiiiiiiōōōōōōōōōōōōōōōūūūūūūūū
a morte, um camelo passando pelo furo de uma agu-
ōōōōōōōōōōōōōōōōūūūūūūūūūūūūūūūūiiiiiii
lha, um recém-nascido caindo de um avião preso
ūūūūūūūiiiiiiiāāāāāāāāāāāāāāāāēēēēēēēēēēēēēiiiiiiiiōōōōōō
a uma bomba, treze gastrônomos rasgando um tra-
ōōōōōōōōōōōōūūūūūūūūūūūūūūūūūūūūūūūū
tado de paz, os mesmos gastrônomos assinando o
āāāāāāāāāāāāāāāāāāāāāāēēēēēēēēēēēēēēēēēēēēēiiiiiiiiii
tratado de paz, quatro velas acesas em torno de uma
ōōōōōōōōōōōōōōōōūūūūūūūūūūūūūūūūiiiiiii

serpente, um homossexual bebendo o sangue da
āāāāāāāāāāāāāāāāāāāāāāāāāāāāāēēēēēēēēēēēēēēēēēēēēēēēēēēēiiiiiiiiii
mãe, funcionários de uma empresa ajoelhados cum-
ōōōōōōōōōōōōōōōōōōōūūūūūūūūūūūūūūūūūūūūūūūūūūūūūūūū
prindo o regulamento, um navio negreiro naufra-
āāāāāāāāāāāāāāāāāāāāāāāāāāāāāēēēēēēēēēēēēēēēēēēēēēēēēēēēiiiiiiiiii
gando num mar de vicissitudes, um milionário apu-
ōōōōōōōōōōōōōōōōōōōōōōōōōōōūūūūūūūūūūūūūūūūūūūū ūūū
nhalando um rival pelas costas, um louco semeando
āāāāāāāāāāāāāāāāāāāāāāāāāāāāāēēēēēēēēēēēēēēēēēēēēēēēēēēēiiiiiiiiii
vento e colhendo tempestade, uma pomba defecando
āāāāāāāāāāāāāāāāāāāāāāāāāāāāāēēēēēēēēēēēēēēēēēēēēēēēēēēēiiiiiiiiii
na calva de um frade franciscano, um soldado satis-
ūūūūūūūūūūūūūūūūūūūūōōōōōōōōōōōōōōōōōōōōōōōōōōōōiiiiiii
fazendo-se no sexo da noiva morta, uma fábrica de
āāāāāāāāāāāāāāāāāāāāāāāāāāāāāēēēēēēēēēēēēēēēēēēēēēēēēēēēiiiiiiiiii
metralhadoras em pleno funcionamento, um maes-
ōōōōōōōōōōōōōōōōōōōōōōōōōōōūūūūūūūūūūūūūūūūūūūūūiiiiiii
tro regendo uma sinfonia de Mozart num campo de
ēēēēēēēēēēēēēēēēēēēēēēēēēēēēiiiiiiiiiiiiiiiiiiiiiiiiiiiiūūūūūūūūūūūūūūū
forçados, um paralítico comandando a invasão de
ōōōōōōōōōōōōōōōōōōōōōōōōōōōūūūūūūūūūūūūūūūūūūūūūiiiiiii
um orfanato, o céu se cobrindo de sinais vermelhos
āāāāāāāāāāāāāāāāāāāāāāāāāāāāāēēēēēēēēēēēēēēēēēēēēēēēēēēēiiiiiiiiii
e depois não ser nada, um ator no papel de Cristo
ōōōōōōōōōōōōōōōōōōōūūūūūūūūūūūūūūūūūūūūūūūūūūūūūūū
sendo vaiado porque caiu da cruz, crianças moribun-
āāāāāāāāāāāāāāāāāāāāāāāāāāāāōōōōōōōōōōōōōōōōōōōōōōōōōōūūū

das estendendo os braços, uma filha sendo profa-
ōōōōōōōōōōōōōōōūōōōōōōōōōōōōiiiiiiiiiiiiiiiiāāāāāāāāāāāāā
nada pelo pai em troca de um saco de balas, operá-
āāāāāāāāāāāāāāāāāāāāāāāāāāāāāēēēēēēēēēēēēēēēēēēēēēiiiiiiiiii
rios trabalhando dezesseis horas numa indústria
ōōōōōōōōōōōōōōōōōōōōūūūūūūūūūūūūūūūūūūūūūūūūūūūūūūū
bélica, a greve dos palhaços de um circo sufocada
ūūūūūūūūūūūūūūūūūūūūūūūūūāāāēēēēēēēēēēēēēēēēēēēēēēēēē
pelo exército de salvação, um chefe de família ba-
āāāāāāāāāāāāāāāāāāāāāāāāāāāāāēēēēēēēēēēēēēēēēēēēēēiiiiiiiiii
bando de ódio e afogando os descendentes na própria
ōōōōōōōōōōōōōōōōōōōōūūūūūūūūūūūūūūūūūūūūūūūūūūūūūūū
baba, um cego curado tapando os olhos para não
āāāāāāāāāāāāāāāāāāāāāāāāāāāāāēēēēēēēēēēēēēēēēēēēēēiiiiiiiiii
ver, um capitalista roubando esmolas de um men-
ūūūūūūūūūūūūūūūūūūūūūūūūōōōōōōōōōōōōōōōōōōōōōōōōō
digo, uma população morta de frio rindo de outra
āāāāāāāāāēēēēēēēēēēēēēēēiiiiiiiiiiiōōōōōōōōōōōōōōōōūūūūūū
morta de fome, três velhas sendo possuídas por gal-
ūūūūūūūūūūūūūūāāāāāāāāāāāāāāāāēēēēēēēēēēēēēēēiiiiiiiiiiōōōō
gos amestrados, estudantes acorrentados no porão de
ōōōōōōōōōōōōūūūūūūūūūūūiiiiiiiāāāāāāāāāāāāāēēēēēēēēēēēēēē
um prostíbulo, um policial admoestando um menino
āāāāāāāāāāāāāāāāāāāāāāāāāāāāāēēēēēēēēēēēēēēēēēēēēēiiiiiiiiii
que urinava num jardim público, um chimpanzé de
ēēēēiiiiiiiiiiiiiiiiiiēēēēēēēēēēēēēēēiiiiiiiiiiiiiiiiiāāāāāāāāāāāāāāāāāā
toga proferindo uma aula inaugural, um criminoso
ōōōōōōūūūūūūūūūūūūūūūūāāāēēēēēēēēēēēēēēēēēēiiiiiiiiiiiiiiiiiii

evadido tornando-se chefe de estado, um banqueiro
ēēēēēēēēēēēēēēēēēēēēēēēēēēiiiiiiiiiiiiiiiiiiiiiiiiiiōōōōōōōōōōōōōōōō
doando moedas falsas aos flagelados de uma inun-
āāāāāāāāāāāāāāāāāāāāāāāāāāāāāēēēēēēēēēēēēēēēēēēēēēēēēēiiiiiiiiii
dação, um escritor amontoando palavras numa folha
ūūūūūūūūāāāāāāāāāāāāāāāēēēēēēēēēēēēēēēēēiiiiiiiiiiiiōōōōōōōōōō
em branco, um bêbedo ordenando uma guerra atômica
ōōōōōūūōōōōō
e sendo obedecido, um surdo-mudo recebendo o Prêmio
ōōōōōōōōōōōāāāāāāāāāāāāāēēēēēēēēēēēēēēēiiiiiiiiiiiiiiiiiiiēēēēēēēē
Nobel, um sábio terminando um tratado em trinta
ēēēēēēēēēēiiiiiiiiiiiiiiiiiiiiiiāāāāāāāāāāāāāāāāāāāāāāāāāāāāāāēēēēēēē
volumes, um alquimista exibindo a pedra filosofal
ūūūūūūūūāāāāāāāāāāāāāāāēēēēēēēēēēēēēēēēēiiiiiiiiiiiiōōōōōōōōōō
ao próprio carrasco, uma região coberta de corpos
āāāāāāāāāāāāāāāāāāāāāāāāāāāāāēēēēēēēēēēēēēēēēēēēēēēēēēiiiiiiiiii
calcinados, um alfaiate cosendo a boca de um de-
ēēēēēēēēēēēiiiiiiiōōōōōōōōōōōōōōōōōōōōūūūūūūūūūūūūūāāāā
lator, uma firma de engenharia construindo fornos
āāāāāāāāāāāāāāēēēēēēēēēēēēēēiiiiiiiiiiiiiāāāāāāāāāāāāāāāāāēēēēēēē
crematórios, um moço compondo uma sonata para flau-
ēēēēēēēēēēiiiiiiiiiiiāāāāāāāāāāāāāēēēēēēēēēēēēēēēēiiiiiiiiiōōōōōōōō
ta e fagote, a fada Mafalda sendo queimada ao lado
āāāāāāāāāāāāāāāāāāāāāāāāāāāāāēēēēēēēēēēēēēēēēēēēēēēēēēēiiiiiiiiii
de duas bruxas de pano enquanto a velha Auridéa
ōōōōōōōōōōōōōūūūūūūūūūūūūūūūūūāāāāāāāāāāāāāāāāāēēēēēēēē
faz um pelo sinal, uma alma fugindo para o outro
ēēēēēēēēēēēēēiiiiiiiiiiiōōōōōōōōōōōōōōōōūūūūūūūūūūūūūūūūū

mundo, um foguete estraçalhando um arcanjo, um
ōōōōūūūūūūūūūūūūūūūūūūūūūūūūūūūūūūūūūūūūūūōōōōō
egresso de uma sociedade feudal mentindo ideias,
āāāāāāāāāāāāāāāāēēēēēēēēēēēēiiiiiiiiiiiōōōōōōōōōōōōōōōūūūū
um coveiro cobrindo o nariz devido ao cheiro de uma
ūūūūūūūūūūūūūūūūūāāāāāāāāāāāāāāāāāāāēēēēēēēēēēēēēēēēēiiiiiiiiiii
família em decomposição, um comunista jantando no
ēēēēēēēēēēēēēēēēēēēēēēēēēēēiiiiiiiiiiiiiiiiiiiiiiiiiōōōōōōōōōōōōōōōō
Maxim's na mesa de um abade, um inocente cortado
ōōōōōōōōōōōōōōōōōōōūūūūūūūūūūūūūūūūūūāāāāāāāāāāāāāāāāāāāēēē
ao meio pela espada da Justiça, um ditador ditando
ēēēēēēēēēēēēēēēēiiiiiiiiiiiiōōōōōōōōōōōōōōōōōōūūūūūūūūūūūūūūūūū
ordens num formigueiro, um cirurgião sendo decapi-
āāāāāāāāāāāāāāāāāāāāāāēēēēēēēēēēēēēēēēēēēēēiiiiiiiiiiiiōōōōōōōōōōōōōōō
tado, um ateu convertido ao cristianismo fazendo
ēēēēiiiiiiiiiiiiiiiiiiiiiiiēēēēēēēēēēēēēēēēēēiiiiiiiiiiiiiiiiiiiiāāāāāāāāāāāāāāāāāāāāāā
milagres numa praça, um taumaturgo pregando no de-
ōōōōōōōūūūūūūūūūūūūūūūūūūūūūūūūūūūūūūūūūūūūōōōōōōōōōōōōō
serto, num deserto deserto, no campo de trigo mor-
ōōōōōōūūēēēēēēēēēēēēēēēēēēēēēēiiiiiiiiiiiiiiiiiiiiiiiiiiiiiiiāāāāāāāāāāāāāāāāāā
to, o luto dos camponeses, descendo, des-
āāāāāāāāāāāāāāāāāāāāāāāāāāāāāāāēēēēēēēēēēēēēēēēēēēēēēēēēēēēēēiiiiiiiiii
cendo ao sofrimento de Fúlvia.
ēēētes.

À noite de Natal de 1148. Três dias depois da última alegria de Salvatouros. Fúlvia Caprina chorava ferrugem, mas ali mesmo Mafalda pulverizou o cristal da vida, oculto entre as maldades do tempo. Em nove segundos o ventre cresceu nove meses. E o amor agigantou-se também e Fúlvia não regateou prazeres ao repentino fenômeno.

O choro do menino ressuscitou a aldeia. Só Hortênsia Campônia, plantadora de trigo, chegou a ver os efeitos finais da transformacional molecular,

(o filho de fúlvia está)

agitando os raios azuis sobre as tranças negras,

(virando)

recriando os duzentos e trinta e

seis centímetros de

(um homem)

obstinação.

Fúlvia viu.

(burgalês salvatouros segundo)

Mafalda viu.

(burgalês salvatouros segundo)

A Confraria dos Lanzatrigo viu.

(burgalês salvatouros segundo)

Hortênsia viu

(burgalês)

— Salvatouros II.

e amou.

A 31 de dezembro, Capadotius proclamou outra bula visando a economia de oxigênio do ar respirável.

Entretanto, no dia primeiro de janeiro de 1149, os Lanzatrigo lançaram novo desafio às estradas, rumo ao Palácio Provincial.

À frente, Salvatouros II. Acima, um jato amarelo. Na retaguarda, a confiança de Hortênsia Campônia:

(além do mais sempre haverá um terceiro dia)

OS BANHEIROS

Para *Elza de Lima*

Desonras ancoraram nesses portos
onde as honradas velas são mofinas.
Gastei meus passos e caminhos tortos
em busca de passagens cristalinas.
Já vi verdades mortas sob os mortos
de guerras vergonhosas e assassinas.
Perguntas sei às quais ninguém responde.
Conheço histórias mil que a História esconde.

(Ladislau de Monchique, sobrinho de Mme. Odhontyna
Alberycca Euphrozyna Alpharraz Bethançon
do Gammedal — Condessa de Monchique)

OS BANHEIROS

No começo os adultos reclamaram a falta do banheiro. Meu irmão e eu, pelo contrário, achamos tudo muito divertido apesar da tristeza que sentíamos com a ausência do avô. Até hoje, em minhas lembranças, não consigo vê-lo como o avô das outras pessoas, um velho gordo de barbas brancas apoiando os anos numa bengala descascada. O avô tinha mais jeito de tio solteirão. Cento e oitenta centímetros repartidos em tíbias, perônios, fêmures, costelas, clavículas e ossos mais. Um olhar de lanterna mágica iluminando os dedos anelados em balas de coco e caramelos de nata. Mais tarde, o sexagenário eternizado na parede da sala, irremediavelmente preso numa oval de jacarandá, sorrindo às gotas do tempo que teimavam em lhe amarelar as pupilas.

Chegava às nove da noite, depois que todos já haviam jantado e esperava mamãe lhe preparar o chá com limão. Papai vinha com perguntas a respeito da alta do café ou da baixa do açúcar, na esperança da resposta que nunca houve: o avô sorria para nós e planejava hipotéticas viagens ao país das neves ou ao império do rei narigão, que deixava o sol dar as costas para devorar pedaços de lua com vinho de estrelas cadentes. Papai não se irritava, mas balançava a cabeça e circulava a ponta do indicador bem no centro da testa.

Pouco sabíamos do avô ou talvez soubéssemos tudo e de nada soubéssemos. Mas mamãe sempre dizia que o pai dela era muito importante, que trabalhava há quarenta anos como guarda-livros de Formoso, Leitão & Cia. e nunca faltara um só dia ao serviço. Eu nunca entendi bem o que significava ser guarda-livros de Formoso, Leitão. Às vezes sentia pena do avô e via-o armazenando os infindáveis volumes lidos cruelmente pelo Senhor Leitão e pelo Senhor Formoso. E odiava-os.

Antes de ir para a cama, gostava de ficar colado a uma fresta da porta do quarto espionando o avô se divertir na leitura de seus próprios livros sem a inconveniência de ter que guardá-los em seguida.

Mas no começo os adultos brigaram muito. Papai atirava toda a culpa sobre mamãe, enquanto ela entornava a água quente na bacia comprada às pressas. Hoje eu sei que mamãe não era culpada de coisa alguma. Nem ela nem ninguém.

Em todo caso, tivemos sorte. A casa tinha quintal com horta e galinheiro e o problema se resolveu em um mês. Se não fosse a despesa o novo banheiro ficaria pronto em menos tempo. No dia seguinte veio o mestre de obras com os pedreiros e prepararam o terreno. O quintal só ficaria reduzido em seis metros quadrados.

Primeiro, papai propôs a instalação de sanitários no quarto do avô, mas titia lembrou que eu e meu irmão já estávamos quase entrando para o ginásio e ficou resolvido que o quarto seria transformado em sala de estudos.

Mamãe, meio tristonha, quase não fazia comentários, no entanto lhe descobri um leve sorriso no canto da boca, na tarde em que chegou o caminhão de entregas com a louça colorida. Era um desejo antigo e papai, apesar do preço, fez o sacrifício.

Durante a construção só houve um aborrecimento. Uma noite apareceram duas senhoras amigas para visitar titia e já na hora de se despedirem, uma delas quis ir ao banheiro. Papai empalideceu e gaguejou uma desculpa de encanamento entupido. Titia ficou indignada com a situação e levou a amiga ao banheiro de criada. Depois não se tocou mais no assunto. E foi só.

No dia da inauguração do banheiro novo eu e meu irmão tomamos um banho de séculos, embora mamãe fizesse muitas recomendações sobre a economia da água.

As semanas tornaram-se despercebidas e com elas a vida voltou ao normal.

Mamãe desdobrava-se às ocultas para evitar contrariedades a papai que naquela época sofrera um terrível golpe com a queda das ações de uma fábrica de bombons.

Quando íamos dormir, eu e meu irmão escutávamos papai reclamar do barulho e ríamos com o rosto metido no travesseiro. A princípio não compreendíamos a declamação na língua estranha. Só no ginásio é que identificamos os versos numa lição de latim: eram trechos do **De Rerum Natura**. Às vezes, surgiam pedaços do **De Substantia Angelorum Absolute**. Mas muitos poucos. A maior parte do tempo eram frases do **De Rerum Natura**.

Eu já estava nos cursos complementares quando titia morreu atropelada. Meu irmão desistira dos estudos e fizera concurso para uma repartição federal. Aos vinte e dois anos, casou-se com a filha de um chefe de seção e arranjou um cargo comissionado em Viña del Mar.

Nunca me esquecerei da expressão de mamãe quando recebeu a notícia do atropelamento. Estava espremendo limão numa xícara de chá. Então, veio o filho da vizinha, muito aflito, sem coragem de abrir a boca. Apenas apontava a rua. Corri para fora e logo percebi um círculo de curiosos em torno de um corpo. Tentei aproximar-me e as pernas não obedeceram. Em seguida vi mamãe passar correndo e se jogar sobre o cadáver.

Titia era sua única irmã. Terminado o enterro, ficou chorando escondida no banheiro: papai não gostava de choradeiras. Quando a vi trancada fiquei apreensivo e lhe roguei que abrisse a porta. Mamãe parecia não ouvir meus pedidos. Só com as ameaças de papai é que conseguimos tirá-la de lá.

Vieram os exames e obtive um terceiro lugar na Faculdade de Filosofia, Ciências e Letras. Matriculei-me no primeiro ano de Estudos Clássicos e organizei uma pequena biblioteca no quarto de titia. Nesse tempo, me afastei um pouco do ambiente de casa. Passava os dias inteiros em aulas e pesquisas e só voltava tarde, depois do jantar, como o avô costumava fazer antes daquela noite.

Mamãe guardava um sanduíche e um copo de suco de tomates. Papai envelhecia depressa apesar da recuperação financeira decorrente da alta das ações da fábrica de bombons.

Uma vez ou outra vinham cartas de meu irmão comunicando o nascimento de um novo filho. Agora eram dois meninos e três meninas. Mamãe se orgulhava das fotografias dos netos e prendia-as em porta-retratos de cristal.

Uma tarde, às vésperas de minha formatura, papai voltou para casa mais cedo, queixando-se de falta de ar. Eu estava na faculdade. Mamãe chamou o médico da farmácia e foi constatado edema pulmonar agudo. A sangria trouxe melhoras consideráveis. Infelizmente, na semana seguinte, houve um enfarte e logo um segundo e um terceiro. Papai não resistiu.

Contratamos um serviço funerário de primeira classe, mas só eu acompanhei o enterro. Mamãe tinha outros afazeres.

Economicamente papai não nos deixou mal. Tínhamos o aluguel dos apartamentos e a renda das letras de câmbio. Liquidamos o escritório de corretagens e passamos a viver sem preocupações.

De posse do diploma comecei a lecionar num colégio religioso onde só trabalho na parte da tarde. Pela manhã, organizo as aulas do dia e faço longas caminhadas pelo parque. À noite, frequento concertos no intuito de desenvolver minha cultura musical.

Houve uma certa tranquilidade nos três últimos anos. Mamãe não andava tão atarefada como no tempo de titia e papai. Afinal, suas obrigações se reduziram a um terço, uma vez que eu almoço e janto fora. Não obstante, veio a moléstia que a matou em treze dias: uma pontada no estômago e uma febre incontrolável.

Ontem, assim que levaram o corpo, senti o horror da solidão, numa casa repleta de quartos vazios e recordações da infância, com a poeira apagando os porta-retratos de cristal e se acumulando nas estrias do assoalho e, sobretudo, sem saber o que fazer com o avô, trancado no banheiro velho, declamando trechos do **De Rerum Natura**.

O VISITANTE

Para Olga Savary

As lentidões da vida nunca chegaram a me irritar, embora as impertinências do visitante me assustassem um pouco. Ou nada. Enfim, é bom não desperdiçar palavras, pois é possível que o tempo não tenha comigo a mesma paciência que tive com ele. Assim é tudo.

Primeiro foi a herança do tio desconhecido subtraindo dois anos à minha recompensa. Sempre fomos os sobreviventes isolados de uma espécie em extinção. Logo que ele se foi, permaneci com o encargo de preservar o inexistente. Até agora ou pelo menos enquanto os minutos permitirem.

Um dia o advogado percebeu que não há partilhas onde não há partes. A fortuna passou às minhas mãos e minhas mãos se passaram à fortuna de uma satisfação cobiçada em silêncio e na leitura do terceiro volume das obras completas de Gaston Mariath. Traduzidas, é claro.

Além dessa ingenuidade, havia a assinatura para a temporada lírica. O livro e a ópera, duas insignificâncias que não davam para formar uma nem atrapalhavam os dias de ninguém. E havia o dinheiro, que apesar da renda mensal fertilizada pelas terras do norte, não era suficiente para um palácio. Talvez um palacete. Mas que faria eu num palacete? Bastava o apartamento de três peças com o sofá, a estante, a vitrola e outros poucos adquiridos aos caprichos.

Na verdade, ao fim de sete meses e setecentos caprichos notei um sintoma de riqueza em certa coleção de cristais *Baccarat*, numa aquarela de Marsacq, numa *fauteuil* de *Chippendale* ou na adega instalada no quarto de criada. No entanto nunca houve criadas nem criados. Sentia prazer em ir pessoalmente à cozinha arquitetar sanduíches de frios temperados em conservas e solidões. Aliás, quase perfeitas, não fosse o visitante introduzir o quase.

Aconteceu, acontecido e pronto.

Não sei se houve alguma visita anterior. Para mim aquela foi a primeira e só me interessa o que é quando é para mim.

Logo depois da gloxínia. O homem da loja de flores fizera enfadonhas recomendações a respeito de sementes e terminara o rosário me convencendo da compra de um vaso de pedra, "devido à porosidade necessária à respiração das raízes, sem a qual os brotos nunca atingirão a consistência indispensável ao aparecimento do botão, e um pé de gloxínia sem uma gloxínia que se apresente é uma igreja sem padre".

Filho, espírito santo, amém.

Levei o vaso e plantei as raízes. Houve porosidade, respiração, brotos e flor. Uma só, a "gloxínia que se apresente", mas houve. As pétalas se abriram na segunda manhã de setembro e eu fiquei muito feliz, não só pela flor como também pela lembrança do Orpheu daquela noite iniciando mais uma temporada.

Concluí o sanduíche, me despedi da gloxínia e fui à ópera. Mas os músicos e os cantores conspiraram contra Herr Cristoph Wilibald, e o Orpheu roubou minha alegria e apressou minha volta. Meti a chave na porta, entrei, tornei a rodar a chave e já tomava a direção do quarto, quando vi, ou pior, quando não vi a gloxínia. O vaso e a planta estavam lá, entretanto, nem sombra da flor. Aproximei-me a ponto de distinguir as pétalas no tapete, um Namazlik, a poucos centímetros do rodapé. A princípio pensei numa corrente de ar. Foi só a princípio: as pétalas haviam sido esmagadas. O indubitável é terrível. Alguém estivera no meu apartamento com o intuito de destruir uma gloxínia.

Minhas mãos estremeceram gavetas, livros e cristais. Porém, os tremores se multiplicavam pela constância da ordem reinante. Quem quer que fosse não veio para roubar. Apenas estraçalhar uma flor e com isto deixar uma prova de sua passagem.

Uma visita. Quem?

Só havia uma porta e a fechadura permanecera intacta. Nunca outra pessoa entrara no meu apartamento. A única chave estava em meu bolso.

Quem poderia?

Há muitas noites não passava uma noite tão noite. As pupilas deslizando as linhas do terceiro volume de Gaston Mariath sem localizar uma vírgula. O pavor impossibilitando as sílabas. Um momento interminável porque foi o primeiro.

Três dias depois houve a segunda récita. Pensei em desistir do teatro, mas havia certa cantora no elenco e não perdi a oportunidade. Dei duas voltas na chave, experimentei a maçaneta e saí à procura de um táxi.

O espetáculo não trouxe arrependimentos. Ao contrário do Orpheu, músicos e cantores concordaram com a partitura e a ópera se tornou inesquecível. Quando me retirei, o pensamento flutuava sons e a lembrança da gloxínia esvoaçou entre eles. Subi as escadas, abri a porta e entrei. Tudo em ordem. Meia hora antes de sair havia tomado licor num cálice de *Saint-Cloud*. Lá estava, na mesmíssima posição. As almofadas sobre o sofá compunham a harmonia de antes, o mesmo jogo triangular armado propositalmente.

O visitante não me visitara.

Fui ao banheiro para uma ducha morna. Depois me enfiei na cama com o livro de Mariath: as duas páginas de todas as noites para chamar o sono. Todavia, o sono não ouviria meus apelos porque o volume, o terceiro, de minha preferência, não tinha uma só folha. Alguém retirara as trezentas e noventa e quatro páginas, substituindo-as por cento e noventa e sete retângulos recortados de jornais velhos.

Nunca raciocinei os fatos da vida com a necessária profundidade porque as profundidades de raciocínio nunca me pareceram profundamente vitais. Agora surgia um elemento desconhecido, um pânico para me dilatar as madrugadas e reduzir os dias. Mais tarde o raciocínio funcionou manhãs inteiras perdidas em livrarias na busca do terceiro volume das obras completas de Gaston Mariath. Estava esgotado. Um livreiro chegou a me oferecer toda a coleção no original. Pensei em entregar o terceiro volume a um tradutor particular. Desisti da ideia devido ao desânimo que me tomou certa vez, ao voltar para casa e encontrar dois copos de cristal *Dupont* espatifados num canto da sala.

Meus medos se refugiaram na insônia, e minha irritação na procura de duas peças iguais às destruídas. Apesar do preço, não foi difícil readquirir os copos. Mas a dúvida logo se tornou habitual. Na semana seguinte haveria outra récita. Elaborei um plano de policialidades indevassáveis: sair de casa e grudar na esquina do quarteirão vizinho. De lá perceberia qualquer presença suspeita. Caso a presença entrasse no edifício, eu trataria de segui-la, surpreendê-la e, se possível, transformá-la em ausência.

O plano foi executado mas não houve suspeitos presentes. À meia-noite abandonei o posto de observação, atravessei a rua e entrei em casa: três discos estraçalhados, duas colheres de prata *Sheffield* retorcidas, quatro Mariath desfolhados e os seis cálices da coleção *Baccarat* formando um círculo de cacos entre o sofá e a mesinha de centro.

A fúria do visitante sofrera um acréscimo considerável. Talvez graças à minha presença nas redondezas. Pela primeira vez pensei em oficializar o caso, no entanto, a ideia se acovardou diante de uma possível represália.

Pela manhã, examinei as finanças calculando as reposições. Não dava para tudo. Optei pelos discos. Os cristais e as pratas aguardariam mais uns meses.

Depois deste episódio, o visitante me concedeu um descanso de seis semanas. Ou teria minha permanência em casa impedido uma nova predação? A temporada terminara e eu, sem conhecer vivalma, não tinha aonde ir.

Uma tarde, li no jornal um elogio a uma das peças em cartaz. O tempo rastejava um adágio. Troquei de roupa e assisti aos três atos sem imaginar que ainda havia um último à minha espera. Caminhei o começo da madrugada respirando a escuridão das ruas e os nadas ocasionais de um ou outro retardatário. Será que também tinham visitantes para lhes destruir a solidão? Ou seriam eles próprios os visitantes? Não era uma noite como qualquer noite. Eu nunca soube o que significa ser noite, apesar de sempre achar que as tais lentidões são particularidades do dia. Para mim a vida é lenta porque à noite também se vive, e viver tem um gosto de morte próxima. Um paladar meio adocicado, com cheiro de lama e espermacete. Não adianta fugir porque fugir é o eterno. Acho que foi devido a este raciocínio que abri a porta do apartamento e me paralisei na aceitação do inevitável. Os setecentos caprichos repartidos nas sete mil faíscas do que fora prata, ouro, cristal, bronze, mármore, porcelana, matéria. É inútil tentar descrever um tapete que não é mais tapete ou uma taça que não é mais taça. O que persistia no assoalho sem tacos era um monte de coisa alguma rebrilhando alguma coisa. De nada vale se ler no alto de uma folha amassada **“Gaston Mariath — Obras Completas”**, se todas as outras estão entupindo um vaso sanitário. O sono e o repouso perdem seus motivos desde que o leito ceda lugar a centenas de gravetos inconsequentes. O que é uma *sorcière*? Um espelho oval pronto a refletir sortilégios ou um sortilégio de cacos sem reflexos? Um faqueiro de *Sheffield* com todas as peças mergulhadas numa banheira de ácido torna-se um jogo de talheres de estanho dignos da mesa de um camponês. Um fiel de Meca preferiria o anátema a se ajoelhar diante da Caaba sobre os trapos de seu *Namazlik*. O visitante conhecia todos os segredos de uma alquimia de corrupção capaz de transmutar em desespero um serviço de louça de *Sèvres* ou noventa e seis joias de *Limoges*. Minha visão ainda conseguia prender-se num caco da Companhia das Índias ou numa tira amarrotada onde se diluíam as cores de Marsacq. Sentei-me em três ou quatro restos de almofadas e passei o resto da noite inventariando os destroços. Seria ilícito afirmar que tudo isto é a vida porque absolutamente não é. A vida é outra coisa que dura um tempo de solidão e permanece incólume a visitantes inoportunos.

Nada sobrou, a não ser as lombadas de Gaston Mariath, cujo marroquino resistira à sanha do visitante. No mais, como a arte é frágil.

"Amar uma cidade é amar suas esquinas
e ruínas..."

Ao amanhecer, vislumbrei que não amava minha cidade. Um desejo desproporcional de me livrar de todo aquele entulho me obrigou a passar o dia seguinte às voltas com a lixeira. Às vezes, quando me via sob uma caixa de papelão cheia de lixo, sentia medo. Espreitava os corredores do edifício, longos, vazios. E o fato de estar só me entregava a uma segurança quase feliz. Antes do entardecer, com a gritaria das crianças chegando da escola, terminei minha tarefa. Voltei a me trancar e deixei escapar meia lágrima ao conscientizar a nudez do apartamento. Mas confesso que em alguns momentos me parecia cômica a visão dos cômodos vazios, livres dos estigmas da destruição. Não me preocupei com o prejuízo. E não foi pouco o dinheiro despejado na lixeira.

Na realidade, a ausência dos caprichos aos poucos me restituiu a calma e no fim de duas semanas tentei esquecer o visitante, na esperança de que ele também me esquecesse. Parece que assim foi. Não houve mais visitas. Pelo menos não havia mais motivos. Porém, a lembrança persistiu nos terrores noturnos, na insônia das madrugadas povoadas de sombras e ruídos sem explicação, mas que desmoralizaram toda a indústria de barbitúricos.

Quase sempre voltavam as interrogações sem as respostas que serviriam para dissolver a primeira camada de incerteza: quem era o visitante? Por que interrompera minha solidão? Voltaria em outra oportunidade? A terceira pergunta encerrava um pânico de tremores e suores. Foi esta questão que me fez sair à rua numa segunda-feira às sete da manhã, à procura de um serralheiro que trocasse a fechadura pelo antigo isolamento. A criatura testou o mecanismo novo e me devolveu a fechadura velha. Dias depois percebi que a troca não me trazia paz suficiente e foi a partir daí que comecei a pensar no mundo. Quinze pensamentos bastaram.

Tranquei a porta, não a sete chaves, mas com a única oferecida pelo serralheiro, e me atirei no primeiro navio que me exibiram.

Conhecer o mundo assim, com tanto realismo, não fazia parte de meus planos. Mas foi a melhor solução. Ao final de dois meses e treze países, o visitante se evaporou. Minha imaginação se refez em cores e aromas já conhecidos. No fundo, a existência não passa de uma sucessão repetitiva de cheiros, tonalidades, paladares e ruídos. A repetição é a essência do humano. Experimentei vinhos de noventa e nove marcas e safras diferentes, mas de paladar invariável. Assisti a oitenta e quatro execuções de sinfonias de Haydn, em interpretações absolutamente idênticas. Li vinte e sete romances onde se faziam declarações de amor com frases e expressões exaustivamente semelhantes. Centenas de cidades, avenidas, ruas, estradas, jardins, praças ou flores na mais espantosa igualdade cromática. Incompreensível como o homem se repete em olhos, narizes, bocas e gravatas.

No entanto, a coleção de cálices de *Baccarat* exposta num antiquário de uma esquina qualquer não era perfeitamente igual à minha, destruída quase um ano antes. Talvez o diâmetro da borda fosse mais estreito ou os pés mais longos. Mas eu notei que não eram iguais. Principalmente a qualidade dos desenhos me pareceu bastante inferior. Contudo eram *Baccarat* e não foi possível uma resistência muito dignificante. No hotel, desembrulhei o estojo de camurça e passei quase toda a noite admirando os cálices. Às cinco horas adormeci sob o peso de uma alegria há muito tempo desconhecida. E embora pareça um paradoxo, os efeitos dessa alegria foram a causa de outra aquisição inesperada: dois *Namazliks* autênticos pelo preço de um. Explica-se. Não discuti com o tapeceiro turco sobre a importância pedida porque achei estúpido conversar com uma pessoa cuja gesticulação ultrapassava minha capacidade visual. Paguei e escrevi o endereço do hotel na embalagem. Ou seja, eu vi o tapete ser embrulhado num papel listrado de marrom com quase dois metros de largura, retirado de um rolo de madeira. No quarto do hotel, ao abrir o volume para apreciar a compra verifiquei a existência de outro tapete, também magnífico, de idêntica procedência e, portanto, de idêntico preço. Inexplicável. Preferi deliciar-me com a surpresa e partir da cidade às pressas, antes que o engano fosse descoberto.

Às vezes me ajoelho no *Namazlik* errado e me sinto em Meca, diante da Caaba, fazendo orações muçulmanas ao turco gesticulador.

Minha peregrinação durou sete anos, mais ou menos o suficiente para a reposição dos setecentos caprichos. Talvez alguns a mais, como as estatuetas chinesas, em coral, representando os dias da semana, as porcelanas de *Worcester* ou as talhas de sicômoro de uma tribo da Amazônia. Mas tudo coube sob medida nos dezoito volumes e no cheque apresentado ao fiscal alfandegário. Como sempre, evitei as discussões e os contatos indesejáveis.

Não houve qualquer emoção ao rodar a chave na porta do apartamento depois da ausência septenal porque simplesmente a chave não rodou. A fechadura que eu mandara trocar antes da viagem recusou-se a funcionar de imediato. Só depois de cinco paciências e outros tantos minutos é que a engrenagem desemperrou.

O interior estava como antes. O tempo não se deixou perder com pátinas ou poeiras. Foram quinze dias adoráveis. Desfazer volumes recheados de embalagens, caixas, estojos, fitas, barbantes, lacres, etiquetas, pacotes, papéis, prazeres. Com orgulho verifiquei que a nova coleção fugia um pouco das detestáveis repetições. É certo que havia um conjunto *Baccarat* substituindo peças quase iguais, além de outro faqueiro *Sheffield*, embora com desenho mais moderno, ou ainda o caso dos tapetes, um deles quase uma cópia fiel do anterior. Entretanto, o aparelho da Companhia das Índias fora trocado pelas faianças de *Ginori*, sem contar as sopeiras de *Worcester* ou as cigarreiras de *Sèvres*, que não havia na coleção há sete anos atrás. Sem sombra de dúvida, houve renovação.

Passei três meses sem sair à rua, a não ser para comprar comida e bebidas. Em poucos dias refiz a adega no quarto de criada, e durante o resto do tempo — o que vem a ser um resto de tempo? — apreciava o já apreciado na véspera, para que logo se convertesse no apreciável de amanhã.

Numa tarde de julho do ano seguinte, não me lembro qual, numa saída para as compras habituais, vi um broto de gloxínia num pequeno vaso, quase perdido no canto inferior de uma vitrina. Entrei na loja. O empregado fez enfadonhas recomendações a respeito das sementes e terminou o rosário me convencendo da compra de um vaso de pedra, "devido à porosidade necessária à respiração das raízes, sem a qual os brotos nunca atingem a consistência indispensável ao aparecimento do botão, e um pé de gloxínia sem uma gloxínia que se apresente é uma igreja sem padre".

Filho, espírito santo, amém.

Levei o vaso e mudei a planta. Houve porosidade, respiração, folhas e flor. Uma só, a "gloxínia que se apresente", mas houve. As pétalas se abriram na segunda manhã de setembro e eu fiquei muito feliz, não só pela flor como também pela lembrança do Otello daquela noite iniciando mais uma temporada lírica, e

e eu fiquei muito feliz, muito feliz não só pela flor como também,
como também pela lembrança,
sim,
pela lembrança do

Orpheu. Orpheu?

Naquela noite, há mais de sete anos, foi o Orpheu. Eu havia comido um sanduíche, olhei a gloxínia ainda mais uma vez e fui para o teatro. O espetáculo estava horrível, os cantores desafinavam, a orquestra desencontrava a todo instante e eu voltei para casa. Foi isto. A gloxínia não estava no vaso. Mas no chão, estraçalhada perto do rodapé.

E agora, tanto tempo depois, a sombra do visitante tornava a me causar calafrios. Só porque mais uma repetição se iniciava. Havia uma gloxínia à minha frente, eu estava terminando um sanduíche e me preparava para assistir a outra abertura de temporada. Que mais faltava para recompor a cena?

Resolvi não dar confiança à imaginação e fui à ópera. Porém, logo no início do segundo ato, o barítono desafinou na última nota do *Credo*. Apesar dos esforços do maestro, a orquestra não conseguiu esconder a falha do cantor. O público fez comentários e quase não aplaudiu o número. Uma gota de suor estremeceu minha testa, pois fato semelhante ocorrera com o Orpheu. Uma inconcebível premonição ocultava-se numa nota desafinada.

Ainda no final do mesmo ato, no dueto *Sí, pel ciel*, o tenor foi acometido de um acesso de tosse causando-lhe um súbito período de alalia. Houve tumulto, princípio de vaia, o artista foi substituído e a ópera prosseguiu. Todavia, sem minha presença. O pavor se apoderou de minhas pernas, obrigando-as a me conduzir ao primeiro táxi, de volta para casa. Não sei por quanto tempo permaneci diante do edifício sem coragem de entrar. Depois, já na porta do apartamento, o coração descompassado, enquanto os dedos procuravam controlar a chave da entrada, a fechadura novamente emperrada. Afinal, abri a porta. O medo de olhar a gloxínia. As retinas trêmulas. Enfim, um olho arriscando o vaso de pedra.

E o alívio.

O infinito alívio ao divisar a flor vermelha, intacta, em contraste com a veneziana branca. Senti vontade de me ajoelhar e agradecer a ausência benfazeja do visitante. Acho que cheguei a rir. Fui para a cozinha, preparei um sanduíche imoral de queijo com frios e devorei minha felicidade. Ali mesmo, enquanto mastigava, jurei nunca mais sair de casa. Para ver cantores desafinados ou asmáticos, era melhor ficar vigilante e contente ao lado de minha coleção. Deitei-me, passei os olhos no Mariath e dormi a tranquilidade do não-acontecido.

E o não-acontecido tornou a acontecer na semana seguinte, quando voltei da segunda récita. Como daquela primeira vez, pensei em desistir do teatro, sobretudo pelo juramento, mas havia certa cantora no elenco e não perdi a oportunidade. Tudo igual. Dei duas voltas na chave, experimentei a maçaneta e saí. O espetáculo foi excelente. Em oposição ao Otello, cantores e orquestra estiveram brilhantes. Com apreensão, abri a porta do apartamento depois da costumeira luta com a fechadura e vi sobre a mesa o cálice de *Baccarat*, tal como o deixara, com o mesmo resto de licor. Todavia, minha atenção se concentrava no terceiro volume de Gaston Mariath e corri para ele. Até a dobra que eu fizera na página trinta e um na noite anterior estava lá, numa demonstração de que o visitante não me visitara, com certeza.

Estranho, mas não dormi. Pela primeira vez, tentei raciocinar a vida com a necessária profundidade, porque naquele instante as profundidades de raciocínio começaram a me parecer profundamente vitais. Não sei se consegui. Lembro-me de ter passado a manhã seguinte brincando de faz de conta. Imaginei que o visitante houvesse inutilizado o livro. Entrei numa livraria e me assustei ao ver duas edições das obras completas de Gaston Mariath em diferentes traduções, a escolher. Portanto, desta vez a visita do visitante não teria sido tão nefasta. Voltei para casa num meio desconsolo, mas perdi o restante da calma com a fechadura emperrada. Parece que a briga com a chave demorou mais um pouco. Quando consegui entrar, abri as gavetas de um velho armário e encontrei a fechadura antiga. Chamei um serralheiro sorridente e ordenei a troca. Ele só compreendeu a operação quando experimentou o mecanismo. A chave girava com a facilidade de um planeta. Foi outro alívio.

De noite, senti vontade de caminhar pelas ruas do bairro — há muito tempo não o fazia — e, ao voltar, tive um sobressalto. Pareceu-me haver um arranhão num óleo de Formenti, uma paisagem avermelhada. A risca branca, nítida, tomava quase a metade da diagonal. Não havia dúvidas, estava lá. Eu sabia, pensei. Ele acabaria voltando. Naturalmente, não conseguira solucionar o problema da entrada. Agora, com a fechadura antiga no lugar, encontrara o caminho de novo. Dessa vez foi mais sutil. Um pequeno arranhão num quadro. Nem chegou a inutilizar a pintura. Bastava um pincel com uma gota de tinta e outra de habilidade. Em dois minutos o defeito desapareceria. Senti uma excitação desmedida. Enchi um cálice de *Bourbon* e fui examinar o quadro mais de perto. Era surpreendente. Não havia arranhão algum. A tela estava perfeita. Tão perfeita que fiquei com a tentação de atirá-la na lixeira. Andei até a porta e tornei a olhar o quadro. O arranhão estava lá. Apaguei a luz do candelabro e deixei apenas o abajur iluminar a sala. O arranhão sumia. Liguei o candelabro. O arranhão voltou a surgir e com ele, a verdade: o visitante não viera. Abri todas as gavetas e armários e fiz um inventário completo de meus objetos. Límpidos, reluzentes, desinfetados. Nem mesmo um grão de poeira para denunciar a mais ínfima possibilidade de uma presença estranha.

Nada.

Um museu particularíssimo.

No entanto, eu sabia que alguma coisa estava errada. Afinal, passaram-se mais de sete anos. Talvez ele tivesse esquecido o endereço, o que não deixava de ser excelente, pois não é brincadeira gastar uma fortuna viajando pelo mundo só para readquirir objetos valiosos a serem destruídos por um louco. Aí estava o erro: um maníaco não se esqueceria de um endereço tão precioso. Um paraíso de opções destrutíveis. Pode haver sensação mais grata a um predador do que espatifar uma queijeira de cristal *Dupont* ou uma porcelana escamada de *Worcester*? A facilidade com que se desfaz em meia dúzia de cacos uma tradição secular. É tentador.

Naquela noite, arrumei três cálices sobre a mesa de centro, bem visíveis, e saí. Dei duas voltas na chave, mas logo depois desfiz uma das voltas. Passeei despreocupadamente até mais de meia-noite. Empurrei a porta, a respiração ofegante, e entrei: tudo repetido. Os cálices, um trio cristalino e imóvel, a mesma postura. Peguei um deles e atirei-o no tapete. O tecido espesso amorteceu o choque e o cálice resistiu. Pisei-o com violência e, ao retirar o pé, uma farinha esbranquiçada formava um círculo no *Namazlik*.

Fui ao banheiro, lavei o rosto e me deitei. As páginas intactas do Mariath foram inúteis. O sono não veio e nem viria mais, nas noites que me restavam.

Antes de sair para uma das récitas seguintes, deixei à mostra duas travessas de *Ginori*, uma taça de *Saint-Cloud* e um par de estatuetas de Sèvres. A porta ficou fechada só com o trinco.

Quando voltei, às três da madrugada, não houve resposta. Os objetos, os objetos permaneciam objetos. Os mesmos de sempre.

Será que o visitante estava morto?

Não é possível: eu ainda vivo.

Finalmente, hoje foi um dia de grandes arrumações. Desenterrei todo o museu e o arrumei em posições estratégicas. À direita de quem entra, coloquei, uma a uma, metade das peças de cristal. Setenta e dois copos de pé, cento e dezoito cálices, noventa e seis taças de múltiplos tamanhos e variadas procedências, *Dupont, Baccarat, Saint-Cloud*, formando um grande batalhão faiscante e convidativo à predação. Ao fundo, como um painel teatral, as opalinas de Veneza e as pratas de *Sheffield*, equilibradas pacientemente em recortes de papelão. No lado esquerdo, as porcelanas, noventa e nove peças, mais a outra metade dos cristais. No chão, à frente, as oitenta e oito peças do faqueiro, numa aparente desarrumação. E ainda as estatuetas da China, as faianças de *Ginori*, os quadros, as talhas de sicômoro e todo o resto de minha coleção e de meu orgulho.

Agora vou acender todas as luzes. A porta ficará aberta, escancarada. Na rua, tomarei um táxi e irei ao teatro assistir à última récita da temporada, Tristão e Isolda.

Tenho quase certeza de que o visitante virá.

Mas se ele não vier,

A LEI DO SILÊNCIO

"Não há nada mais condenável
do que um assassino que se deixa pegar"

(Ninguém)

O primeiro tiro poderia ser mortal, mas foi apenas moral.

Apesar da violência com que a mulher se debatia no tapete, o homem percebeu a mancha escura se alastrar na seda vermelha do pijama, um palmo abaixo da virilha. Aquilo não o surpreendeu. Na verdade, não tinha nenhuma prática no manejo de armas de fogo. Sendo assim, teria de ser por tentativas. Apontou o revólver com o máximo de firmeza e apertou o gatilho pela segunda vez. Outro fracasso: o sangue brotou do ombro direito. Não fossem os gritos, ele a deixaria sangrar até a morte. Mas assim não era possível. Podia aparecer um vizinho e não seria muito cômodo explicar a situação. Ainda havia quatro balas. A terceira se perdeu numa estatueta de faiança do século XVIII, uma representação do signo de Aquário e o homem se sentiu duplamente frustrado. Um pouco pela faiança, pois se tratava de uma peça de coleção e ele já conseguira obter os signos de Peixes, Sagitário, Leão, Touro, Virgem e Capricórnio. Um comerciante italiano lhe havia prometido as restantes no prazo de um ano. Mas era tudo tão vago na Itália e, além disso, os negócios quase não lhe permitiam afastar-se do Rio. Porém, o que mais o desapontou foi a nova falha de pontaria. Aproximou-se da mulher o mais que pôde e desfechou o quarto tiro. Bem melhor. Pela posição da mancha devia ter atingido o estômago. Pelo menos, os movimentos se tornaram mais lentos e os gritos mais abafados. O tapete é que ficaria imprestável. Quanto não custaria hoje um legítimo *Lurçat* de cinco por quatro? Talvez fosse esta a causa da súbita perfeição obtida nos dois últimos disparos. O quinto atingiu uma região um pouco acima do quarto, e o sexto foi estupendo, embora não tenha provocado hemorragia. Um pequeno orifício entre os seios e nada mais. A mulher arregalou os olhos azuis e imobilizou um silêncio. O homem se descontraiu, passou a manga do robe no suor da testa e depositou o *Colt* sobre a mesinha *chippendale*, a poucos centímetros de uma cigarreira de *Sèvres*. Depois colocou dois cubos de açúcar na xícara do chá meio frio e virou-a de uma só vez. Na meia hora seguinte, recolheu os cacos da estatueta, prevendo uma possível reconstituição e passou algum tempo examinando as nódoas do tapete, maldizendo uma impossível lavagem. Então, sem desviar o olhar do prejuízo, foi abrir a porta da saleta para ver quem apertava a campainha com tanta timidez.

— Boa noite. Quem é o senhor?

— Boa noite. Perdão. Sou o comissário da delegacia aqui da região e, se não fosse incômodo, gostaria de dar uma palavrinha.

O homem sorriu com displicência.

— Claro. Faça o favor de entrar. Não repare a desarrumação.

O comissário se assustou ao perceber o corpo no tapete. O homem não perdeu o sorriso.

— Ah, sim. É minha mulher. Tivemos uma discussão.

E apontou o *Colt* na mesinha. O policial envolveu a arma num lenço esverdeado e levou-a ao nariz.

— Foram seis tiros?

O homem coçou um canto da boca.

— Hum-hum.

O comissário recolocou o revólver na mesa, ajustou um par de óculos bifocais e se curvou sobre o cadáver.

— O corpo só apresenta cinco perfurações. Como explica?

O homem baixou a cabeça.

— Infelizmente perdi um disparo. Ali.

Indicou os restos da estatueta. O comissário se levantou e caminhou até o pedestal espatifado.

— Parece uma faiança.

O homem confirmou.

— E é. Do século XVIII. Fazia parte de uma coleção de signos do zodíaco. Essa era Aquário. As outras são aquelas.

O comissário ergueu as lentes.

— Interessante. Sagitário, Leão, Touro, Virgem e Capricórnio. Está incompleta?

O homem fez uma cara de aborrecimento.

— Um comerciante italiano me prometeu as que faltam para o ano que vem, mas não sei se poderei sair do Rio.

O comissário tirou os óculos.

— Talvez não haja necessidade. Vi umas estatuetas desse tipo num antiquário no Beco dos Mercadores. Conhece?

O homem franziu as sobrancelhas.

— No Beco dos Mercadores? Não. O senhor acha que são perfeitamente iguais?

— Se são iguais, não sei. Nessa vida de policial quase não sobra tempo para essas coisas. Mas são muito parecidas. Por que não vai até lá e dá uma olhada?

O comissário reajustou os óculos. O homem serviu uísque.

— É o que vou fazer. Ao menos, é muito mais barato do que uma viagem à Itália. O senhor bebe?

— Ah, obrigado.

Enquanto pegava a bebida, os olhos deram um rápido passeio pelo chão.

O homem suspirou, abriu os braços e deixou-os cair.

— Eu sempre dizia a ela que detestava chá sem açúcar. Mas ela ficava teimando que açúcar de mais faz mal, que causa isto, que causa aquilo. O senhor sabe como é.

O comissário terminou o uísque.

— Se sei. Lá em casa é a mesma coisa. Eu só vim aqui porque um vizinho seu telefonou. Devido aos tiros. Que horas eram?

— São onze e vinte agora. Deviam ser dez e meia.

O comissário baixou a voz.

— O senhor compreende. É a lei do silêncio.

Dirigiu-se à porta.

— Da próxima vez, tenha mais cuidado. E não se esqueça do Beco dos Mercadores. Boa noite.

Mas antes de fechar a porta, voltou-se e piscou um olho.

— Amanhã cedinho mando buscar o corpo.

MIGUEL COVARRUBA

"Conheço histórias mil que a História esconde."

(De um sarau na casa da Condessa de Monchique.)

Atualmente já é quase indubitável a presença de um certo Miguel Covarrubra entre os auxiliares diretos do Duque do Gammedal em suas campanhas pela fixação daquilo que os historiadores resolveram batizar de Primeira Monarquia*. É provável, todavia, que antes já houvesse o nome Covarrubra demonstrado outros valores. Porém, só o documento lavrado e autêntico é digno de fé e capaz de impedir a deterioração da memória. Assim sendo, fica o Alferes Miguel Covarrubra com as honras de iniciador da descendência que até a segunda metade do século passado não dava margem a dúvidas com respeito à sua continuidade. É possível até que os Covarrubra não tenham a mesma importância de outras famílias também ligadas às monarquias e repúblicas que enriquecem nosso raciocínio histórico. No entanto, acontecimentos testemunhados nas duas últimas décadas formam suficiente razão para que sejam esmiuçados estes duzentos e tantos anos de vida social. O duque condecorou o jovem Miguel com a Estrela da Glória, peça que ainda se encontrava em

---

* "Do Gammedal o Duque portentoso,
ao ver em sua frente a face ousada,
toma da Glória a Estrela e, generoso,
concede ao moço a fama dilatada."

Tem-se como certo que Miguel Covarrubra é o *moço* a que se refere a Condessa de Monchique em sua famosa narrativa. (N. do A.)

poder da viúva do último Covarrubra e que para o alferes serviu de chave mestra a quase todas as portas da vida pública.

Terminadas as lutas pela conquista do rio, Miguel pediu reforma como sargento devido a um ferimento recebido em combate e foi nomeado Segundo Secretário do Paço com uma renda mensal de setecentos cinzéis. Preencheu o tempo que a nova função lhe deixava de sobra especializando-se em todas as danças da época, o que fez dele figura obrigatória nos bailes da monarquia. Num desses, conheceu Estefânia de Monchique**, filha de um antigo almocreve enriquecido à custa de suor e lágrimas — mais lágrimas do que suor, segundos alguns — e se casou com ela dois anos depois. O casal foi morar na parte nobre da cidade, numa casa que pertencera à irmã do Duque. Sabendo que seu antigo alferes era o novo morador, foi o velho militar em pessoa prestar-lhe as boas-vindas. Da admiração hierárquica solidificou-se uma amizade que se estenderia até a morte prematura de Miguel. Estefânia teve sete filhos: três com o marido e quatro com o Duque, pois se casou com ele seis meses depois de viúva. Há quem diga que o primeiro filho do Duque foi gerado durante a enfermidade de Miguel, mas não há provas. Por outro lado, o Duque se comportou de maneira soberana com os três enteados. Enviou o mais velho à Europa com a finalidade de torná-lo engenheiro, casou a mais moça com um sobrinho de sua falecida mulher e obteve para o do meio o cargo de tabelião substituto. Foi justamente este, Pedro Reynaldo Covarrubra, o responsável pela ascensão familiar. Mais tarde tornou-se conhecido nos círculos por onde andava como Tipedrão. Epíteto carinhoso, com a qualidade, geralmente rara nos cognomes, de retratar a um só tempo diversos aspectos do físico e da personalidade de seu possuidor. O aumentativo referindo-se à corpulência de Pedro Reynaldo, e a intimidade do prefixo *ti* identificando o relacionamento

---

** O nome Monchique não guarda nenhuma relação com os Monchiques atuais, o que não deixa de ser louvável para ambos os lados. (N. do A.)

avuncular que mantinha com quase todas as pessoas. Tipedrão era tio da ama de leite que o viu nascer, do jardineiro que lhe engraxava os sapatos, das crianças da rua onde morava, do velho professor que vivia pedindo favores, de seu único filho falecido aos sete anos, dos sobrinhos verdadeiros e de seu próprio tio, irmão de sua mãe. Foi um homem notável pela bondade e principalmente pela honestidade com que conduziu os inumeráveis capítulos de sua vida. Morreu dormindo, aos noventa e sete anos, e teve mais de mil sobrinhos para lhe carregar o caixão. Passou a existência recusando os títulos e as homenagens que a Cidade teimava em lhe oferecer. Dizia que o sol e as estrelas são títulos suficientes para a nobreza de cada um. Contudo nunca recusou nomeações. Dez anos depois de se tornar primeiro tabelião estava irremediavelmente rico. Foi à Europa quinze vezes, cinco das quais acompanhado por dois reis, o da Primeira e o da Terceira Monarquia. Numa das viagens teve como companheiro de camarote o Presidente da Segunda República que também se dizia sobrinho e que, num rasgo de generosidade para com o tio, duplicou-lhe a fortuna com dois passes de mágica, tendo uma pena de ouro como vara de condão: nomeou-o sucessivamente Diretor do Banco Republicano e do Erário Público, cargo onde se aposentou aos sessenta e três anos. Deve-se a Tipedrão a construção do Theatro Real, mais conhecido como Casa da Ópera e cujo nome mudou para Theatro de Drama e Comédia, depois de instalada a República. Também a ele atribuem-se a fundação da Sociedade Beneficente Lar do Sobrinho Pobre, da Orquestra Municipal, de treze grupos escolares, de uma faculdade de Medicina e duas de Direito e, seu orgulho maior, do Instituto de Recuperação do Sobrinho Inválido.

Entretanto, não foi Tipedrão o mantenedor do nome Covarrubra, embora sua presença tenha sido de capital importância para a preservação, uma vez que o irmão enviado à Europa para se tornar engenheiro portou-se de maneira não muito matemática, e transformou a Física em mero passeio parisiense, com muitos cabarés e pouquíssimos cálculos. Voltou miserável e viveu sob a caridade de Tipedrão. Mas foi o responsável pela maioria dos sobrinhos, doze, sem contar os espúrios que Tipedrão, em lágrimas, chamava de *sobrinhos reais*. E foi precisamente um dos doze, o sétimo, que recebeu o encargo de comandar o ramo principal dos Covarrubra. Pedro Augusto Covarrubra herdou do tio o nome e a visão progressista. Só não herdou a alcunha, porque o fato de tornar-se barão aos vinte e cinco anos deu-lhe outra: Pedobarão.

Pedobarão transferiu o centro de suas atividades para a Província já que aos trinta e dois anos, numa carta à Duquesa de Langeais, a amante francesa, declarou não suportar mais o cheiro das cidades, a não ser o de Paris, para onde viajava todos os anos. Em sua Fazenda da Pedra Negra, conseguiu multiplicar por dez todas as heranças recebidas transformando-se, antes dos cinquenta, no homem mais poderoso da Cidade. O exército da Sexta Monarquia composto de um contingente de setenta e quatro mil elementos, foi todo provisionado com armas modernas importadas por Pedobarão de uma cidade industrial do norte. Desse modo, venceram com extraordinária galhardia a Guerra das Duas Cidadelas e incorporaram novos territórios à Cidade.

Pedobarão se casou com a sobrinha de uma cunhada do rei, Alzira, fato que não só lhe angariou mais prestígio social, como também lhe facultou algumas liberdades quanto ao recolhimento dos impostos reais. Quando o monarca estava cansado, passava uma temporada na Pedra Negra, servindo-se das escravas que Pedobarão lhe oferecia. Alzira, aos vinte e cinco anos pesava sessenta e quatro quilos, aos trinta, oitenta e um, e aos trinta e sete, cento e quatorze, sem contar os vinte e dois quilos do caixão de jacarandá que a transportara numa carreta com enfeites dourados, puxada por oito cavalos.

Mas antes de se completar o período de luto monárquico, caiu a Sexta Monarquia e veio outra República. Pedobarão tornou a contrair matrimônio.

Dessa vez, casou-se com a sobrinha de uma cunhada do presidente, Júlia, fato que não só lhe angariou mais prestígio social, como lhe facultou algumas liberdades quanto ao recolhimento dos impostos republicanos. Quando o presidente estava cansado, passava uma temporada na Pedra Negra, servindo-se das escravas que Pedobarão lhe oferecia. Júlia, aos vinte e cinco anos pesava sessenta e quatro quilos, aos trinta, cinquenta e dois, e aos trinta e sete, quarenta e três, mas não foi possível localizar seu cadáver depois do naufrágio do veleiro Esperança, ocorrido a poucas milhas do litoral europeu.

O episódio é um dos mais obscuros entre os que ilustram as sagas covarrubras. Alguns jornais da oposição deixaram claro que Júlia havia descoberto as ligações do marido com a tal duquesa de Paris e resolvera partir para lá a fim de oficializar um escândalo internacional. O naufrágio nada mais seria do que um assassinato com a finalidade de interceptar definitivamente as intenções da mulher. A oposição fundamentava as acusações não na morte específica de Júlia, mas na crueldade com que se liquidou toda a tripulação do Esperança.

Pedobarão não se deu ao trabalho de se defender. No entanto, seis meses depois fecharam-se os dois jornais que o haviam acusado.

Verdade ou mentira, Júlia, mesmo morta, atingiu os objetivos: as ligações de Pedobarão com a duquesa se desfizeram em seguida ao naufrágio.

Pedobarão não se casou mais. Os matrimônios deram-lhe um total de cinco filhos. Dois deles chegaram a ocupar importantes cargos políticos durante a Quinta República e a Sétima Monarquia. Pedro Luiz Covarrubra, o mais velho, foi o senador mais combativo de seu tempo, enquanto Carlos Edmundo, o caçula, foi o deputado mais combatido, depois de entronizado o novo reinado. Pedro Luiz Covarrubra foi o malfadado reformulador da constituição monárquica, instituindo a proibição de olhares públicos à figura do rei e estabelecendo o circo e suas atrações como elementos subliminares à formação da opinião pública. O fenômeno das bandeiras é posterior. Carlos Edmundo não aceitou as ideias fraternas, sendo preso e fuzilado pela oficialidade real. Dizem que Pedobarão ao tomar conhecimento da tragédia amaldiçoou Pedro Luiz e tentou deserdá-lo. Mas foi impedido por um dispositivo constitucional redigido às pressas, para retirar os poderes individuais de todo aquele que houvesse participado das cores republicanas em qualquer tempo de sua vida. Pedobarão com sessenta e sete anos recolheu-se à Pedra Negra e passou o resto da vida na companhia de treze concubinas pretas. Segundo informações não confirmadas morreu de um ataque cardíaco sentado numa cadeira de braços. Por baixo dela, seus órgãos genitais pendiam através de um orifício, enquanto três escravas dispensavam-lhes carícias na esperança de reacender-lhe a virilidade. Nenhum desses fatos foi devidamente comprovado, mas no Museu da Monarquia há uma sala fechada ao público onde se encontram amontoadas cento e dezenove cadeiras idênticas à da descrição.

Pedro Luiz foi um Covarrubra sem apelidos. Era o braço forte da Sétima Monarquia, durante a qual exerceu as funções de Conselheiro Supremo do Primeiro Tribunal. Seus julgamentos de presos políticos ficaram famosos. Passava as noites trancado na biblioteca particular, especializada em assuntos de estado. Mas toda a atenção se limitava ao estudo de métodos adotados por outras cidades para deter as insatisfações populares. Aplicou-se neles e criou novos, transformando-se no intelectual da repressão. Graças a ele a Sétima Monarquia foi uma das mais sólidas. Em certa época, doou grande parte da Pedra Negra à Cidade, construindo lá o Instituto Municipal de Informações, para onde se enviavam os presos com a finalidade de se obterem melhores dados para futuras prisões.

O Conselheiro Covarrubra casou-se muito moço com Dona Constância, bisneta do Marquês de Agaraval, cujo nome também se imortalizou durante as campanhas do Duque. Teve um casal de filhos:

Maria Eulália, que enlouqueceu aos dezenove anos, e Joaquim Hosannah, falecido aos vinte e um.

A história da loucura da filha, Maria Eulália, é uma das mais vulgares entre as intrigas da Sétima. Ainda menina, apaixonou-se por um militar da Corte, oito anos mais velho que ela. Chamava-se Fernando e sua carreira prenunciava um futuro invejável, devido à disciplina com que se comportava no Instituto Municipal de Informações. Num dos bailes populares realizados clandestinamente dias antes do carnaval, o Anspeçada Fernando se enamorou de uma dama de negro, cujo rosto se ocultava por detrás de uma cintilante máscara de lentejoulas prateadas. O jovem foi correspondido em seus sentimentos e o final do baile não coincidiu com o final do romance. A aventura continuou até bater nos ouvidos de Maria Eulália que, dominada pelo ciúme, contou tudo ao pai. Aparentemente o Conselheiro não se comoveu e pediu à moça que tivesse paciência, pois aquilo não passava de novidades da juventude. Todavia, na semana seguinte, quando Fernando mantinha um encontro com sua mascarada numa casa da Província, foi surpreendido por três indivíduos encapuzados. Não houve reação. Os amantes foram liquidados a golpes de sabre.

A notícia da morte do namorado não produziu efeitos insalubres sobre a mente da jovem. Sua loucura só se declarou no outro dia, ao saber que a dama do Anspeçada Fernando era seu irmão, Joaquim Hosannah.

Durante a vida do Conselheiro Pedro Luiz Covarrubra, ocorreram dezenove tentativas para assassiná-lo. Dezoito foram infrutíferas. Seus restos mortais estão depositados no mausoléu da Cidade com honras monárquicas. Aliás, ele só não foi rei porque não quis.

Com a morte do único filho, Joaquim Hosannah, mais uma vez a continuidade das glórias covarrubras não coube à linha direta do representante principal de uma época, e sim a um neto de Pedobarão, filho único de Carlos Edmundo, o deputado republicano fuzilado pela Sétima Monarquia. Seu nome, Manuel Gonzaga da Covarrubra, inaugurou o uso da preposição antes do sobrenome, pequena honraria outorgada pelas repúblicas aos membros mais ilustres e da qual Manuel Gonzaga nunca fez a mínima questão. Foi um homem simples e, devido a essa particularidade e a outros fatos, tornou-se legendário. Parecia ser o herdeiro da bravura do antepassado Miguel e da bondade de Tipedrão. Mas só parecia, não herdou. Suas qualidades lhe foram transmitidas pela mãe, Angélica de Albaterra Covarrubra, a própria encarnação das lutas republicanas, cujo perfil grego encimado por um barrete frígio foi a caricatura mais frequente nos jornais clandestinos de oposição à Monarquia. Se tivesse nascido homem, o clã dos Covarrubra ter-se-ia interrompido com a morte de Joaquim Hosannah, e o nome Albaterra ganharia todos os louros da História. Mesmo assim, sua popularidade como Mamãe Albaterra fez com que o filho ficasse mais conhecido como Gonzaga Albaterra do que como Miguel Covarrubra. De fato, a natureza demonstrou uma preferência escandalosa por Angélica, entre as senhoras de seu tempo. Dotou-a de uma característica da qual a maioria das mulheres teima em fugir: a beleza inteligente. Angélica Albaterra tinha o nariz em forma de lâmina retilínea, só começando a se curvar na altura das sobrancelhas, onde se formava o campo arredondado da fronte imensa. Dali surgiam os cabelos espessos sem o menor trato feminino. Na velhice, prendia-os descuidadamente num coque, o que dava a impressão de estar usando o mesmo barrete branco das caricaturas. Depois do fuzilamento do marido, Mamãe Albaterra tomou para si todos os encargos de uma viuvez que além de lhe exigir infindáveis respostas, acabou por transformá-la na implacável inimiga da Sétima Monarquia, terror do Conselheiro Covarrubra, por nunca ter conseguido subjugá-la à prisão da Pedra Negra. O Conselheiro costumava dizer entre dentes e ódios que o demônio só foi homem até o dia do nascimento de Mamãe Albaterra. O certo é que Angélica, por amor ao filho e em respeito à memória do marido, reverteu toda a sensibilidade em favor de uma decisão indomável. Aos vinte e dois anos fugiu para a Província levando o filho de poucos dias numa caixa de chapéus. A guarda real vasculhou a Cidade à sua procura, com a ordem expressa de matar os dois. Angélica passou onze anos nas montanhas, trabalhando na lavoura durante o dia, enquanto à noite se especializava nas artimanhas da clandestinidade que logo a conduziu às virtudes republicanas. Em pouco tempo manejava fuzis, preparava emboscadas, jogava o florete e lutava corpo a corpo. Habituou-se ao jejum e à meditação. Lia todas as obras que encontrava sobre filosofia política. A facilidade de expor suas ideias em público, somada a seu aspecto físico dominador, fez dela a grande líder que solapou a Sétima Monarquia e instituiu a nova República.

O filho, Gonzaga Albaterra, formava com a mãe a harmonia perfeita de dois pensamentos voltados para o mesmo ideal, apesar de ser o rapaz um pouco mais radical. Foi ele o cérebro elaborador do décimo nono atentado contra a vida do tio, o Conselheiro Covarrubra. A princípio Angélica de Albaterra não concordou com os planos do filho. No entanto, um mês depois de realizados, o rei caiu na desmoralização. No último baile da Monarquia, realizado na Ilha Municipal, já se valsavam os compassos finais da derrocada. À meia-noite em ponto, Mamãe Albaterra surgiu no salão principal tendo sobre os ombros o manto negro de eterna viúva. Aproximou-se do rei e encarou-o de frente, apesar da proibição constitucional e da pena de morte para os desobedientes. A guarda monárquica avançou para prendê-la, mas o monarca fez um gesto e deteve os esbirros. Angélica de Albaterra Covarrubra estendeu a mão e ofereceu ao rei um leque de renda preta com o barrete da república bordado em madrepérola. Ele examinou o objeto atentamente, fechou-o, abriu-o e começou a abanar-se. Os súditos, servindo-se dos leques de suas damas, imitaram o gesto, com exceção do Primeiro Ministro, que se dirigiu a Mamãe Albaterra e convidou-a a dançar. Angélica não aceitou o convite e se retirou do baile. A orquestra parou de tocar e todos os palacianos, num silêncio só incompleto pelo ruído de seus passos, também deixaram o salão. O último a sair foi o Primeiro Ministro. O rei permaneceu no trono, indiferente à realeza, abanando-se com o presente de Mamãe Albaterra. No dia seguinte, ainda se encontrava na mesma posição, o leque tombado a seus pés, morto. Na rua, o povo festejava a Sexta República. Angélica de Albaterra recusou todos os cargos que lhe foram oferecidos. Apenas exigiu uma estátua do marido na Praça da Cidade, pois considerava-o o patriarca da Sexta República, título ainda legível no pedestal, malgrado o desgaste do mármore.

Manuel Gonzaga de Albaterra Covarrubra foi nomeado Ministro Geral e, como primeiro ato público, substituiu todos os presos republicanos da Pedra Negra por uma quantidade idêntica de monarquistas recalcitrantes. Casou-se com Catharina de Alfarraz*** que lhe deu dezesseis filhos homens e uma única mulher.

Grande parte do século passado foi dominada filosófica, artística e politicamente pelo pensamento covarrubro, embora os estudiosos não considerem esse fato suficientemente importante para figurar nos compêndios como fator de influência histórica.

Da prole de Gonzaga Albaterra destacaram-se José de Alfarraz, autor de vinte e três romances de comprovado sucesso, sendo que dois deles ainda são estudados em nossas universidades. Felipe da Covarrubra, pintor de renome, adepto da escola impressionista com um prêmio de viagem, incontáveis medalhas de ouro e prata, além das honrosas nomeações. Tanto o romancista quanto o pintor ocuparam cargos políticos importantes durante a Sexta República. A seguir vem Francisco João de Alfarraz e Covarrubra, jurista, redator de numerosos decretos relacionados aos bens patrimoniais. Pedro Evangelista da Covarrubra, mais co-

*** Da mesma linhagem de Madame Odhontyna Alberycca Alpharraz, embora a própria Odhontina tenha negado tal relação familiar. (N. do A.)

nhecido como Dom Archanjo, arcebispo, representante da Cidade junto à Santa Sé, mais tarde Ministro de Estado, com participação positiva na consolidação do espírito republicano. Feliciano Ignácio da Covarrubra, engenheiro, responsável pela urbanização da Cidade e pela demolição de setecentos e treze edifícios construídos no século anterior. Frederico Estêvão da Covarrubra, historiador, cujo talento se perdeu no afã dignificante de transferir à própria família a posição de eixo da história da Cidade. Deve-se a ele grande parte destas notas. Eulálio de Alfarraz da Covarrubra, Corregedor da República, famoso por sua intolerância aos abusos das autoridades judiciárias. Vicente Damasceno Covarrubra, sem estudos, sem títulos e sem preposição, mas notável como incentivador das folias carnavalescas, tendo fundado cinco associações de grande sucesso e organizado inúmeros desfiles e bailes. Manuel Gonzaga deserdou-o. Depois, há outro Joaquim Hosannah, que apesar da maldição do nome, chegou a intendente municipal. Benedicto Nicolau da Covarrubra, jornalista com destino semelhante ao do avô, Carlos Edmundo, na luta pela continuidade da República e na perseguição que lhe foi movida pelo próprio irmão, penúltimo destaque da prole de Gonzaga Albaterra. O perseguidor chamou-se Ferdinando Balthazar da Covarrubra, oficial da Armada Republicana, intelectualmente envolvido com os pretoazuldourados, grupo que pregava a queda do regime e a instalação da Oitava Monarquia pela violência. E, por último, o único homônimo do primeiro antepassado ilustre, Miguel da Covarrubra, alfaiate com muitas ambições.

Na segunda metade do século passado, as ruas da Cidade foram dominadas por batalhões de pretoazuldourados e por seus cânticos belicosos. Enquanto as fileiras engrossavam, os homens fortes da República fechavam os olhos aos fatos, confiantes na opinião favorável do povo quanto à ordem republicana. Nada os despertou. Nem mesmo a veemência das denúncias de batalhadores da estirpe do jovem Benedicto Nicolau. Finalmente, num 31 de dezembro, vinte e sete pessoas contrárias às ideias monarquistas foram fuziladas à revelia da Justiça Municipal. Entre elas estava o jornalista Covarrubra. O episódio ganhou as esquinas e os comentários de uma semana. Mas não houve represálias oficiais. Gonzaga Albaterra sucumbiu de um ataque cardíaco ao tomar conhecimento do assassinato do filho. Mamãe Albaterra, quase centenária, não soube de nada graças a uma benfazeja arteriosclerose cerebral. Em trinta dias os pilares da Sexta República ruíram sob o impacto das botas pretoazuldouradas. Centenas de fuzilamentos reservaram à Oitava Monarquia um lugar de honra entre as mais sanguinárias. No fim de três anos, o próprio Ferdinando Balthazar foi levado ao pelotão de fuzilamento por estabelecer contatos familiares com membros da antiga república. Pouco tempo depois, na mais injusta obscuridade, morreu Mamãe Albaterra, num paradoxal asilo de velhos. Sua morte forneceu o final cronológico de uma era já extinta muito antes, e o início de outra, sem extremos ou brilhos, mas com as derradeiras esperanças covarrubras acumuladas no alfaiate Miguel.

Miguel de Alfarraz da Covarrubra era o filho caçula de Manuel Gonzaga e Catharina Alfarraz. Desde menino mostrou fortes tendências a uma ignorância consciente, pois recusava com obstinação a aprendizagem das tarefas mais simples, tais como assinar o nome ou decorar a tabuada. No entanto, ao completar quatorze anos já sabia cortar e costurar calças e fazer arremates em casacas e gibões. Manuel Gonzaga, com desgosto, descobriu que o filho se empregara na Alfaiataria Presidente Real, fornecedora de uniformes e roupas às sucessivas monarquias e repúblicas. O proprietário mantinha na porta central da loja um manequim de vestes variáveis segundo o regime dominante. Ora ostentava um sobretudo monárquico, ora uma casaca republicana. De início, Manuel Gonzaga desaprovou a atitude do moço, pois era seu desejo fazer dele um médico de renome, criando para a família um ramo científico. Com essa finalidade prometeu a Miguel viagens europeias, acrescentando as mordomias a que teria direito na qualidade de filho do Ministro Geral da República. Não houve meios. Miguel foi à Europa com todas as mordomias necessárias a fazer a viagem de volta transportando no porão do navio a última palavra em máquinas de costura e, na bagagem pessoal, dois estojos contendo as cento e quarenta e quatro agulhas e sovelas adotadas pela alta costura francesa. O Ministro Geral esqueceu o assunto e o filho. E Miguel, com máquina e estojos, voltou para a Presidente Real na qualidade de Oficial de Primeira. Era ele o responsável pela elegância de todo o ministério, incluindo as indumentárias paternas, cortadas com perfeição apenas profissional, pois Miguel não era muito afeiçoado aos trajes civis, preferindo os fardamentos pretoazuldourados. No desfile organizado oficialmente para comemorar a ascensão da Oitava Monarquia, durante a passagem do rei em carro fechado diante do prédio das oficinas da Real, Miguel, num gesto escandaloso que faria inveja a todos os antepassados políticos, vestiu o dólman pretoazuldourado no manequim da entrada. O resultado foi fulminante. Em menos de dois anos assumiu a direção do estabelecimento e, antes de três, tornava-se o único proprietário da Presidente Real, agora especializada nos uniformes de toda a hierarquia monárquica, de soldados e anspeçadas a tenentes-generais e marechais de exército. Ficou rico e riquíssimo, porém não galgou o degrau dos milionários.

A História define o exército da Oitava Monarquia como o mais numeroso de quantos a Cidade já teve, desde os tempos do Duque. Em 1871, a contabilidade da Real registrava a confecção de setenta e quatro mil quatrocentas e dezenove fardas, totalizando oitenta e nove milhões trezentos e dois mil e oitocentos cinzéis. O orçamento da Primeira República não chegou a um milhão de cinzéis. E para 1872, já havia encomendas de noventa e seis mil setecentas e cinquenta e sete roupas. Mestre Miguel, já casado e pai de cinco filhos, festejou o Natal com uma pipa de vinho e com uma astúcia comercial que aos familiares pareceu um lampejo de gênio. Uma portaria do Ministério das Finanças, a vigorar a partir de março, aumentava consideravelmente as tarifas das importações, quase dobrando o preço dos artigos estrangeiros, inclusive a casimira usada nos fardamentos. Sabedor do fato através de uma fonte palaciana, Mestre Miguel aplicou todo o capital da firma na importação de tecidos em quantidade suficiente ao suprimento de três anos de reinado. Os especialistas em política interna admitiam que a Oitava era a mais estável de todas as monarquias e, na verdade, ainda se manteve durante doze anos. Daí a felicidade de Mestre Miguel, a pipa de vinho e a embriaguez da família, já de madrugada, desentoando os primeiros compassos de "Meu soberano é poderoso e ameno".

Dois ou três dias antes da data prevista para entrar em vigor a portaria, as peças de casimira europeia abarrotaram a parte dos fundos da Real. Na manhã seguinte Mestre Miguel passou a fazenda às oficinas de corte e o trabalho começou. No final de um mês os operários iniciaram o pesponto e, finalmente, antes de agosto, as fardas estavam terminadas, à espera de que a intendência da guarda marcasse o dia da entrega. Etapas iguais ocorriam todos os anos, mas naquele 1872, a alegria de Mestre Miguel recebera os juros proporcionados por sua sabedoria de comerciante. Não respondeu ao pedido de aumento salarial encaminhado por uma comissão de trabalhadores, todavia foi generoso quanto a uma redução da jornada de trabalho e diminuiu quinze minutos do expediente de doze horas, atitude que lhe valeu uma pequena repreensão de um fiscal da Monarquia, por considerá-la abertura de precedente a outras reivindicações. Infelizmente não se conhece toda a verdade a respeito do assunto. Mas sabe-se que Mestre Miguel não usou de muita diplomacia com o fiscal e, nos dias seguintes, as manchetes monarquistas deram destaque exagerado ao incidente. O movimento contra Mestre Miguel cresceu em tal proporção que ele, no intuito de se recuperar frente às autoridades, voltou atrás e não só restabeleceu o horário de trabalho anterior, como reduziu dez minutos da hora de almoço. Foi o golpe de misericórdia. Os operários se revoltaram sob o comando de um líder anônimo e tentaram a primeira greve da Cidade. Um batalhão pretoazuldourado invadiu as oficinas da Real, onde se reunia um grupo de trabalhadores, fuzilou sete incluindo o líder e convocou todos os outros ao serviço. Restabeleceram-se a segurança da Cidade e o respeito ao patrimônio, mas Mestre Miguel caiu em desgraça.

Ao perceber os poderes abalados, o rei nomeou sigilosamente uma comissão de quatro juristas para propor um meio de encerrar as atividades da Real. Ordenou discrição e polidez. A coisa devia parecer obra do acaso. Na realidade a mão do acaso teceu a decisão dos quatro, uma vez que um deles era concunhado do comandante do batalhão que invadira a alfaiataria. Por intermédio desse oficial o jurista soube da existência do estoque de fardas novas aguardando a ordem de entrega. Comunicou o fato aos colegas e, na outra semana, foi publicado um decreto estabelecendo que a partir de setembro os fardamentos da Monarquia teriam as cores alteradas para vermelho, azul e dourado, não tendo mais o preto qualquer significação dentro da hierarquia da guarda real. Mestre Miguel sentiu um bloco de gelo no peito, mas não perdeu a esperança. De manhã foi a palácio e obteve audiência com o chefe da guarda do rei. Contou-lhe a respeito da confecção antecipada em cumprimento à encomenda dos noventa e seis mil e tantos fardamentos. O funcionário elogiou-lhe a eficiência, mas convenceu-o da impossibilidade de alterar qualquer dispositivo de decretos reais. Mestre Miguel voltou para a alfaiataria. Fez o trajeto a pé, e a aceleração gradativa imposta aos próprios passos durante a caminhada traduziam o crescimento da revolta interior. Seu primeiro ato ao chegar foi trocar a roupa do manequim. Ao ver a atitude do patrão, um dos operários comunicou o acontecimento aos colegas. Em cinco minutos Mestre Miguel discursava infortúnios e decepções. Mas a voz altissonante emocionada transformou-o em líder republicano e, uma hora depois, chefiava uma tropa desarmada, composta de trezentos e quarenta e três homens fardados de pretoazuldourado, marchando em direção ao paço, cantando "O céu da República será mais azul".

O comandante da guarda palaciana avistou o estranho batalhão, mas confundiu-se com a familiaridade das fardas e deixou-o aproximar-se. Só quando identificou o hino republicano é que gritou a ordem de fogo. O primeiro a tombar foi um operário negro que vinha quase ao lado de Mestre Miguel, mas o segundo foi ele. A bala atingiu-o entre os olhos e a morte foi instantânea. Sem a liderança de Mestre Miguel, os revoltosos se dispersaram e procuraram escapar à pontaria implacável dos atiradores. Dezessete operários morreram ali. Os outros trezentos e vinte e seis correram desordenados pelas ruas que desembocavam na Praça. Entretanto, o rei determinou uma perseguição sem tréguas. A Cidade não dormiu. Às seis horas da manhã deram dezoito tiros num operário de sessenta e quatro anos que foi considerado pela guarda como o último dos que acompanhavam Mestre Miguel. Mas no dia seguinte a Cidade inteira sabia que o número de mortos subia a seiscentos e oitenta e cinco e que os empregados de Mestre Miguel não chegavam a quinhentos. Porém, a Cidade inteira se calou. A Real foi incendiada por ordem do Ministro da Segurança e em seu lugar foi construído o prédio do atual Conservatório de Música.

Três meses depois as autoridades monárquicas promoveram um desfile para mostrar as novas fardas vermelhoazuldouradas. O comparecimento popular foi maciço. Finda a exibição, foram todos ao circo, onde além das atrações habituais, o rei prometera um número extra, a multiplicação. O sucesso foi absoluto. Até hoje as monarquias e algumas repúblicas promovem a multiplicação como encerramento dos espetáculos. Sem contar as bandeiras.

Dos filhos de Mestre Miguel, apenas um, João Evangelista da Covarrubra, obteve posição social meritória nos onze anos que restaram à

Oitava Monarquia. Tornou-se médico humanitário, protetor dos pobres a quem tratava de graça, além de ter sido o fundador da Liga Municipal contra certo mal impiedoso que matou seus quatro irmãos, sua mãe e ainda o mataria, apesar dos esforços da Liga. Só não matou a esposa, Dona Alice, professora de francês, que lhe deu dois filhos. Alberico e Alarico. Com o advento da Sétima República, candidatou-se a intendente e foi derrotado. Morreu nove anos depois, desconhecido, dois dias antes da formatura de Alberico, também em Medicina.

Todavia, o Dr. Alberico Fortunato da Covarrubra não apresentou profissionalmente os mesmo dotes sacerdotais do pai. A Medicina serviu de apoio a uma campanha política tão segura que em quatro anos foi eleito para o mesmo cargo da derrota paterna. Como parlamentar, Alberico mostrou inesperadas qualidades de orador, o que lhe valeu o título de Defensor Perpétuo da Nona Monarquia, e um exílio de três anos numa cidade estrangeira quando o poder foi para as mãos da Oitava República.

Ao regressar, o ex-intendente percebeu que a carreira política chegara ao fim e, como só lhe sobrava a de médico, candidatou-se a um emprego público e foi nomeado chefe de ambulatório de um hospital do subúrbio, função que cumpriu até os últimos dias de vida, mergulhou-o no mais repetitivo ostracismo e lhe deixou tempo suficiente para fazer sete filhos: dois homens, quatro mulheres e um terceiro Joaquim Hosannah com as idiossincrasias do primeiro. Aos vinte e três anos foi encontrado morto, vestido de colombina, num apartamento à beira-mar. E ainda faltavam seis meses para o carnaval. O Dr. Alberico fez o possível para impedir que os jornais publicassem a notícia, mas não conseguiu. Até a fotografia de Hosannah com a fantasia ensanguentada foi matéria de página inteira.

No fim de algum tempo o assunto se extinguiu e a família reencontrou a felicidade meio infeliz de antes. As quatro filhas de Alberico se casaram e se desquitaram. Os quatro maridos eram unânimes nas críticas aos temperamentos das mulheres. Um deles, que ganhou certa notoriedade como escritor de folhetins, confessou uma noite à esposa que seu maior desejo era ter nascido um de seus irmãos. A moça riu sobranceira e perguntou ao rapaz se era só para ter a honra de ser um Covarrubra. O folhetinista lhe devolveu um não decepcionante e explicou que era porque seus irmãos eram os únicos homens do mundo definitivamente impossibilitados de se casarem com ela ou com alguma de suas irmãs. Separaram-se no dia seguinte.

Os outros filhos do Dr. Alberico da Covarrubra não deixaram descendência. O mais velho se tornou Fiscal das Rendas Públicas e, aos sessenta anos abandonou a mulher para viver com uma dançarina de cabaré que se encarregou de lhe dissipar a pequena fortuna. Deixou uma filha mongoloide. O mais moço morreu pobre e solteiro. No fim da vida, já aposentado como funcionário estadual, empregou-se de garçom num restaurante de terceira, onde faleceu vítima do mal impiedoso que a tal Liga Municipal nunca logrou debelar.

A partir daí, a única vertente covarrubra emanava do Professor Alarico, singelo pelo monotonia das aulas que mal davam para sustentar a mulher, Albertina, quase bela, apesar de um leve excesso de gorduras acumuladas com tendência a acumularem-se ainda mais, com a chegada dos quarenta.

Logo que se casou, Alarico da Covarrubra, criatura de poucas palavras, tentou abandonar o magistério para dedicar-se à profissão de fotógrafo, menos rendosa, mas que lhe trazia maiores alegrias. Em dois anos voltou às aulas de Ciências Naturais e fez da fotografia um passatempo esporádico.

Depois da morte do Dr. Alberico, Dona Albertina e o Prof. Alarico foram morar na residência que o médico deixara vazia. Na verdade Alarico e Alberico nunca foram amigos, embora jamais houvessem brigado. A casa, em dois pavimentos, é uma construção antiga vulgarizada nos anos vinte, com uma varanda frontal apoiada em duas colunas de alvenaria, a fachada cinzenta e as janelas num verde descascado. Apesar da solidez da edificação, não se pode fazer elogios às linhas arquitetônicas.

Minha mãe sempre contava que Dona Albertina dirigiu-se a ela dois dias depois da mudança para pedir umas mudas de não-me-esqueças. Minha mãe não entendeu. Só quando Dona Albertina apontou a planta é que ela percebeu que as não-me-esqueças eram os miosótis. Contudo, nos anos seguintes as duas nunca chegaram a manter um relacionamento mais forte, como acontece com a maioria das vizinhas de subúrbio. Dona Albertina, muito educada, parecia evitar aproximações. Muitas vezes minha mãe confessou que não gostava dela.

Um dia, quando eu já estava com nove anos, devido a um incidente ocorrido em nossa casa, houve a necessidade de se construir outro banheiro, e meu pai, durante as obras, transferiu meu irmão e a mim para o sótão. Minha cama ficava junto a um pequeno respiradouro de onde se podia ver a janela do quarto do Prof. Alarico e D. Albertina. Na primeira noite não consegui dormir logo e passei mais de uma hora observando as sombras refletidas nas cortinas. Parecia que o Professor esbofeteava a mulher, enquanto ela se punha de joelhos em frente a ele, abraçando-o pela cintura. Em seguida as sombras desapareceram, mas eu ainda ouvi alguns gemidos abafados. Todas as noites havia cenas assim, violentas e inexplicáveis, acompanhadas de risos nervosos e gemidos. Às vezes eu queria chamar meu irmão, mas tinha medo de que ele, por ser mais velho, brigasse comigo.

Assim que o banheiro novo ficou pronto nós voltamos para o andar de baixo, todavia nunca me esqueci das sombras nas cortinas.

Mais ou menos um ano depois, o Prof. Alarico morreu e Dona Albertina ficou só, taciturna, cuidando das flores do jardim e passando o resto do dia trancada em casa, com janelas fechadas apesar do calor.

Quase sempre eu a via de manhã, muito cedo, quando saía para a escola. Ela ficava regando as plantas com um jato d'água em forma de leque. Eu olhava as gotículas para ver o arco-íris.

Numa dessas manhãs, o jato de Dona Albertina se desviou dos canteiros, atravessou as grades do jardim e molhou um menino uniformizado que caminhava em minha frente. Ela abriu o portão e, entre muitas desculpas, levou o garoto para dentro. Naturalmente iria dar um jeito de secar-lhe as roupas, pensei. No entanto o episódio não me saiu da cabeça, até que chegou minha vez. Eu estava um pouco atrasado e saí às pressas, com a intenção de chegar à escola antes da segunda aula. Porém, ao passar pela calçada de Dona Albertina, senti o impacto da água fria em meu rosto e nos ombros. Enquanto me refazia do susto, percebi as mãos puxando-me para dentro. Talvez devido à minha pouca idade ou mesmo pelo frio, minhas pernas tremeram durante o trajeto até o quarto dela. O quarto das sombras e dos gemidos. Ela me sentou na cama e me pediu que esperasse um pouco. Fiquei sozinho uns cinco minutos. Depois reapareceu com uma toalha e um prato de doces. Ofereceu-me um, mas não aceitei. Então, sempre sorrindo e dizendo coisas com voz infantil, como se faz com as crianças muito pequenas, tirou meu uniforme, meus sapatos e minhas meias, e começou a me enxugar, lentamente, acariciante. Notei que suas mãos dirigiam a toalha para meu púbis, onde as carícias eram mais demoradas. Aos poucos ela parou de sorrir e de falar bobagens e passou a me acariciar com os próprios dedos. Estremeci devido às cócegas que sentia. Dona Albertina olhou para mim e riu. Levantou-se, abriu o guarda-roupa e apanhou uma caixa de papelão. Dentro havia centenas de retratos dela com o Prof. Alarico, sempre juntos e nus, fazendo coisas que até aquela época eu nunca pensei que existissem. Colocou as fotografias em minhas mãos para que eu as admirasse, enquanto ela continuava a brincar com meu pênis. De repente, começou a beijá-lo. Senti medo, porque parecia que os beijos não acabariam nunca. Mas depois de alguns instantes sôfregos, pousou o rosto sobre meus órgãos genitais e ficou assim, contemplativa, durante muito tempo. Eu não tinha coragem de me mexer. Aparentando toda a calma, ela se levantou, guardou as fotografias e mandou que eu me vestisse. O uniforme ainda estava úmido. Voltou a me oferecer um doce e eu aceitei. Peguei a pasta, desci as escadas e saí correndo para a escola, assustado, sem olhar para trás.

Esse fato aconteceu há dezessete anos. De lá para cá tenho visto muitos meninos e rapazes receberem o jato d'água de Dona Albertina. Mas o assunto nunca veio a público.

Há três meses, ela foi encontrada morta, no banheiro, e os médicos-legistas até agora não chegaram a um acordo sobre a *causa mortis*. No dia seguinte, um domingo, num momento em que a polícia abandonara a vigilância, pulei o muro dos fundos, subi ao quarto dela e tirei do armário a caixa de papelão com as fotografias, para queimá-las uma a uma. Depois desci e fui até a sala. Pela primeira vez observei os objetos com atenção. Na cristaleira de vidros rachados, vi a Estrela da Glória que o Alferes Miguel Covarrubra recebera do Duque do Gammedal. Na parede maior, ao lado da Santa Ceia, vi um retrato a óleo de Carlos Edmundo Covarrubra, o deputado republicano assassinado pela Sétima Monarquia. Seu olhar estático e honesto me pareceu agradecido. E, finalmente, vi que todas as coisas — móveis, medalhas, memórias e Cidade — estavam cobertas de poeira.

DEFESA SICILIANA

(1. P4R — P4BD)

Não é sempre que as quartas-feiras são tão difíceis assim. Pelo menos para o Diretor de Vendas de uma empresa que ocupa vinte e três andares de um edifício de trinta e sete, sem contar a área para estacionamento, no subsolo. Mas não são tão ruins, quando se pensa nas disponibilidades da conta bancária particular.

Nesta quarta-feira, não. Não se pensa em nada. Porque o Diretor de Vendas resolve trocar as notas fiscais por uma fiscalização secreta: sugere meia dúzia de providências à datilógrafa de pernas míopes, avisa que tem hora marcada numa reunião de exportadores varicosos e desliza o carro alugado até o parque das árvores vermelhas. Impacienta-se na meia hora que falta, pois percebe que a refrigeração do automóvel não é suficiente para evitar o suor da testa. Se a informação fosse correta era só esperar vinte minutos, dezenove, dezoito. Ou nem tanto: o conversível castanho estaciona duzentos metros abaixo, com a frente voltada para o portão do parque. O Diretor de Vendas ajusta o binóculo. Não há dúvidas. É

ALBERTO

— Assino aqui?

— É. Na segunda via também.

As mãos incertas de Alberto viraram as dezesseis páginas do documento e a mão firme do Diretor de Vendas tremeluziu a assinatura na linha pontilhada.

— Pronto. E agora?

Uma sensação de alívio purificou as pupilas de Alberto, enquanto a respiração descansava o dois por quatro da normalidade.

— Não tenho palavras. Você agiu como um pai.

O Diretor de Vendas balançou um sorriso e pediu café.

— E o pessoal da frota?

— Com sua assinatura o dinheiro sai em dez dias no máximo. Você sabe, é uma transação muito alta. Eles fazem questão fechada do aval.

O queixo do Diretor de Vendas moveu meio centímetro para a direita.

— E sua mulher?

Alberto abaixou a cabeça.

— O Dr. Villabranca disse que só nos Estados Unidos. Assim que receber o dinheiro vou mandá-la para São Francisco.

Depois do café o Diretor de Vendas acendeu o cigarro de Alberto.

— Thereza me convenceu a assinar. Falou sobre sua mulher. É paralisia?

— Infelizmente. Um tipo de moléstia progressiva. Não entendo bem. Começou nos pés. Agora não dá mais e já está com dificuldades na mão esquerda. Uma coisa de enlouquecer. Outro dia encontrei-a caída no chão sem poder se levantar. Emagreceu tanto. É outra pessoa. Se você a visse antes da doença. Espere um pouco.

Alberto abriu a carteira e tirou uma fotografia.

— Este retrato foi feito há três anos.

— É linda.

— Era linda.

É linda a visão do parque das árvores vermelhas àquela hora da tarde. O Diretor de Vendas não vê a beleza. Só vê o táxi parar, a mulher saltar e entrar apressada no conversível de Alberto. O mesmo vestido verde usado no casamento de Sônia, não faz nem uma semana. Afinal, o Diretor de Vendas sempre satisfaz todas as vontades de

THEREZA

— Thereza, compreenda, não é pelo dinheiro. Um vestido que você vai usar uma vez só, como todos aqueles que trouxe da França.

— Mas é o casamento de Sônia. As pessoas vão com roupas novas. Ou você não vai comprar um terno?

— O preço desse vestido dá para fazer cinquenta ternos. Será que você não percebe?

Thereza forçou uma lágrima.

— Então é pelo dinheiro.

O Diretor de Vendas fechou os olhos e ergueu as sobrancelhas.

— Está bem. Eu faço o cheque. Mas vê se pelo menos usa o vestido duas vezes.

Thereza estendeu os lábios.

— Prometo.

Beijou o Diretor de Vendas e cumpriu a promessa. O verde do tecido italiano sobressai magnífico sobre o marrom metálico do conversível.

A informação estava certa. O Diretor de Vendas liga o motor do carro e segue Thereza e Alberto. Procura manter uma distância discreta, porque apesar do carro não ser dele, podem muito bem reconhecê-lo. Acaricia o paletó na altura do peito e sente a dureza do revólver. É uma pequena obra de arte, calibre trinta e dois, de fabricação espanhola. O cabo em madrepérola traz uma incrustação em ouro com uma cena do D. Quixote. Um milagre da ourivesaria. O Diretor de Vendas ganhou-o numa tômbola milionária durante uma noitada

NO CLUBE

Comparecia com Thereza quase todas as noites. Mas nas sextas-feiras era melhor. Às vezes só iam embora no sábado, às seis da manhã. O Diretor de Vendas perdia-se nos jogos, enquanto Thereza trocava novidades com as amigas e preparava doses de uísque para os amigos.

— Este, sem gelo. Alberto prefere puro.

Era ela que se encarregava dos uísques de Alberto. A esposa, talvez pela paralisia, nunca apareceu no clube.

Na verdade, são raros os homens que não gostam de gelo no uísque. Alberto era um. Devido a isto, Thereza insistia.

— Não, não ponham gelo. Alberto não gosta. Uma vez ele passou mal com um gole de uísque gelado.

Era natural que Thereza tomasse cuidado com a bebida de Alberto.

Agora os dois passeiam num conversível castanho-metálico a poucos metros do Diretor de Vendas, num carro alugado com refrigeração interna.

A pequena joia de fabricação espanhola está carregada com seis balas de fabricação nacional. O Diretor de Vendas calcula que duas sejam suficientes. Até mesmo uma se estiverem na cama. Tudo vai depender da pontaria. Já houve casos de amantes assassinados com uma única bala.

No entanto, a ideia do crime não é agradável. Haverá julgamentos, prisão. E adeus carreira, adeus salário, adeus futuro.

Uma tarde, o Diretor de Vendas conversava com sua secretária Glorinha num hotel de São Paulo. Glorinha riu muito e fez comentários maldosos à amizade de Thereza e Alberto. O Diretor de Vendas expulsou-a do quarto e da empresa.

O melhor seria um flagrante com detetive particular e advogado. Mas daria na mesma, escândalo, desmoralização, adeus carreira, adeus salário, adeus futuro.

O Diretor de Vendas tornou a apertar o revólver trinta e dois de fabricação espanhola. Afinal, já houve casos de amantes assassinados com uma etc.

Numa das esquinas, os reflexos do Diretor de Vendas funcionam no tempo exato. O conversível está parado no quarteirão da frente. Alberto entra num botequim para comprar cigarros. O Diretor de Vendas diminui a marcha e passa por Thereza com o rosto voltado para o lado oposto. Pelo retrovisor, vê Alberto entrar no conversível e prosseguir o passeio. Alberto ultrapassa-o e se dirige para a região dos motéis. Os dedos do Diretor de Vendas deslizam na arma espanhola. Alberto e Thereza passam pelo primeiro motel. O Diretor de Vendas está atento. Vem o segundo. A atenção redobra. O conversível entra no terceiro. A manobra é rápida e o Diretor de Vendas se atrapalha. Sabe que vai ser difícil entrar sozinho. Que diria na recepção? Que é excêntrico? Que deseja o apartamento vizinho ao casal do conversível marrom?

O Diretor de Vendas faz a volta no primeiro retorno e vai para casa. No caminho, planeja matá-los separadamente. Poderia cuidar de Thereza assim que ela chegasse do encontro. Alberto ficaria para depois, no clube. Quando pedisse uísque sem gelo. Naturalmente perguntaria por Thereza. Tudo dependia de uma decisão.

Não é sempre que as quartas-feiras são tão difíceis assim. Pelo menos para um Diretor de Vendas que ocupa uma residência de três andares, sem contar com a sala de jogos, no subsolo. Mas não é muito ruim decidir, quando se pensa nas disponibilidades da adega particular. Sugere à criada uma dose de uísque com bastante gelo e se acomoda na poltrona de couro preto, diante de um tabuleiro de xadrez, cujas peças reproduzem a partida interrompida na véspera com o campeão do clube. O Diretor de Vendas sabe que tem boa pontaria. Não gastará mais de duas balas. Uma para Thereza, outra para Alberto. O Diretor de Vendas mexe um peão. A decisão vai-se formando aos poucos. Thereza e Alberto. Mataria um de cada vez. Primeiro liquidaria o peão do cavalo em três lances. O revólver de fabricação espanhola nunca falhara. Depois disso, o campeão do clube não poderia mover a dama sem arriscar a torre do rei. Se ele jogar bispo cinco do cavalo, o Diretor de Vendas ainda terá quatro balas. Pode responder com dama seis do bispo, xeque. O que será muito pior. É claro que o campeão do clube vai preferir perder a torre do rei. Então, mato o peão e a torre. O Diretor de Vendas pega um livro sobre a mesinha. Deixa ver. Em 1936, em Hastings, Alekhine respondeu com dama três do bispo e conseguiu equilibrar a partida no quadragésimo sexto lance. Não está tão ruim quanto eu pensava. O problema é o tempo. Perdi onze minutos na décima jogada. Mas não há motivo para desespero. Abri o jogo com peão quatro do rei e o campeão do clube veio com peão quatro bispo da dama. Logo mais à noite vamos ver quem ri por último. É sempre possível ganhar uma partida que parecia perdida. Mesmo quando não se conhece muito bem a Defesa Siciliana.

ELES

"Pero un frío cruel que es peor que el ódio,
punto muerto de las almas,
tumba horrenda de mi amor..."

(**Enrique Santos Discépolo**)

Na verdade, seria injusto dizer que as coisas vão mal, apesar da presença deles, tão constante e tão concreta quanto os dias de felicidade que chegamos a viver. Cândida e eu. Porque não foi difícil construir o mundo ideal imaginado durante todos aqueles anos de juventude. Principalmente, com o salário de hoje. Os dois salões enfeitados com as tapeçarias de Cândida — pena que ela os tenha desfalcado — e, para orgulho meu, a existência de um pavimento superior, onde preparo café num bico de gás estratégico. Com um rasgo de boa vontade, posso até chamar isto aqui de minha biblioteca: trezentos e vinte e sete livros. Como é natural, a maior parte composta de obras técnicas sobre resistência dos materiais ou construção de barragens, minha especialidade. Alguns romances de mistério e uma coleção de clássicos encadernados em couro vermelho. Quarenta volumes, além de um quadragésimo primeiro com as biografias dos autores, numa inexplicável encadernação preta. Cândida apelidou-o de Ali Babá, embora nenhum dos quarenta ladrões nos tenha roubado um só minuto com sua leitura. A seguir, a música. Aí sim, uma discoteca real e viva, sem o mínimo rasgo de boa vontade. Quase dois mil exemplares daquilo que os não iniciados costumam chamar boa música como eufemismo a bicho de sete cabeças. Tudo catalogado, ouvido, repetido, comparado. Cândida se debruçava sobre a tela dos tapetes, enquanto as linhas de um Brandenburgo teciam nossas noites em solitária harmonia, uma vez que as crianças não vieram. Melhor assim. Que fariam eles a nossos filhos?

Esta interrogação talvez reduzisse o sofrimento de Cândida, uma espécie de tortura com hora marcada. Porém, nos últimos meses conseguimos estabelecer um relacionamento quase perfeito: eles lá, nós aqui. Cândida nunca me pediu que abandonasse o posto. Isto seria trocar a segurança de um salário sólido por um futuro escorregadio. Fomos vivendo dentro dos limites permitidos. E não são limites estreitos. Afinal é preciso entender as dificuldades de época. Nos primeiros anos, quando se ganhava menos, houve dias de salsicha, pão e cerveja. Vinho só aos domingos. Talvez eu fosse tão feliz quanto hoje. Às vezes, Cândida rebuscava as receitas de uma avó e me surpreendia com tortas de amoras umedecidas em licor. Agora, essas imagens me lembram pobreza. Este fato me deixa meio envergonhado, mas é assim.

Apesar de tudo, meus hábitos alimentares quase não se modificaram. Há oito anos atrás, Cândida não esbanjava dinheiro com guloseimas. A não ser para satisfazer a gastronomia irracional de Ordálio. Tirando isto, não se podia afirmar que a fabulosa conta da mercearia fosse uma irresponsabilidade de vícios recentes. Confesso que nos fins de semana havia certos pecados. Um vinho ou um queijo estrangeiro, um peixe defumado, um caviar, temperos estranhos, nada de muito luxo. Só para fortalecer o paladar de quem viesse a nossa casa. Ou de quem venha. Naturalmente saem dizendo que eu gasto muito em comida. Não deixa de ser verdade e não deixa de ser ilusão. No mês passado, por exemplo, as despesas com arroz e feijão dariam para alimentar um exército durante um ano, sem contar as trezentas laranjas adquiridas num atacadista. Ainda bem. Mesmo assim, o aumento dos gastos não foi reflexo das reuniões de domingo nem foi suficiente para causar preocupações financeiras. O dinheiro dá para guarnecer minha conta bancária na capital, para comprar meus discos e minhas ações. Foi por isso que achei tolice Cândida se desfazer dos tapetes sem meu consentimento. Se não eram obras de arte, alegravam o salão e forneciam assunto aos almoços. Mais tarde ela tentou explicar a venda com a desculpa de que não queria me aborrecer com os problemas causados por eles. A princípio não compreendi e perguntei que espécie de problemas dois tapetes poderiam trazer. Mas Cândida não se referia aos tapetes. *Eles* eram os outros. Eles.

Acho que em família não deve haver segredos. Sobretudo dessa ordem. Eu devia ter desconfiado. Cândida se levantava todas as noites, ou quase todas, e voltava algum tempo depois, com a respiração ofegante. No começo, eu perguntava se ela estava se sentindo mal. Cândida sorria e me tranquilizava dizendo que ia verificar se o gás da cozinha estava desligado. Isso passou a acontecer quase sempre, embora eu só visse quando tinha insônia. Hoje, eu sei as noites antecipadamente.

Quando principiamos a vida aqui, fiquei preocupado com a falta de diversões. Não há cinemas ou teatros, e televisão, sou contra. Uma vez por semana, recebo jornais e revistas da capital com as notícias eternas de que o mundo vai mal e o tempo vai bem. Não há interesse. Minha alegria se limita à espera dos discos. Quem traz as encomendas é um chofer da companhia. Só errou uma vez, ao me trazer um Mozart arranjado para orquestra de tangos. Na hora, fiquei meio decepcionado, mas ultimamente o tango mozartiano não me parece tão ruim.

Aos sábados, acordávamos cedo e íamos à mercearia fazer as compras da semana. Uma viagem de oitenta e nove quilômetros. Cândida enchia o carro de maçãs e sanduíches de *roquefort* mais duas garrafas térmicas com café e leite de ovelha — para combinar com o queijo — sorria ela.

Um momento bem-humorado. Cândida tecia tapeçarias com as cores da paisagem: o céu está azul-cobalto, veja aquelas flores, vermelhão-da-China, aquele ocre, aquele ocre, como é difícil conseguir uma linha naquele tom.

Como era difícil perceber uma presença que não fosse a de Cândida. Nossas presenças. Um nó cego na lã dos tapetes. As pessoas talvez não entendessem uma união assim. Ordálio parecia compreender. Seu olhar nos envolvia e o nó apertava. Cândida ria e me beijava, enquanto o cão baixava a cabeça fingindo não nos ver.

Depois de três ou quatro noites, percebi que as saídas de Cândida coincidiam com os latidos de Ordálio. Uma vez, tentei fazer graça elogiando o olfato do animal. Do jardim, farejava o gás escapando na cozinha. Cândida juntou as mãos sobre a boca e chorou duas lágrimas. Beijei-a, pedi desculpas, ela se deitou e adormeceu. Mas eu não dormi. Acho que foi minha primeira luta com a insônia completa. Pensei num mal incurável que a obrigasse a sair durante a noite e que ela quisesse esconder de mim. Pela manhã, durante o café, fiz algumas observações indiretas, porém, Cândida compensou as olheiras com um sorriso, e o assunto com uma lista infindável de linhas coloridas.

Vaguei pelos corredores da empresa até encontrar minha sala e, como de hábito, cumprimentei meus colegas de departamento. Mas dessa vez os cumprimentos não funcionaram. Alguma coisa automatizara meus atos. Dali em diante não haveria mais sossego ou verdades porque a dúvida se instalara na certeza do sofrimento de Cândida. Uma angústia impalpável surpreendida naquelas duas lágrimas.

Cândida nunca se levantava antes ou depois de Ordálio latir. E não era sempre que havia latidos e passeios noturnos. Apenas duas ou três vezes por semana. Às vezes, uma. Nunca nenhuma. Em pouco meses — pouquíssimos — me acostumei e não fiz mais perguntas. Ordálio latia, Cândida se levantava na ponta dos pés, passavam-se alguns minutos, Cândida voltava e dormia. Dormíamos: Cândida, Ordálio e eu.

Ainda bem que me sobravam algumas noites. Em geral, havia um sofrimento silencioso até uma hora da madrugada. Caso Ordálio não latisse, Cândida se espreguiçava, sorria e se encostava em mim, amolecida, à espera de minhas carícias. Uma delas consistia em descer a alça da camisola, quase sem tocar em seu corpo, de modo que o seio, deliciosamente dotado de vida própria, saltasse em minha mão. Cândida estremecia e meus lábios roçavam sua pele. Tão fina que parecia não resistir a um contato mais apaixonado. O seio de Cândida.

Numa tarde de domingo, notei a falta das duas tapeçarias. A dos pássaros, tecida em tons azuis, e a vermelha, com um desenho branco representando o signo de Aquário. Para ser franco, quem viu primeiro foi Sônia, mulher de um especialista em turbinas. Cândida e eu nos olhamos. Sônia percebeu o mal-estar e mudou o rumo da conversa. Depois, quando ficamos sós e eu perguntei a Cândida pelos tapetes, ela se tornou ríspida e me disse que os vendera. Em seguida, se trancou no banheiro. Gritei-lhe que não tinha importância, que se ela precisasse de dinheiro era só falar, que não precisava se desfazer dos tapetes e que não se tocaria mais no assunto. Não houve resposta e logo compreendi a determinação de Cândida: ela não abriria a porta. Entre meus medos, desfilavam cenas meio patéticas de nossos primeiros encontros e de minha paixão inicial. Cândida, nos seus dezessete anos, se esforçava para se mostrar adulta e ria dos meus ditos de amor. O riso fazia-a mais bela e eu desejava que o fingido amadurecimento se juntasse a todos os demais instantes formando uma eternidade. Uma vez, ela mesma me perguntou se eu não gostaria de que um daqueles momentos se tornasse eterno. Esta lembrança me fez ver de novo seus olhos brilhantes cheios do reflexo de meus próprios olhos. Sabia que também minhas pupilas estariam refletidas nas dela. Estas imagens compunham meu egoísmo. Eu queria Cândida, governá-la, possuí-la, encerrá-la para sempre numa prisão de retinas ou, em último caso, num banheiro.

No entanto, a reclusão não chegou a meia hora. Cândida se libertou sorridente e, não como uma promessa bem comportada, mas com a firmeza das decisões individuais, declarou que encomendaria linhas azuis, vermelhas e brancas para tecer novos tapetes perfeitamente iguais aos vendidos e que, com relação ao dinheiro... E se voltou para mim, subitamente séria:

— Preciso, sim.

E sublinhou:

— Muito.

Assuntos ligados a dinheiro não eram comuns em Cândida.

— Quanto?

Ela se limitou a repetir:

— Muito.

Seu rosto envelhecera dez anos. As pálpebras cerraram-se.

— Não discuta comigo, é só o que peço. Basta pagar a conta da mercearia.

Talvez Cândida tivesse traduzido minha perplexidade por meio de alguma transformação milimétrica de minha boca ou de qualquer outro músculo de meu rosto, porque me olhou assustada e acrescentou:

—... sem fazer perguntas.

Depois, como uma rosa que se fecha de repente e volta a ser botão, cruzou os braços, enterrou a cabeça entre os ombros e se retirou para o quarto, numa demonstração de que também não queria respostas.

Foi só na semana seguinte, ao receber a conta da mercearia, que compreendi uma parte do desespero de Cândida. As compras totalizavam uma quantia três vezes maior do que a habitual. Na realidade, não chegavam a desequilibrar meu orçamento, mas causariam uma pequena redução nas aplicações mensais e na compra dos discos. Lembrei-me de uma ópera de Wagner que eu vinha planejando desde o começo do ano. No catálogo havia também uma coleção de sonatas de Haydn, além do álbum com as sete sinfonias de Prokopiak, que o dono da loja confundira com Prokofief e que eu deveria pagar quando o chofer voltasse.

Enfim, não houve problemas. Assinei o cheque da mercearia e voltei para casa com quase toda a alegria de sempre, não fosse a outra parte do desespero de Cândida tragediar-me em conjecturas.

À noite, estimulado por incansáveis tentativas, o seio de Cândida saltitou em minhas mãos e a madrugada, sem as inconveniências de Ordálio, entrou para a História.

Sem dúvida, não foi só o seio de Cândida que voltou a pular em minhas mãos. Nos cinco meses seguintes, todos os demais componentes de minha felicidade voltaram a se harmonizar e a compor a melodia de antes. Descontada a economia musical por culpa das despesas com a mercearia. Assim mesmo, consegui receber a ópera de Wagner, o Haydn e alimentar novos planos. Cândida não chegou a refazer os tapetes vendidos, mas substituiu-os por um outro, enorme, que se não chega a ser tão belo, tem ao menos a marca da originalidade. Representa uma multidão escura e meio impessoal sobre um fundo cinzento. Apesar de não causar o mesmo efeito dos pássaros azuis e do Aquário branco, seu tamanho descomunal deve ter impressionado nossos amigos domingueiros, pois Cândida passou a receber encomendas. Pena que a confecção de um tapete demorasse tanto. Se ela conseguisse a média de um tapete por mês, nossos pequenos problemas com a despesa de alimentos estariam resolvidos. No entanto, mesmo assim, Cândida me ajudou bastante. De três em três meses, antes que a conta da mercearia chegasse ao escritório, Cândida liquidava-a religiosamente. Já era alguma coisa.

Em compensação, os latidos de Ordálio também ganharam religiosidade e as perturbações causadas pela dúvida persistiram. Não foram poucas as vezes em que eu tentei acompanhar Cândida em sua tarefa noturna. Eu passava meses inteiros sem me lembrar do caso. Uma noite, voltava o aborrecimento, a cisma. Nunca me foi possível acompanhá-la. Cândida me segurava e me sorria um olhar de amorosa proibição. Era como se dissesse: deixe as coisas como estão, não estrague tudo. E eu obedecia. Houve noites em que adormeci antes de Cândida voltar e desconfio de algumas em que os latidos de Ordálio não me acordaram. Até as tragédias têm sua rotina.

Mas apesar de todos os subterfúgios do hábito, no fim de dois anos, o fingimento de Cândida tornou-se evidente e insuportável. Tudo era falso. Desde as alegrias diante de um tapete novo até o mais leve saltitar do seio. Sua vida devia ser infernal e o inferno era causado pelas saídas noturnas. Eu via todas as mentiras numa retina desviada para um ponto inexistente ou num sorriso sem motivo. Os contentamentos de Cândida eram tão contrafeitos quanto seus orgasmos. Às vezes, quando ela deixava o quarto para cumprir sua missão, eu tinha vontade de segui-la sem que me visse, porém meu medo me dominava. Meu medo? Nossos medos se fundiam e formavam um pavor intransponível, produzindo pequenos arremedos de felicidade nos quais se nutriam e se agigantavam.

Acho que foi a súbita consciência deste mecanismo que me levou à revolta daquela noite. Quando Cândida voltou, silenciosa como sempre, não permiti que dormisse outra vez. Minhas perguntas desmantelaram-na, mas depois de algum tempo tiveram um efeito salutar. Cândida acendeu um cigarro e se recuperou a si própria. A representação exterior cessou de existir e ela passou a ser uma Cândida desconhecida, mergulhada em sofrimento, contudo, uma Cândida real. E assim, contou-me o que sabia a respeito de seu comportamento e de suas saídas noturnas. As palavras não eram inteligíveis mas eram sinceras. Falou-me deles sem que ela ou eu chegássemos a saber quem eram eles. Falou-me da fome deles e de sua indefinição. Falou-me da vontade de conhecer o lugar de onde eles vinham. Falou-me, enfim, de sua imensa ignorância com referência a eles. E aos poucos, foi reassumindo a personalidade artificial dos últimos tempos, elaborada a partir dos horrores de suas noites. Ao notar o fenômeno, tratei de evitá-lo.

— Por favor, Cândida. Não comece outra vez. Esta coisa é absurda. Sejam lá quem forem, não é possível continuar a alimentá-los. Afinal, que é que vocês estão querendo? Minha ruína?

Naquele momento, pensei nas parcelas de prazer que me estavam sendo roubadas. Pensei nos discos que poderia ter comprado. Pensei na troca do carro por um modelo mais recente. Pensei no equipamento fotográfico que eu vira anunciado numa revista. Pensei num relógio de pulso sem ponteiros que marcava as horas por meio de pequenas esferas magnéticas. Pensei num barbeador eletrônico à base de células fotoelétricas. E pensei em mil outras coisas que eu desejava mas que me seriam inatingíveis, enquanto durassem as excentricidades caritativas de Cândida.

— Não, não e não. Não estou aqui para sustentar vagabundos. Foi para isso que nos casamos? Na próxima vez, diga a eles que a vida está muito difícil, que não há dinheiro e que simplesmente acabou. Se você não quiser eu mesmo digo.

Até hoje não sei, mas tenho a impressão de que Cândida não ouviu minhas palavras com muita nitidez, embora tivesse compreendido a situação. Apenas me olhou e balançou a cabeça afirmativamente. Esperei que seu silêncio durasse o tempo necessário a desfazer o susto, como acontece com a maioria dos silêncios humanos. Mas não. A mudez de Cândida atingiu o absoluto. Cândida nunca mais disse nada, embora suas possibilidades de dizer alguma coisa ainda durassem três dias. Ordálio não latiu nem na primeira nem na segunda noite. Só na terceira.

Hoje, passados quase seis anos, os fatos parecem ter finalmente estabelecido o mecanismo da felicidade. Não é um mecanismo de excelente qualidade, mas pelo menos não enguiça, o que não deixa de ser uma ótima característica, em se tratando de felicidade.

Temos vivido bem, dentro dos limites permitidos. Afinal, é preciso entender as dificuldades da época. E conseguimos construir um relacionamento quase perfeito: eles lá, eu e Ordálio aqui. Numa tácita compreensão de nossas dificuldades noturnas. A princípio, Ordálio latia para me transmitir o mesmo aviso que transmitia a Cândida. Uma noite, conversei com eles e foi possível convencê-los de um planejamento muito mais cômodo. Já sei as noites do mês em que farão visitas. Por exemplo, ontem me avisaram que durante abril virão nos dias dois, quatro, sete, dez, treze, dezenove, vinte e um, vinte e cinco, vinte e sete e trinta. Assim, não há preocupação. Nestas noites, antes de dormir deixo no quintal os vasilhames com os alimentos requisitados. Como sempre, arroz, feijão, batatas e outros cereais. E carne, naturalmente. Dessa maneira, só uma vez por mês tenho necessidade de comparecer ao encontro.

Agora, ando com vontade de discutir com eles um meio de evitar visitas nos fins de semana. Às vezes estou com amigos e, de repente me lembro dos vasilhames. É desagradável. Sou obrigado a dar desculpas, as pessoas disfarçam, mas sei que ficam desconfiadas. Tenho que me levantar, arrastar a comida até o quintal, sujar as mãos. Volto cansado, quase sempre transpirando, nervoso. Só me acalmo quando Ordálio late. Então, sei que eles vieram e tudo correu bem.

Quando eles não vêm as noites são inigualáveis. Ordálio adormece num canto da sala e eu fico ouvindo os discos da temporada. Porque o gosto musical varia. Às vezes, passo um ano ouvindo Schumann. Depois, mudo para Brahms ou Schubert. Então, chega a vez de Rossini ou Chopin. Modernos, nunca. Não consigo entender como foi possível abandonar-se a harmonia tradicional, tão dentro dos eixos, tão bem comportada, em troca de um caos de degenerescências sonoras, de ruídos impertinentes. Detesto todos os compositores de Debussy para cá. Uma vez, cheguei a pensar em instalar alto-falantes no quintal e colocar uma gravação de música eletrônica só para ver a reação deles.

Outra coisa que me trazia algum sofrimento mas que acabou virando rotina também foi a presença das tapeçarias. Ao vê-las, sentia a ausência de Cândida com mais profundidade. Com o passar do tempo, até isso não surtiu mais efeito. A bem da verdade, hoje em dia, quase não noto os tapetes. Só uma vez ou outra, quando algum amigo novo faz comentários. Mesmo assim, penso no tapete, não em Cândida. Parece insensibilidade, mas são apenas artimanhas do tempo.

Durante uma época, fiquei preocupado com a solidão. É duro passar a vida numa cidade do interior, esperando as novidades da civilização trazidas por um chofer ignorante. Ultimamente, Ordálio já vem mostrando sinais de velhice e, afinal, ele não é mulher. Todavia, de seis meses para cá a solidão não tem sido tão constante. A lamentável explosão de uma turbina matou o marido de Sônia, a mesma pessoa que deu pela falta dos tapetes. Dois ou três dias depois do desastre, eu percebi nela uma ponta de alegria não muito condizente com o vestido preto, mas bastante tolerável diante do meu convite para jantar em minha casa numa quarta-feira. Depois da sobremesa, senti que minha atitude fora um pouco prematura, e o licor não teve a mesma vivacidade de outros licores futuros.

Sábado passado, Sônia foi comigo à mercearia. Almoçamos lá mesmo e à noite, bem na hora de voltarmos, um temporal inundou a região. Resolvemos dormir num simpático motel situado num trecho fora da estrada, onde a chuva não foi tão devastadora. Sônia se mostrou tímida, mas, felizmente foi só no começo. Falamos de seu marido e ela acabou confessando fatos inconfessáveis a respeito dele. Em seguida, chorou. Eu, para enxugar-lhe o rosto, passei dois dedos em sua face e não os retirei mais de lá, alegando que as lágrimas haviam colado minha mão em sua pele para sempre. Ela riu e nós nos beijamos. Pela manhã, notei que seu corpo era inesperadamente belo. E voltei a ele. E tenho voltado sempre, o que não impediu uma proposta de casamento aceita entre grandes alvoroços sexuais.

Entretanto, há o problema deles. Tenho pensado em diversas soluções. Há uma bem aceitável. Arranjaríamos outro local, mais distante, onde eu deixaria os alimentos em quantidade suficiente para um mês. Assim, Sônia nunca saberia de sua existência nem eu precisaria encontrá-los. Não é que eu sinta medo. Nem sei ao certo como são. Mas não quero senti-los próximos a mim. São repugnantes. Nunca pude encará-los com muita firmeza, a não ser naquela noite, a última de Cândida. Porém, ali o pânico me roubou tantos pormenores que eu não poderia afirmar que os conheço. Além do mais foi tudo tão rápido. Cândida se levantou com a decisão de despachá-los para sempre. Eu fiquei esperando, na cama. De repente, Ordálio latiu, Cândida gritou e eu corri até o quintal. A primeira visão foi muito semelhante à tapeçaria com a multidão escura sobre o fundo cinzento. Logo percebi que eram muitos e indefiníveis. Centenas deles. Formavam um círculo em torno de alguma coisa muito clara que se debatia. Era Cândida. Não vi mais Cândida nem ouvi mais seus gritos. Ordálio parou de latir. Não sei quanto tempo eles ficaram lá, amontoados sobre Cândida. No máximo, uns três minutos. Então, o círculo foi-se desfazendo vagarosamente e todos eles se voltaram para mim. Foi o único momento em que os vi com alguma nitidez. Pareciam escuros e muito magros, como se tivessem passado toda a vida sem comer. Olhavam-me sem nenhuma expressão. Em seguida, afastaram-se e desapareceram na escuridão do quintal. Cândida não estava mais lá. No meio, bem no centro do lugar onde haviam formado o círculo, havia apenas um pouco de sangue misturado à terra e um fragmento branco de alguma coisa que, nas noites restantes, nunca mais saltaria em minhas mãos.

CRIME DE UMA NOITE DE VERÃO

A ideia do assassinato não veio logo.

Na noite dos domingos e na ciência de Sylvia em fragmentar a tampa na banheira para mantê-la sempre cheia de água morna: o líquido escoado correspondendo ao fornecido pela torneira. Na noite e no banho de Sylvia eu passo meus verões e dou meu passeio entre as colunas do jornal. Assim seja. Nossa filha cantarolando quatro anos de ilusões até a boneca dormir. Depois é a vez dela. Mas naquele domingo arregalou os olhos e veio para minhas mãos saltando num pé. O outro balançava no ar respingando gotas vermelhas no assoalho. Um caco de vidro, um prego, não interessa. Nessas horas o importante é não despertar Sylvia de sua hidroletargia. Nunca se pode prever o efeito. Envolvo o ferimento de Soninha num lenço, enquanto lhe prometo suco de tangerina com duas pedras de gelo. Ela chora. Prometo três coelhos de pelo esverdeado. Ela sorri. Saio pela entrada de serviço, ajeito a menina no banco de trás do carro, dez minutos depois retiro-a na mesma posição e entro na sala de curativos do pronto-socorro infantil.

— Já tomou antibióticos?

— ...

— E antitetânica?

— Doutora. E o sangue?

— Vamos dar um jeito.

— Muitos pontos?

— Oito ou nove.

— Nove?

— Não dói. É só a picada da anestesia.

Quando a agulha penetrou a pele de Soninha ela me olhou com temor, recurvou os lábios para baixo e franziu as pálpebras. Desviei os olhos para a médica e percebi que seus cabelos não eram tão louros quanto pareciam, nem as pupilas tão azuis. O foco de luz sobre a cabeça falseava a realidade. No entanto, o nome na gola do jaleco era real: Edelweiss. Ou melhor: Dra. Edelweiss. Muito nova a Dra. Edelweiss.

— Quatro anos de formada e nunca vi uma criança tão corajosa.

Tão branca a jaqueta da Dra. Edelweiss.

— O senhor reclamou do sangue, mas até certo ponto é bom. Às vezes coagula e forma uma espécie de ...

O linho entreaberto num movimento de braços.

— ... uma espécie de seio?

— Hum-hum.

O seio da Dra. Edelweiss coagulando meu cérebro.

— Posso fumar?

Dra. Edelweiss escolhia uma sovela.

— Só no corredor. Está nervoso?

— Antes não. Agora estou.

— Só porque perguntei?

— Não. Porque está rindo.

— Então fico séria. A menina é filha única?

— É.

— Casado há muito tempo?

Pego um cigarro e saio da sala. Não há ninguém no corredor, nada, a não ser a ideia do assassinato se prolongando pela rua vazia. O motor do carro embaralha o verão enquanto dez minutos mais tarde deslizo pela escada dos fundos para admirar o sono de Sylvia mergulhado em ciência e água morna. Substituo a tampa mutilada por outra perfeita, fecho a torneira, giro para baixo a chave do aquecedor e torno a girá-la para cima. Fica o *s* de silêncio do gás se intrometendo na vida de Sylvia e meu próprio silêncio invadindo o carro, a rua, a sala da Dra. Edelweiss.

— Já estou quase acabando. Que cigarro demorado.

— Aproveitei para tomar uma decisão.

— Importante?

— Responder sua pergunta.

— Se é casado há muito tempo?

— Sou viúvo.

Agora os cabelos de Edelweiss parecem tão louros quanto os olhos azuis. O jaleco de seda natural não se preocupa muito em esconder o que está por baixo do colar.

— De pérolas verdadeiras?

— Não faço por menos.

As visões da noite se tornam mais líquidas do que o ex-banho de Sylvia, na voracidade dos duzentos cavalos de minha Ferrari em engolir os quilômetros que nos separam do motel. Edelweiss não fala em casamento, a não ser nas Núpcias de Fígaro da véspera. Nunca havia assistido a uma ópera nem entrado num motel. Sou a primeira ópera e o primeiro tudo. Depois sussurra dúvidas musicais com os lábios a três milímetros dos meus, para não despertar o jaleco adormecido num canto do tapete. Às vezes se cala e suspira as alegrias das noites europeias. Os hotéis parisienses recheados com trufas e leitos de verbena. As explanações científicas de um orgasmo lunar diante da vidraça londrina. Os setenta jalecos dorminhocos nas tapeçarias de uma alcova romana. Uma implacável persistência em percorrer os segredos de Edelweiss imersos em pele e em encantamento.

Ninguém fala em voltar. Ela, por não ter chegado ao fim da viagem. Eu, pelo medo de rever os olhos de Sylvia, petrificados num banho de gás e eternidade.

Mas o sol de Madri renova as energias e cumpre promessas jamais feitas.

A las cinco em punto de la tarde o toureiro Aztracán fere de morte o touro Alecrim. Edelweiss pousa o indicador e o médio sobre os lábios para reprimir um bocejo.

(era bem possível que um importuno comissário estivesse à espera com perguntas espectrais em afronta à minha felicidade)

À noite, cama desfeita, partimos para os vinhos madrilenhos e vislumbramos Aztracán em passos de jota aragonesa, entre bandurras, castanholas e guitarras. A carnificina da tarde devolve-lhe os sorrisos da madrugada. Aztracán faz uma curvatura e recusa todos, menos o de Edelweiss, retribuído em dentes panorâmicos. Aztracán se aproxima. Tento reagir e recebo um passe de muleta que me atira de novo à cadeira. A jaqueta branca. O linho entreaberto num movimento de braços. O seio da Dra. Edelweiss derrete o cérebro do toureiro Aztracán, mas as castanholas reclamam e ele volta ao sapateado.

No hotel, não durmo. Há um terror de ciúme e insônia me conduzindo aos verões e à ciência de Sylvia em fragmentar as tampas da banheira.

Pela manhã, o sol de Madri não renova as energias nem eu cumpro as promessas da véspera.

— Mas você jurou que me levaria novamente às touradas.

— Jurei mas não levo.

— Ciúme daquele toureiro idiota?

— Ora, doutora.

Edelweiss espreguiça a nudez diante do guarda-roupa.

— Vê só o vestido que separei. Gosta?

Era um modelo exclusivo em seda vermelha com jaleco de renda branca. Digo *era* porque no momento seguinte deixou de ser. Edelweiss cobriu o rosto para não ver a seda se desfazer em dois retalhos esfiapados. Então, as mãos escorregaram dos olhos aos trapos.

— Não adianta, vou às touradas nem que seja sozinha. Só não vou nua.

Sorriu enquanto retirava da mala um pequeno estojo de costura. Escolheu um carretel da mesma cor do tecido, enfiou a linha na agulha e, com a determinação dos indiferentes, começou a coser as duas partes do vestido.

De repente, não senti mais ódio ou ciúme. Pensava em Sylvia, morta na água morna, e no gosto do café que tomávamos à noite. Quando Edelweiss arrematou o último ponto, notei que a agulha se tornava curva como uma sovela. Os olhos azuis me olharam, pacíficos:

— Viu como é simples? Na sexta-feira eu tiro os pontos.

Em seguida a Dra. Edelweiss envolveu o pé de Soninha em gaze e esparadrapo cor da pele.

— É bom levá-la ao colo.

Agradeci e voltei para casa. Sylvia já havia terminado o banho. Quando viu Sônia em meu colo, quase largou o bule.

— Que aconteceu?

OS BALÕES

Para Elisabeth Lowe

"Se a tragédia fosse tão grande quanto você imagina, eu a veria assim como estou, sem óculos."

(Tia Flora)

O enterro de Tio Alfredo também foi no mesmo dia do meu aniversário. Eu estava fazendo doze anos e Vovó Margarida tinha prometido uma festa com bombons de laranja e sopa de marmelo, coisas que ela só fazia de vez em quando. Então, além de não ter festa nenhuma, ainda fui obrigado a aturar as pessoas me olhando como se meu balão fosse culpado da morte de Tio Alfredo. Só Tia Flora ficou perto de mim, com a mão no meu ombro. A promessa de Vovó Margarida era para pagar os dois anos que não tiveram festa porque também houve enterros no meu aniversário. No primeiro ano morreu Tiazinha, irmã da Vovó Margarida, e ninguém ligou para a morte dela. Tiazinha estava com noventa e quatro anos e passava as noites gritando bobagens, dizendo que a casa não tinha mais paredes e pedindo que pusessem a mesa para o almoço às três e meia da madrugada. Mas no ano passado, chegou a vez de Tio Rubinho. Ele só tinha trinta e dois anos e estava na Europa fazendo um curso de faculdade. O telegrama com a notícia da morte dele chegou bem na horinha do balão azul subir. Com Tiazinha foi igual. Assim que larguei o balão verde ela soltou um grito e caiu na janela, com a cabeça pendurada para fora. Ontem, quando Tio Alfredo teve um ataque do coração cinco minutos depois da subida do balão amarelo, todos ficaram me olhando de maneira diferente. E foi muito engraçado, pois ele é quem me ensinou a fazer balões.

Ainda tinha o Tio Rafael, que morava em São Paulo e só vinha na chácara para passar o Natal e o Ano Novo. Tinha a mulher de Tio

Alfredo, Tia Elisa, e o Tio Augusto, que só aparecia quando se falava em partilha. Tia Flora havia casado seis meses antes com outro tio meu, Felipe, que por ser o mais moço eu nunca chamei de tio. Os outros eu chamava porque eram meus tios e porque me ensinaram. Tia Flora nunca foi minha tia mas eu chamava ela de tia porque era minha tia mesmo. No dia em que Felipe levou Tia Flora lá em casa para apresentar ela a Vovó Margarida, fiquei apaixonado e não pude dormir de noite. Ela me beijou e disse que ia gostar muito de ser minha tia. E ficou sendo.

Tinha meu pai, que eu levei muito tempo chamando de Pai Eduardo. Minha mãe nunca tive. Acho que eu fui seu balão. Tia Elisa tomava conta de mim e me levava na escola, mas foi por causa dela que eu deixei de chamar papai de Pai Eduardo e não chamei mais ele de nome nenhum.

A chácara fica na zona norte e até o ano passado, tinha jardim, horta e pomar. Não sei se ainda é assim. Nos fundos, por detrás das amoreiras, existia uma casinha velha com dois quartos. O caseiro morava nela até o dia em que se matou. Daí em diante a casa ficou mal-assombrada e ninguém teve mais coragem de ir lá. Um dia, às duas horas da tarde, enquanto os adultos faziam a sesta, eu subi no galho mais alto da goiabeira para comer goiabas de vez. De repente, vi o Pai Eduardo andando na direção da casa mal-assombrada. Antes que ele chegasse a porta se abriu. Alguém já estava lá dentro, esperando ele. Quase todas as tardes era a mesma coisa. Uma vez, não almocei e fui logo para o galho da goiabeira. Vi quando Tia Elisa passou e se trancou na casa mal-assombrada. Eu só tinha nove anos mas já sabia mais ou menos para que é que um homem e uma mulher que não são casados marcam encontros escondidos. Num deles, troquei o galho da goiabeira por um buraquinho da janela dos fundos. Tia Elisa entrou, tirou a roupa toda e se deitou na cama com a colcha meio rasgada. Quando ouviu os passos de Pai Eduardo, se levantou e abriu a porta. Ele entrou e ficou nu também. Os dois quase não se olharam. Tia Elisa, muito séria, se ajoelhou em frente à cama. Outra vez Pai Eduardo imitou. E ficaram ali, ajoelhados, de mãos postas, mais de uma hora, dizendo uma porção de padre-nossos e ave-marias baixinho, como se faz nas igrejas no final das missas. Depois, vestiram a roupa e saíram do mesmo modo como entraram. Um de cada vez. Foi por isso que deixei de chamar papai de Pai Eduardo. Às vezes, quando eu via Tio Alfredo beijar Tia Elisa, tinha raiva dela e de papai e ficava com vontade de fazer dois balões. Mas não foi preciso. Meu pai teve uma doença chamada mal de santa eufêmia e morreu três anos depois. E logo que Tio Alfredo teve o ataque, Tia Elisa foi para o hospício e nunca mais se soube dela.

As pessoas diziam que Tia Flora e Felipe formavam um casal perfeito. Para mim isso queria dizer que não precisavam rezar nus e ajoelhados em frente à cama. Eu nunca pude imaginar Tia Flora fazendo coisas assim. No dia seguinte ao enterro de Tio Alfredo ela me disse para esquecer os balões e para não soltar mais nenhum. Só desse jeito os outros não iriam mais me olhar como se eu fosse assassino. Ela sabia que as três mortes não tinham nada a ver com os balões, mas falou que as pessoas eram supersticiosas. E me ensinou o que queria dizer superstição. Dessa conversa em diante, nossa amizade ficou muito mais forte. Fiz o que Tia Flora me disse. Os balões ficaram para trás e a família não me olhou mais com aqueles olhos sujos.

Vovó Margarida dizia que Felipe nunca foi muito de estudar e por isso ele trabalhava tanto. Felipe era vendedor de perfumes e sabonetes e sempre passava dois ou três dias sem vir em casa. Vovó Margarida sabia que ele não ganhava dinheiro para dar a Tia Flora o conforto que ela merecia. Assim, depois que Tia Elisa foi para o hospício, os dois ficaram no melhor quarto da casa, o de Tio Alfredo. Tia Flora, que costurava muito bem, fez uma linda colcha de retalhos e enfeitou a cama com flores artificiais. Eu sei que Vovó Margarida não acreditava, mas as flores de Tia Flora perfumavam a casa como se fossem de verdade. Um dia ela percebeu as dificuldades do marido e resolveu costurar para fora. No começo Felipe não gostou. Ele disse que os vizinhos iam achar que ele não podia sustentar a mulher. Mas Tia Flora tanto implorou que ele acabou deixando. Então foi muito divertido. Tia Flora e eu desmontamos a máquina de costura de Vovó Margarida que ela não usava desde que vovô morreu, e lubrificamos todas as peças. Depois aparafusamos tudo outra vez e a máquina pareceu nova em folha. Tia Flora cortou uns restos de uma fazenda vermelha e numa tarde fez uma blusa pra mim. Eu ficava o tempo todo sentado ao lado da máquina vendo ela trabalhar. Suas mãos claras mexendo naquelas alavancas complicadas, puxando a costura ou cortando as linhas. Que beleza. Foi então que de brincadeira eu perguntei se não era possível fazer um balão costurado à máquina. Tia Flora prendeu o riso e encostou o indicador na boca me mandando calar. Mas depois rimos tanto.

Em pouco tempo o quarto de criada se transformou num ateliê de costura, pois Tia Flora conseguiu mais de vinte freguesas. Pena que fossem mulheres pobres e quase não pudessem pagar. Tia Flora cobrava muito pouco pelas roupas que fazia. Eram vestidos de algodão e camisolas brancas para batizado e primeira comunhão. Acho que foi por esse motivo que ficou tão contente quando sua barriga começou a crescer. À noite, se Felipe não vinha para casa, assim que acabava de jantar ela corria para a máquina e ficava até muito tarde preparando as roupinhas do filho. Eu sempre do lado dela, ouvindo suas histórias maravilhosas. Muitas vezes eu dormia lá mesmo e no dia seguinte, às seis da manhã, acordava com o barulho da máquina iniciando o trabalho. Assim era nossa vida.

Durante a gravidez, Tia Flora sentia desejo de comer goiabas e eu não parava de colher as frutas para ela, até que se acabaram. Fiquei muito triste e perguntei a ela se não gostava de outras frutas. Então, Tia Flora me disse que se eu conversasse com a goiabeira e lhe pedisse mais algumas goiabas, era bem possível que a planta se comovesse e atendesse meu pedido. Daí em diante, todas as manhãs e todas as noites eu me encostava no tronco da árvore e segredava meus pedidos, disfarçando para que ninguém me visse. No fim do mês notei algumas flores nos galhos mais de cima. Corri em casa para contar a novidade a Tia Flora mas não a encontrei. Ela tinha sido levada para a maternidade. Não entendi, porque pelas minhas contas tinham passado seis meses e as crianças só nascem depois de nove. Não tive coragem de fazer perguntas a Vovó Margarida. No sábado, Tia Flora voltou sem barriga e sem filho. Ficou dois dias deitada, quase sem mexer, com os olhos fundos. Depois ela me contou que o bebê tinha morrido dentro dela e que podia ter sido um rapaz assim como eu. Tia Flora pôs a mão sobre minha cabeça e não chorou, mas vi que ela estava com uma grande vontade.

Felipe só soube do caso de noite, ao chegar do trabalho. Vovó Margarida lhe contou tudo quase cochichando, mas ele não se assustou. Tirou o paletó, afrouxou a gravata e pediu o jantar. Só depois de comer é que subiu para o quarto. Fiquei olhando da escada mas ele entrou e fechou a porta. Na segunda-feira Tia Flora voltou para a máquina. Estava branca e muito magra, mas linda como antes. Nossa amizade continuou e eu contei a ela a história da goiabeira e das flores que tinham nascido. Ela riu e mudou de assunto.

Em quatro anos a barriga de Tia Flora ainda cresceu duas vezes, mas não cresceu bastante para que seus filhos se tornassem rapazes como eu. Morreram no sexto mês. Tia Flora se conformou e, como sempre fazia, mudou de assunto. Mas nossa conversa prosseguiu e prosseguiria durante muito tempo.

Depois da terceira gravidez Felipe prolongou suas ausências. Cinco, oito e até quinze dias fora. Minha infância terminara, no entanto eu não entendia suas desculpas, apesar de Tia Flora sempre aceitar todas elas sem discutir. Eu não dizia nada, porque pensava que não tinha o direito de me meter, mas me revoltava. Vovó Margarida, depois da morte dos filhos, se tornou cada vez mais calada. Às vezes, pela manhã, antes de preparar o almoço, ia ao jardim colher flores. Fora isso, passava as tardes na sala de visitas, sentada numa cadeira de braços, imóvel, com os olhos grudados num retrato do marido, pendurado na parede em frente a ela. Parecia uma bruxa de pano meio amarrotada. Contudo, a bondade insistia em marcar-lhe os traços da velhice. Vovó Margarida será assim até o último segundo. Uma bondade destituída de atos materiais para comprová-la. Felipe nunca será bom, será mau, mas sua maldade terá as mesmas características da bondade de Vovó Margarida. Felipe continuaria a gratificar minha infância já passada com pequenos presentes que eu aceitaria num dia para jogar fora no outro, escondido, porque minha rebelião terá muito da bondade de uma e da maldade do outro. Que posso fazer? São mistérios do sangue. Tia Flora não será boa, não será má, não será submissa, não será revoltada, não será digna, não será indigna. Será apenas caridosa e obediente aos desígnios produzidos pela inatividade dos que a cercam. Principalmente pela minha. Isto sim, terá provas e mais provas.

A primeira delas ocorreu um ano depois da terceira gravidez. Uma noite vi Tia Flora muito sorridente, às voltas com uma peça de cambraia, tecido raro em seu ateliê, preparando uma dúzia de roupas para recém-nascido. Explicou-me que uma colega pobre de Felipe ia ter um filho. Era solteira e não tinha meios para arranjar o enxoval da criança. Tia Flora dera-lhe as roupas que costurara para os próprios filhos e ainda se oferecera para fazer mais algumas. Daí a peça de cambraia, a grande movimentação e, sobretudo, os sorrisos. Durante as noites em que trabalhou para ajudar a colega pobre de Felipe, sua pele readquiriu o tom rosado dos primeiros tempos de casada e as flores artificiais ganharam o mesmo perfume antigo. Às vezes, Tia Flora me lembrava uma planta que desse botões e florisse. Pena que não desse frutos. Numa quarta-feira Felipe alugou um táxi para levar o embrulho com as roupas brancas. Na saída, aproximou o rosto do de Tia Flora e deixou que os lábios, quase ocultos por um bigode castanho, tocassem a face da esposa. Foi a única vez em que o vi beijar Tia Flora, se é que um gesto tão rápido quanto aquele podia ser considerado um beijo. De qualquer maneira, senti uma emoção. Depois, como de hábito, mudou-se de assunto e não se tocou mais naquele.

As encomendas de costura aumentaram tanto que nossas conversas perderam os temas principais. Reduziram-se a farrapos de frases atirados entre caixas de botões, carretéis de linha, plissados, corridas ao armarinho para apanhar vinte colchetes ou ao armazém para comprar meia dúzia de ovos, uma vez que Vovó Margarida não cozinhava mais e Tia Flora herdou a incumbência. Eu, mal chegava do colégio, assumia minhas funções de ajudante, tomando notas de medidas de bustos, quadris e cinturas, com as costas voltadas para as freguesas de modo que não as visse de combinação. Também fazia entregas e cobrava prestações atrasadas. À noite, depois do jantar, Tia Flora ainda arranjava tempo para me ajudar nos deveres de geografia e matemática.

Em três anos Felipe engordou dez quilos. As ausências começaram a bater novos recordes. Vinte e dois, vinte e cinco e, finalmente, trinta dias sem aparecer. Numa das aparições trouxe outra peça de cambraia: a mesma colega pobre estava esperando outra criança. A primeira era uma menina. Já estava com mais de dois anos e vez por outra Tia Flora lhe fazia um vestido. Nós, entretanto, não víramos a garota, Alexandra, nem a mãe, cujo nome ainda não sabíamos. Os olhos de Vovó Margarida esgueiravam-se entre os movimentos da casa e pareciam esbarrar nos fatos tentando entendê-los. Eu nunca soube se conseguiram. O certo é que devido ao acúmulo de trabalho, Tia Flora só pôde executar o novo enxoval à noite, depois do jantar, tal como acontecera com o outro. A princípio, queria continuar a fazer as lições comigo e só costurar em seguida. Não permiti. Parecia um absurdo. Depois de muita luta, convenceu-se e eu fiquei mais tranquilo. Houve noites em que trabalhou até de madrugada. Felipe trouxera apenas a cambraia branca, no entanto depois de prontas as roupinhas surgiram enfeitadas com rendas amarelas. Só para arrematar, explicou-me ela. Mas no dia seguinte Felipe trouxe tudo de volta e pediu a Tia Flora que trocasse as rendas por outras azuis. A colega pobre havia consagrado o bebê a Nossa Senhora das Cabeças, e a criança até os cincos anos só poderia vestir-se com tecidos brancos e azuis. Tia Flora sorriu e trocou as rendas.

Dois meses depois soubemos que havia nascido outra menina, Anastácia. E mais uma vez mudou-se de assunto. Tia Flora passou a recortar novos moldes de papelão e a costurar vestidos de menina em dois tamanhos.

Contudo o assunto voltou três anos mais tarde e Tia Flora não fez o mínimo esforço para mudá-lo. Dessa vez as pupilas estioladas de Vovó Margarida dançaram tanto entre os acontecimentos que quase se gastaram definitivamente. Eu já estava nos cursos complementares me preparando para uma possível faculdade. Uma noite, Felipe voltou de uma ausência de vinte e poucos dias e, sem se preocupar com minha presença, contou-nos que sua colega pobre havia sido abandonada pelo sujeito com quem vivia e ficaria uns meses sem ter onde morar. Não disse quantos nem Tia Flora perguntou. Por isso resolveu trazê-la para morar na casa mal-assombrada, a mesma onde Pai Eduardo e Tia Elisa faziam suas orações. Seria provisório, acrescentou ele, só até a colega pobre arranjar outro lugar. Caso concordássemos ela viria no dia seguinte. Para espanto meu Tia Flora não concordou e, com inacreditável decisão, declarou que no dia seguinte não seria possível devido ao péssimo estado em que se encontrava a casa mal-assombrada. Precisava de uma limpeza em regra, de lençóis, travesseiros, além de outra cama para as meninas. Isto só poderia ser feito no fim da semana e sendo assim, ficaria melhor a colega pobre vir na segunda-feira. Meu espanto aumentou na medida inversa de minha esperança. Nunca descobri até que ponto chegaria o desprendimento de Tia Flora. Passou o sábado e o domingo transformando um monte de madeiras velhas, folhas secas, tecidos podres e ninhos de ratazanas, num recanto habitável e, na medida do possível, agradável. Até uma pequena imagem de Nossa Senhora das Cabeças ela tirou da manga para dar conotação religiosa ao ambiente a ser habitado por uma pessoa de fé.

Enfim, na segunda-feira fomos apresentados a Dona Elvira, a colega pobre de Felipe. Era uma criatura alta e alourada, com gestos e olhares de dama inglesa e soldado prussiano. No modo de andar e de se vestir não apresentava nenhum elemento compatível com sua classificação de colega pobre. Tia Flora era muito mais colega pobre do que ela. Sorriu-nos um movimento labial meio a contragosto e apertou nossas mãos. Vovó Margarida abriu as pálpebras num jeito caricatural e os olhos se desviaram para Felipe, para Tia Flora, para mim e para Alexandra e Anastácia. As meninas eram radiantes.

Desde o primeiro dia eu percebi que Elvira não havia gostado da casa mal-assombrada. Assim, quando Alexandra se resfriou não me causou surpresa o fato de Felipe sugerir a Tia Flora que mudasse o ateliê de costura para lá, de modo que Elvira e as filhas ficassem no quarto de criada. Provisoriamente, é claro, completou ele. A reação de Tia Flora se resumiu em me pedir que a auxiliasse no transporte da máquina e dos objetos de trabalho, ferro de engomar, caixas de moldes, tesouras, linhas e todos os demais vestígios de sua profissão e de sua presença. Não neguei o auxílio, mas neguei o sorriso que ela me implorava em troca do seu, depois de instalada no novo ateliê. Tia Flora notou e me perguntou a razão da zanga. Não obteve resposta, mas deve ter obtido algum sinal de meu pensamento, porque me retrucou justamente naquilo em que eu me concentrara: se a tragédia fosse tão grande quanto eu imaginava ela a veria assim como estava, sem óculos.

Tia Flora nunca usou óculos. Por isso nunca percebeu as tragédias que a rondavam. Por exemplo, numa tarde de sábado, antes de Elvira se mudar para o quarto de criada, enquanto as meninas brincavam na chácara, vi Felipe se aproximar da casa mal-assombrada, tal como Pai Eduardo fizera tantas vezes. Ainda havia o furo na janela. Foi a mesma cena de Tia Elisa e meu pai, só que as orações eram outras. Agora, com Elvira no quarto de criada, o fervor religioso foi ficando mais intenso. À noite, quando as meninas dormiam, Felipe entrava e os dois rezavam pela madrugada adentro. Será que Tia Flora notava as saídas noturnas do marido? Será que ela percebera que depois da chegada de Elvira suas ausências foram diminuindo até desaparecerem de todo? No espaço de uma vida, por mais longa que seja, jamais nascerá outra pessoa com atitudes semelhantes às de Tia Flora. Ainda bem.

No ano seguinte, eu me afastei da chácara. Foi bom, pois só assim eu podia evitar os conflitos internos causados por Tia Flora e pela visão de Vovó Margarida caminhando com dificuldade para colher suas flores e assistindo a seus últimos dias com um assombro cada vez mais insondável. Comecei a frequentar as aulas da universidade como aluno interno e durante um certo tempo a chácara e suas presenças me apareciam como fragmentos de pesadelos de uma infância distante. Quase sempre havia necessidade de uma força mental muito grande para que eu acreditasse na existência material de Tia Flora, Felipe, Elvira, Alexandra, Anastácia e Vovó Margarida. Ali onde eu me encontrava, a alguns quilômetros, eles não passavam de fantasmas soturnos, amedrontadores, porque me mostravam uma verdade humana não muito satisfatória. Seus vícios e solidões se contaminavam a todos os outros seres e eu passava a ver num professor de física uma réplica de Felipe, ou a prever para a mocinha da lavanderia um futuro idêntico ao de Tia Flora, embora eu ainda não conhecesse todos os componentes que formam o futuro das pessoas nem sua transformação em presente.

Todas as semanas eu escrevia para Tia Flora contando-lhe minhas alegrias e decepções universitárias. Entretanto, no final do ano letivo, quando voltei à chácara descobri que suas cartas eram mentirosas. Seu futuro virara presente. Durante minha ausência Elvira adoecera. Uma doença indefinida que segundo ela causava uma dor insuportável nas juntas. Talvez fosse provocada pela posição incômoda em que ficava ao dormir com as meninas na pequena cama do quarto de criada. Dessa maneira, agora era Tia Flora que dormia lá. Havia cedido a cama de casal à amiga de Felipe. Naturalmente, ele não compartilhava o leito com Elvira. Felipe estava ocupando minha cama, mas com minha chegada ele se ofereceu a dormir no sofá da sala. Eles esperavam que eu não concordasse e delicadamente cedesse minha cama. Mas naquele instante resolvi juntar minha cumplicidade ao quadro familiar e não cedi nada. Durante uma semana Felipe ficou na sala, no entanto, no domingo queixou-se de dores na coluna. Deve ser o sofá, disse eu com o intuito de aperfeiçoar minha função de cúmplice. Por que não sobe agora, enquanto Elvira está aqui e descansa um pouco em sua cama? Talvez lhe faça bem. Não. A sugestão não foi minha. Tia Flora teve a ideia, a semente que nos meses seguintes frutificou a situação definitiva. Elvira e Felipe no quarto de casal, maritalmente organizados, as meninas no meu quarto, uma vez que eu estaria ausente nos próximos anos, e Tia Flora já adaptada ao novo cômodo e às novas atribuições, preparando as dietas de Elvira, sem abandonar o ateliê na casa mal-assombrada. Lá ela costurava para ajudar Felipe, para se manter e para vestir a colega pobre do marido e suas filhas bastardas, cada vez mais parecidas com o padrasto, apesar da beleza. Eram as moças mais belas da região. Alexandra se casou com um funcionário das rendas públicas que lhe favoreceu com uma renda impublicável. Anastácia se amigou com o primo do marido de Alexandra, desquitado, sócio de um restaurante no centro da cidade e que apresentava sintomas de ausências iguais às do sogro.

Tempos depois, com o nascimento da filha de Alexandra e dos gêmeos de Anastácia, Tia Flora voltou a fazer as roupas de criança que tanta alegria lhe causavam. Vovó Margarida quase não se levantava, mas ainda colhia flores.

Há um ano atrás passei dois meses na chácara e afinal percebi um estranho cansaço na voz de Tia Flora. Ela ainda aceitava encomendas de vestidos. Mas notei que sua capacidade de trabalhar estava bastante reduzida.

Uma tarde, quase na véspera de minha partida, ela conversou muito comigo, deitada na cama estreita do quarto de criada. Eram mais ou menos cinco horas quando Tia Flora olhou para a janela e disse:

— Você ainda se lembra daqueles balões?

De manhã, comprei algumas folhas de papel branco e fiz um balão. Soltei-o de noite e não me lembrei que era dia do meu aniversário.

Vovó Margarida não percebeu nada. Nem mesmo a tarja negra na gola do paletó de Felipe. Depois eu soube que um dia ela foi ao jardim colher flores e ficou lá entre elas. Para sempre.

O BANQUETE

(segunda versão)

"Agora as mãos de Raphael são dois alicates enferrujados, acorrentados pelo rosário de contas pretas."

Foram três mil noites para três mil dores, mas assim que o enterro saiu, ela trancou a porta, assou o robalo e devorou-o entre as liberdades do vinho branco, pois era a melhor maneira de festejar a morte do marido e cicatrizar as feridas.

MAHABLAN

Para Mahablan

Hoje tenho a certeza absoluta de que a pele de Mahablan era tão aspirável quanto o *h* de seu nome, embora queimasse muito mais que todos os fogos sagrados.

É ou não é verdade?

Responda você mesma, Mahablan.

Que restou dos setecentos lençóis de alfazema?

Repita comigo que a felicidade do universo não ardia tanto em meus olhos quanto as noites insones em que profanei seu corpo.

Algum dia lhe falei de orgasmos?

Os orgasmos ficaram reduzidos a perfídias profiláticas, enquanto sua avó pegava as bonecas e ia dormir, cantarolando o cravo-brigou-com-a-rosa. Só então era nossa vez de viajar para as montanhas de Sodoma — a briga sexual nas almofadas — lambuzados de César Franck, papos de anjo e... o que mais?

Não era assim, Mahablan?

Eu examinava seu seio através da luneta mágica com que sua avó brincava de teatro, e você me chamava de **petit astronome**. A astronomia real dos poros rebrilhando suores de lascívia.

Era uma proclamação de desejos satisfeitos ou não era nada?

Depois você me ofereceu uma parte, não foi, Mahablan?

Veja agora o seu **petit astronome** de luneta em punho, na minuciosa inspeção de suas virtudes putrefatas.

A avozinha enlouquecera de uma paixão não correspondida, depois de um casamento providencial com um homem que não amara, mas que lhe deixara o suficiente para bisbilhotar os quatro cantos do mundo com a mesma facilidade com que bisbilhotamos as quatro ruas do nosso quarteirão. E, naturalmente, para dar à neta única e herdeira solitária a educação europeia responsável pelos Psychés e pelos **petits astronomes**.

Ainsi va le monde. Não foi isto que você disse no princípio, quando descobri suas meias de seda sob a toalha da confeitaria?

O **pince-nez** de sua avó filtrava uma desconfiança secular, mas suas pernas flertavam tremores, enquanto os joelhos me olhavam insistências de pura obscenidade. Naquela tarde, não cheguei a reparar os cabelos de inferno ou as pupilas de gata resfriada. Tive de esperar trinta dias até penetrar o mistério do salão vermelho. Penetrar os labirintos de inexplicáveis culminâncias barrocas. Penetrar os erotismos das estatuetas de *Sèvres* ou das gravuras de *Fragonard*. Penetrar as saias de brocado das duquesas anônimas antes que os efeminados marqueses o fizessem. Penetrar os licores de ouro e prata no reflexo escarlate do cetim das paredes. Penetrar o linho dos lençóis que embranqueciam as montanhas de Sodoma. Penetrar a geografia secreta de seu mundo feito de carne e epiderme. Penetrar você, Mahablan.

No entanto, era necessário penetrarmos as três horas de angústia, em observação à demência infantil da avó milionária: a troca incessante dos vestidos das bonecas, bordados no mesmo brocado semicorroído das duquesas de Fragonard. Sempre nos espantávamos, quando a velha examinava as pequenas criaturas com a luneta de brinquedo.

Mas meus dedos se misturavam às dobras do sofá e satisfaziam a curiosidade de sua coxa com a demonstração de um milionésimo do que viria depois. Você apertava os lábios para não rir e tentava esmagar minhas falanges sob o peso de sua maciez.

Afinal, atingíamos o momento supremo: a voz enrugava a briga do cravo com a rosa e manquejava o tapete em direção à porta. A travessia durava um milênio. Havia ainda o ritual do trinco. Você nunca se esqueceu. Em seguida, nada mais, a não ser nós mesmos e nossa noite. A cavalgada de tatos e olfatos. Visões e sensações. Fúrias e luxúrias. Não a luxúria pecaminosa do Antigo Testamento. A nossa se sobrepunha a qualquer fenômeno anterior. E assim sendo, desqualificava-se como pecado. Era a luxúria própria dos arcanjos, impalpável e isenta de julgamentos morais. Não há códigos que limitem a moral quando duas bocas se aproximam do beijo, porque o contato dos lábios provoca a imediata suspensão do tempo e do espaço. O prazer físico é atemporal e imensurável. E a moral só existe no tempo e no espaço, Mahablan.

Todavia, não pensávamos em nada disso no instante irreal em que nossos corpos se volatilizavam numa só energia. Todos os prazeres, todas as alegrias na harmonia do salão vermelho.

Uma vez, você nos definiu como a perfeição dos sentidos. Lembra-se? Eu havia sugerido que desligássemos o candelabro e você não deixou. Queria toda a luz para que pudesse ver em minhas retinas a imagem das suas, no minuto em que se completasse a perfeição dos sentidos.

Suas ânsias de luz aumentaram na mesma proporção das fronteiras do obsceno. Nós nos aviltávamos e nos purificávamos numa crescente luminosidade.

Certa noite, percebi que todas as lâmpadas haviam sido trocadas por outras mais fortes. Porém, você tratou de afogar minha percepção e meu corpo na volúpia de mil bocas.

Tudo se dilatou, Mahablan. Tudo se ampliou com a intensidade das lâmpadas. Você queria ver e viu quanto quis. Foram três anos de visão livre e ininterrupta. Três anos imortais. Pensei que terminássemos derretidos em prazer.

Em que pensava você, Mahablan?

Você teve um cérebro?

Que sentiu quando lhe perguntei por sua avó?

"Morreu?"

Não houve resposta. Nem antes nem depois dos funerais.

No dia seguinte você confessou ter queimado as bonecas.

Por que, Mahablan?

Seu olhar estava seco e ausente.

Minha presença passou a incomodá-la, não foi, Mahablan?

Sabe o que aconteceu? Eu vi um milímetro de repulsa em seu lábio inferior. Não parece uma filigrana? Um milímetro de repulsa. Talvez menos. Mas estava lá e eu vi. Vi e calei por medo de perdê-la. Insisti numa noite de amor. Você recusou. Uma derradeira. Você permaneceu inexpressiva e ordenou que me retirasse.

Uma ordem de herdeira, Mahablan?

Infelizmente era. Ou felizmente não era. Nunca soube ao certo. Aliás, nunca soube coisa nenhuma. Você estava muito aflita e quase bela, no veludo da poltrona, me oferecendo uma parte da herança com a condição de desaparecer para sempre.

Para sempre não é um tempo tão curto quanto o tempo da loucura.

Minha loucura não nasceu da imoralidade de sua proposta, nem da frágil mortalidade de seus desejos, mas do conjunto de palavras que empregou para me descrever o que você apelidou de **grande verdade**. E logo declarou simplesmente que ia contar tudo. Tudo?

Mas o que significa contar tudo?

Quando você terminou, o tudo passou a ser o nada, e eu comecei a rir. Puxe pela memória. Ri como nunca havia rido antes. Está lembrada?

A piedade em seu olhar me apunhalou porque não deu para esconder a repulsa milimétrica.

Contudo, aceitei o ato caridoso e ajudei-a a se despir. Para ser franco, sua nudez não produziu os mesmos efeitos de antes. Pelo menos a princípio. Depois você me despiu e pousou um braço em meu ombro. Lembro-me de todos os pormenores. Você me abraçando e mecanizando um beijo de boneca de corda.

Está certa de haver queimado todas as bonecas?

E vieram as montanhas de Sodoma sem a cavalgada de tatos e olfatos.

Quando foi que você notou minhas mãos envolvendo seu pescoço?

Imaginou que fosse uma carícia, Mahablan?

Senti suas coxas tremerem meus quadris e vi sua pálpebra dilatar e destilar uma gota de ódio. Agora sim. Sua nudez começava a produzir efeitos. Eu lhe pedi que repetisse o mesmo tudo de antes. Ordenei. E você obedeceu. Com outro conjunto de palavras mais condizentes com seu desespero. Mas obedeceu.

Você repetiu que nunca sentira nada por mim, repetiu que representara todas as cenas de amor no salão vermelho, repetiu que sentia um nojo profundo por minhas reações de prazer, repetiu que passava horas se lavando dos vestígios de minha sensualidade, repetiu que preferia morrer a ser novamente possuída por mim, repetiu que em nenhum momento sentira a mais ínfima satisfação e repetiu que seu nome nunca fora Mahablan.

E não repetiu mais nada porque meus dedos se misturaram às dobras de seu pescoço e você não chegou a apertar os lábios nem tentou esmagar minhas falanges. Mas eu senti as últimas alegrias universais se concentrarem na harmonia do salão vermelho. Suas pernas tiveram um estremecimento, porém reparei que as pupilas de gata resfriada paralisaram-se abertas.

Foi pena você não ter conseguido repetir o tudo integral para o seu **petit astronome**. Só assim ele iria saber pela segunda vez, que sua avozinha jamais seria a grande figura humana de todo memorialista de subúrbio, desde que ameaçara deserdar a casta Mahablan, caso ela não desistisse de sua castidade e se entregasse perdidamente ao moço da confeitaria, tanto ele se parecia com sua antiga paixão não correspondida.

Ainda pode me ouvir, Mahablan?

Acho que não. Bem como você não pode tornar a contar porque vivia trocando as lâmpadas do candelabro. Para ajudar a visão estiolada da querida avó, enquanto ela praticava imundícies com as bonecas, **la petite voyeuse**, o olho grudado à fechadura do salão vermelho.

NARRATIVA DO NÚMERO UM

(Fragmento do romance Bolero)

"Fragmentos?
De que vale conhecer quase todos
se não conhecemos todos os quases?"

(O Número Um)

— Houve um tempo em que um menino passava por baixo das lonas do circo e ia assistir ao espetáculo. Isso acontecia todas as noites porque sempre houve e sempre haverá circos de lona e meninos curiosos passando por baixo. Que tal? Você fazia assim? Não. Não responda. Para o menino a principal atração não eram os palhaços, os leões ou os trapezistas. Hem? Que tal? Só um número interessava a ele. O ato do pierrô. Um pierrô vestido de branco e pintado de branco. Os botões da roupa eram forrados de veludo preto. O resto era branco. Antes da entrada havia um silêncio. Ninguém respirava. Então, a banda começava a tocar uma dessas valsinhas bem vulgares e o pierrô aparecia no fundo do picadeiro, iluminado por um refletor de querosene. Vinha andando muito devagar, quase deslizando, e parava bem no meio. Hem? Ficava assim mais ou menos um minuto. De repente, os braços se levantavam assim, assim, e sem se saber como, surgia em suas mãos uma esfera prateada. Ficava imóvel mais meio minuto. Então, a esfera escorregava num dos braços, desaparecia nas costas e aparecia de novo, numa das coxas meio levantada. A bola parava na altura do joelho e continuava o percurso até o pé, metido numa sapatilha de pelica branca. Todos os movimentos obedeciam ao ritmo da valsa. Hem? Que tal? O menino se esquecia do mundo porque o mundo dele se resumia no circo e no pierrô da esfera de prata. Para ele, o mistério começava ali, naquele pouso no pé e na leveza com que a esfera reiniciava o passeio. A semente da grande obra. Hem? Que tal? Subia pela perna impulsionada por uma força inexplicável e dali em diante não parava mais. Acariciava o corpo do pierrô em todas as direções, sumia e tornava a aparecer. O rosto e o tronco ficavam imóveis. Só os braços e as pernas bailavam um leve três por quatro. À medida que a valsinha se aproximava dos últimos compassos, a esfera circulava pela cintura e voltava a subir pelo outro braço até alcançar a posição do início, o equilíbrio nas mãos levantadas. E quando a banda tocava o acorde final, a esfera de prata se desfazia tão simplesmente quanto havia aparecido. Hem? Que tal? A luz se apagava e o menino enxugava uma lágrima que sempre lhe causava grande vergonha. As luzes voltavam, vinham os palhaços, as feras, a mulher-aranha e o resto. Mas nada disso, nem mesmo a multiplicação, interessava ao menino. O importante era o pierrô e a esfera. Em casa, fugia para o quintal e tentava os mesmos truques com uma bola de borracha. Tardes e tardes de decepção. A borracha era desobediente. Além do mais não havia banda, valsa, refletor. As pernas tropeçavam no ar e o desequilíbrio acabava com a pose inicial. O menino caía, machucava os joelhos, e o desânimo durava até a noite, até o momento de passar por baixo da lona para esperar o número do pierrô. Então, a vontade renascia e, na tarde seguinte, gastava mais decepções com a bola de borracha. Um dia, aconteceu um milagre. Que tal? O menino conseguiu que a bola deslizasse pela perna e parasse bem em cima do pé. Que tal? E ainda mais. Conseguiu manter a posição durante uns cinco segundos. Você sabe o que são cinco segundos para quem não entende de tempo? Hem? Infelizmente a bola caiu e a esperança foi junto. Mas esperança quando cai acha graça, agradece os aplausos e trata de se levantar. O menino voltou aos exercícios e o malabarismo da perna e do pé foi adquirindo segurança. No fim de um ano estava perfeito. Hem? Que tal? A bola rolava pelo braço, passava pelas costas, descia na perna e flutuava no pé. Era o ponto em que o pierrô dava o impulso e fazia a esfera subir. Isto parecia impossível. E lá se foram mais dois anos de ginástica. O menino experimentou toda a sorte de movimentos. Dos mais leves aos mais nervosos. E nada. Mas não se desesperava. Afinal, a bola branca do pierrô não era de borracha. Quem sabe algum material diferente, feito de encomenda? Os artistas de circo têm segredos. O negócio era ter um pouco mais de paciência e de jeito. E o jeito apareceu. Hem? Que tal? Se alguém visse não acreditaria. Uma bola de borracha que não valia um tostão furado. Do pé subia para as costas e voltava aos braços. Depois recomeçava. Braço direito, braço esquerdo, perna direita, perna esquerda, parada nos pés, et cetera. Só faltava um detalhe. O início. A bola surgir do nada. O pierrô branco quando chegava no centro da arena não trazia nada nas mãos. E o menino estava cansado de ver. Todas as noites. As mãos vinham vazias e de repente, a esfera de prata. Que tal? Como era possível? O tempo foi passando e arrastando o como-era-possível. O menino cresceu e o pierrô ficou velho. Mas a bola prateada não perdeu o brilho, nem o rapaz perdeu o interesse da infância. Nesta época já estava com seus vinte anos e sem a solução do enigma do aparecimento da esfera. Uma noite, quando o espetáculo terminou, ouviu alguém chamar. Primeiro se assustou. E o susto ainda foi maior quando percebeu que era o pierrô branco quem chamava. Atrás da pintura do rosto havia um sorriso. A luva branca fazia um convite e o rapaz obedeceu. Que grande emoção ficar assim, frente a frente com o pierrô. Os dois não puderam falar durante muito tempo. O coração do rapaz se desencontrava, até que o velho artista deu uma pancadinha em seu ombro e disse ... você está um homem. Hem? Que tal? Significava o inacreditável. Então o pierrô também notava sua presença durante o espetáculo, a ponto de observar seu crescimento? O rapaz não sabia o que responder e mesmo não foi preciso. O pierrô pegou-o pelo braço e conduziu-o a um dos carros do circo. Daí para a frente o jovem deixou de praticar no fundo do quintal e os mistérios da esfera de prata foram-se revelando no carro do pierrô. Hem? Que tal? Simplesmente não havia truques nem bolas de material fabricado sob encomenda. As coisas difíceis são difíceis. Pode crer. É difícil acreditar em tudo isto, porque acreditar é uma das coisas mais difíceis que existem. Depende da massa cinzenta de cada um. Quem não pensa não acredita. Quem não acredita nem sempre pensa. Não acreditar é mais fácil e mais cômodo. Talvez mais digno. A maioria das pessoas finge que acredita e fica por isso mesmo. Outro dia conversamos sobre os regulamentos. Hem? Cumprir os regulamentos é facílimo. Não cumprir é que é o diabo. Você sabe como nasce um regulamento? Quando alguém resolve desobedecer um antigo e fazer outro. E sabe por que não se cumpre um regulamento? Porque se acredita numa coisa mais importante. Hem? Que tal? Concorda? O que eu estou pedindo é mais difícil do que acreditar, porque estou pedindo que acredite em sua própria crença. Não é difícil? Quer ver? O pierrô branco ensinou ao rapaz que a esfera de prata não existia. É. A esfera de prata não existia materialmente. Pelo menos antes e depois do espetáculo. Só havia esfera de prata durante o número. O pierrô entrava com as mãos abanando, fazia um gesto, concentrava o pensamento e pronto. A esfera aparecia, material, de verdade, fazia as evoluções ao compasso da valsa e era uma vez. Acreditou? Não. Não adianta virar os olhos para lá e para cá. Sei muito bem que você está me achando um grande maluco. Viu? Que tal? Não é fácil. Pois bem. Quando o pierrô contou isto ao rapaz ele também não acreditou. Acontece que o pierrô estava muito velho e havia acompanhado a trajetória do menino que se sentava na última fila e achou que ele seria seu substituto ideal. Achou que o menino era um eleito. Agora estava um homem e nos seus olhos existia um brilho, assim, assim et cetera e tal. A princípio o moço sentiu uma grande decepção, pois também julgou que o pierrô era louco. Não há medidas no mundo para medir a loucura de certos pierrôs brancos que andam por aí fazendo aparecer esferas prateadas. Mas veja bem. Só existem certos. Quer dizer, uns raros. Raríssimos. Às vezes, num século inteiro só nasce um pierrô branco. Hem? Que tal? Louco, maluco, doido por inteiro. Aquele pierrô nunca revelou a ninguém que a esfera não existia. Se revelasse, morria no ato. As pessoas quando saíam do circo elogiavam o truque do pierrô, que beleza, ninguém vê de onde ele tira a bola, deve ser da manga, mas é formidável. E no entanto, a esfera de prata saía do pensamento. Cristalizava-se, adquiria energia e virava matéria. Hem? Que tal? A incredulidade do rapaz durou poucos segundos, porque ele era de fato um eleito. Parou e pensou. Viu? Pensou. Veja como é difícil. O rapaz pensou muito, muito, e acreditou. O pensamento é um punhal espetado no cérebro. As pessoas deixam de pensar porque não acreditam que um punhal espetado no cérebro possa não causar dor. Que tal? No dia seguinte, o rapaz foi para o fundo do quintal com as mãos abanando. E o punhal espetou o cérebro novamente. Foi-se afundando, afundando até não poder mais. Então, deixou que ele ficasse lá no último degrau do pensamento. Foi quando sentiu que a ponta se arredondava. O punhal estava saindo. Escorregava pela massa encefálica. E continuou saindo, saindo. O rapaz ergueu as mãos para retirá-lo e sentiu que não era mais um punhal. Era uma esfera. De prata. Igualzinha à do pierrô branco. Talvez um pouco menor. Mas era uma esfera prateada. O coração dava saltos, enquanto o cérebro permanecia imutável. A esfera brilhava em suas mãos. Então, escorregou pelo braço, pelas costas, pelas pernas, rodopiou na cintura, pousou no pé, subiu, desceu, tornou a subir, até desaparecer na ponta do punhal. Hem? Que tal? E tudo foi muito mais fácil porque o difícil havia sido dominado. O pensamento. Desta vez, os movimentos da esfera não dependiam de um simples equilíbrio corporal. O pensamento comandava. Bastava uma ordem mental. De noite, procurou o pierrô branco e lhe mostrou as conquistas da tarde. O pierrô sorriu e disse ao moço que a partir daquele instante ele é que faria o número. Hoje você ficará aqui à minha espera. Quero fazer meu último número. A última vez que apareço em público. Amanhã você fica no meu lugar e ninguém precisa saber que houve troca. Hem? Que tal? Depois do espetáculo o pierrô encontrou o rapaz, como haviam combinado. Agora não se assuste nem chame ninguém. Vou-me deitar e morrer. Ponha minha roupa, desfaça-se do meu cadáver e amanhã, não perca a hora do número. O moço não teve tempo de responder. O pierrô se deitou e fechou os olhos. Em dois ou três minutos deixou de respirar. O rapaz ficou só com o defunto e com a tarefa. E fez como lhe havia sido ordenado. No entanto, quando tirou a roupa do pierrô ficou assombrado. O corpo do pierrô morto praticamente não existia, comparado à esfera de prata. Era um quase nada composto de pernas e braços secos. Quatro galhos desfolhados. Dois em cima, dois embaixo. Nas pontas de cada galho havia gravetos menores. Cinco em cada. Os de cima, recobertos pelas luvas de camurça branca. E era aquele conjunto desengonçado, enrugado, aqueles caniços ridículos, que formavam o recheio da roupa de cetim. O pierrô branco morto era um vômito. Sua beleza era só pano e pintura. Nada mais. Hem? Que tal? Bem. É verdade que a esfera de prata servia de complemento, mas o resto. Puxa. O resto era um resto. Aquela montoeira de ossos podres é que o rapaz tinha que substituir. Era mesmo? Que tal? Aquela podridão fétida precisava ser substituída na noite seguinte? Quem se interessaria pelo número de um pierrô branco que não passava de um saco vazio? Não. Ninguém se interessaria pelo espetáculo interno. Pelo externo sim. Pela esfera de prata que nascia daquela fonte de loucura. Todas as sinfonias do mundo são esferas de prata brotadas de uma podridão. Você nasceu podre e vai morrer podre. Você tem um corpo cheio de orifícios por onde entram e saem podridões. Você escova os dentes sete vezes por minuto para ninguém sentir o cheiro de sua podridão. Você come podridões. Bebe podridões. Urina podridões.

Defeca podridões. Depois, esconde as podridões que saem de você, como se ninguém soubesse que você urina e defeca. Existem cidades subterrâneas formadas de ruas e avenidas, canais e fossas, pontes e praças, só para esconder podridões humanas. Hem? Que tal? A humanidade engravatada e perfumada em banhos de lavanda. O cheiro da podridão é uma denúncia e ninguém quer ser denunciado. Hem? Que tal? Acontece que toda esta podridão deve ser respeitada. E acima de tudo, preservada. E sabe por quê? Pela beleza do pierrô branco. Ele ocultava sua podridão atrás da brancura falsa de alguns metros de cetim e de um pote de cosmético, e seu pensamento se transmutava em beleza. Numa esfera dançarina de valsas, capaz de fazer com que duas mil podridões esquecessem a própria verdade cinco minutos por noite. Não é bastante? Nenhuma podridão será perdoada se não se disfarçar em beleza. E era só isto que o pierrô branco fazia. E era só isto que o rapaz devia fazer daquele dia em diante. Daquele amanhã. E fez. Primeiro jogou fora o cadáver. Depois, pintou a cara, vestiu a roupa de cetim e se concentrou. Na hora exata, os tambores rufaram e ele entrou no picadeiro. É verdade que houve uma emoçãozinha. Sem isto ninguém passa. Não há loucuras sem emoções. Então, ele parou no meio do silêncio. Sssssst. Um silêncio de todos os lados. Que tal? O pensamento começou a funcionar. O punhal, o punhal penetrando o cérebro. Bem devagar. Até o fundo. Depois saindo, saindo. Os braços se erguendo naquela postura elegante que ele havia aprendido durante dez anos. Os olhos fechados, mas não houve medo. O que havia era uma confiança absoluta no pensamento. O pensamento é tudo. Não pode haver dúvida onde há pensamento. Enfim, o moço sentiu entre os dedos a superfície arredondada. A esfera de prata surgia pela primeira vez em sua carreira de pierrô branco. A banda tocou os primeiros compassos da valsa, enquanto a esfera começava a obedecer às ordens do pensamento. Desceu pelo braço direito, passou pelas costas, foi até a perna esquerda, parou no pé, subiu, rolou na cintura, rodopiou no peito, acariciou a nuca, apareceu no alto da cabeça, equilibrou-se durante alguns segundos e reiniciou o bailado. O rapaz controlava o cérebro e observava o olhar da plateia formando um foco único, irmanado no esquecimento de tudo que se passava ao redor. Só lhes interessava o dinamismo da esfera de prata. A elegância de uma bola que obedecia aos comandos mentais de um pierrô branco. Só isso interessava naquele momento às duas mil caras anônimas que enchiam as arquibancadas. A esfera dançou até que o rapaz sentiu que a valsa ia terminar. Ordenou que subisse e ela obedeceu. Deslizou verticalmente entre os braços levantados e flutuou na ponta dos dedos. De repente, zupt. Bem no acorde final. Houve ainda um instante de silêncio. Depois, os refletores iluminaram a arena, os tambores tornaram a rufar e o rapaz se retirou numa confusão de charanga e aplausos. Hem? Que tal? Começou a acreditar ou vai telefonar para o carro-forte? Mas ainda não cheguei ao fim. Isto foi só a primeira noite. A estreia. Houve muitos espetáculos depois deste. E a loucura do segundo pierrô foi um pouco além da loucura do primeiro. No fim de um ano de repetições, o novo pierrô começou a se cansar do número. Sabe lá o que é comandar uma esfera de prata que não existe, todas as noites, sem mudar nunca? O rapaz se sentia um idiota, um imitador de segunda classe. Queria ir além porque todos os loucos querem ir além da própria loucura. Pensamento não lhe faltava. Um belo dia, ou melhor, uma bela noite, em vez de uma esfera de prata, o punhal trouxe do cérebro duas esferas de prata. Hem? Que tal? Duas esferas em vez de uma. O pierrô viu o efeito no olho da plateia. Nos seus ouvidos perpassou uma exclamação multiplicada por dois mil. Entende? A plateia se desprendeu diante da nova beleza criada. Se naquele momento alguém já estava habituado à aparição de uma única esfera e assistia ao número mecanicamente, deixando o raciocínio se perder em outros caminhos, o aparecimento de duas esferas colocou a atenção no caminho certo. O da beleza. Hem? Gostou da segunda esfera de prata?

Pois foi assim. Surgiu e imitou a dança da primeira. Enquanto uma delas rolava pelo braço esquerdo a outra fazia um movimento paralelo no direito. Nas pernas, nos pés. Na cintura desencontravam-se e rodopiavam em sentidos opostos. Mas a grande novidade veio no final. As duas bolas subiram pelos braços e quando a orquestra tocou o último acorde, as esferas se roçaram muito levemente e produziram um som cristalino, uma nota correspondente à nota dominante do acorde. E sumiram. Nessa noite houve um silêncio mais prolongado para compensar o peso dos aplausos. O rapaz experimentou uma emoção verdadeira. Os outros artistas foram abraçá-lo e dali para a frente ele não parou mais. O número com as duas esferas durou apenas o tempo da imaginação. E o tempo da imaginação é mínimo. Hem? Que tal? A imaginação é o milagre do pensamento. Sabia? Claro que não. Você é igual a todos. Nunca pensou. Quanto mais imaginar. Imaginar é muito mais complexo. Tão complexo que chega a ser mais simples. Quando a imaginação atinge o pensamento a loucura pode chegar ao máximo. E pronto. Não há explicação. A imaginação do pierrô funcionou de um momento para outro. Nas noites seguintes o número foi-se renovando. Veio a noite das três esferas. Depois quatro, cinco, seis, sete. Agora as esferas se tocavam durante o número e cristalizavam notas musicais idênticas às da valsa. Outras vezes compunham uma segunda melodia, um contraponto sobre o tema da primeira, intercalando os compassos da valsa com um virtuosismo invejável. Era tudo tão simples como tudo que é simples. Você deve estar achando que esse negócio é pura ficção e que eu sou um mentiroso desavergonhado. Pode ser que seja ficção mesmo. Hem? Sabe o que é ficção? É quase a mesma coisa que realidade. É uma realidade sem visões falsas. É isto que atrapalha. A ficção parece absurda porque é a realidade despojada de todas as mentiras. Portanto, todas as verdades são ficções e todas as realidades são mentirosas. Daí tira-se uma conclusão ou várias. Depende do gosto. Já leu os Pensées? Então leia, porque na véspera de morrer não dá tempo. Naquela última noite, o primeiro pierrô contou muita coisa ao rapaz. Que tal? Já ouviu falar na grande obra? Pois bem. A grande obra está fora de nosso alcance, mas nós não sabemos disso e lutamos a vida inteira para realizá-la. Só no final é que descobrimos que a grande obra ainda está do outro lado do infinito. Uma vez, pelo amor de uma operária desdentada que nunca lhe deu confiança, o palhaço Pons se vestiu de trapezista e foi tentar o salto triplo sem rede. Que tal? Deixou viúva grávida que morreu também sete meses depois. De parto. Mas o filho escapou. Era um monstro. Uma órbita vazia e a perna direita pela metade. Para Pons a operária seria a grande obra. Há coisas que temos de fazer e não sabemos que nunca será possível. Se eu pudesse voltar atrás, ia desvendar o segredo do homem que transforma açúcar em algodão colorido para vender às crianças. Deve ser muito mais simples do que trabalhar com sete esferas de prata. No entanto, o segundo pierrô não parou nas sete. Uma noite, já trabalhando com cento e sessenta e nove, resolveu dispensar a orquestra. Foi o ponto mais alto de sua carreira. As bolas adquiriram várias cores e tamanhos. Quando duas maiores se encontravam, faziam um som mais grave para contrastar com a nota de duas menores. Dessa maneira, surgiram combinações musicais, melodias cujo ritmo acentuava o bailado das esferas. O que mais encantava o pierrô era a surpresa dos espectadores durante o ato. Não ficavam indiferentes, como acontecia com outros números. Por exemplo, o quadro do domador com as feras era um sonífero de primeira. Quem pode se emocionar com um leão desnaturado, mais doméstico do que uma priora de convento? A mesma coisa acontecia com o trio de aerialistas. De que vale um salto triplo, com ou sem rede, se ele já está prejudicado pelo automatismo da repetição? E o globo da morte que não mata ninguém? Era o sono barulhento. A plateia tapava os ouvidos antes de dormir. A pontaria do atirador de facas perdeu o efeito justamente na sua infalibilidade. O público vinha todas as noites esperar o último número, a multiplicação, e depois voltava para casa com a cara de sempre e a boca cheia de pão. O pierrô viu o interesse ressurgir na plateia quando o ato das esferas de prata apresentava alguma novidade. Era por isto que ele lutava. Pelos sorrisos quase imperceptíveis naquelas bocas sem expressão. Pelo brilho daquele olho descomunal e sem vida. Pelo aplauso. Hem? Que tal? Acontece que as acrobacias mentais têm limite. Um dia, esgotaram-se as probabilidades. O espetáculo parou em duzentas e oitenta esferas e o pierrô percebeu que não era nada daquilo que ele buscava, porque não era nada daquilo que lhe dava satisfação. Os aplausos continuaram mecânicos, mas a boca e a pupila da arquibancada se apagaram. Ele entrou na monotonia do cotidiano, no desinteresse e no afastamento. Hem? Que tal? Só então pensou na grande obra. Alguma coisa diferente de duzentas e oitenta esferas mentais que pudesse sacudir dois mil cérebros não pensantes, até dilacerá-los em dois milhões de partículas. Pena que você não tenha lido os Pensées. Mas não faz mal. Naquela época o circo funcionava em obediência a certos hábitos, vamos dizer, monárquicos. Isso. Havia dois erres: um de regulamento e outro de rei. O pierrô branco de tanto pensar chegou à conclusão de que aos dois erres deviam-se opor três pês: picadeiro, plateia e pensamento. As bases do raciocínio fundamentavam-se no visível e no invisível. Hem? Que tal? Explico. Picadeiro e plateia, visíveis, a favor do rei. Pensamento, invisível, contra o rei. Picadeiro e plateia, realidades. Pensamento, verdade. Viu? Simples. Bastava o invisível dominar o visível, a verdade se sobrepor à realidade e à realeza, para a realização da grande obra. O desespero do segundo pierrô, condenado à própria arte, que lhe fora transmitida pelo primeiro e que ele soubera aprimorar através da purificação do pensamento e numa obediência cega aos princípios da beleza. Que perigo. Talvez, um dia ele transmitisse tudo a um terceiro pierrô e este a um quarto, um quinto. Até quando? Nada disso era suficiente, uma vez que a relação entre as esferas e o público mergulhava este mesmo público numa prisão sem grades. Aí estava a raiz da insatisfação. A arte que praticava compunha um mundo interior só existente em troca da apatia pelo mundo exterior. No momento em que atuava, injetava doses de ignorância no paciente transformando-o em latrina desumana, pronta a receber os excrementos ditados pelos artigos e parágrafos da tal ordem monárquica. E quem era o rei? Por favor, esqueça-se do reizinho datilógrafo lá de cima. Aqui não há lugar para ele. Ou então é só o que existe, lugar para reizinhos datilógrafos. O verdadeiro rei não lidava com máquinas de escrever, nem anda ditando ordens pelos corredores de uma delegacia. O monarca não possui grande significação do ponto de vista em que nos colocamos para dar significação às coisas insignificantes ou para torná-las significáveis, dignas de nossa atenção, como por exemplo, uma árvore, um seio de mulher, um grão de terra. Nada disso. O rei é uma instituição antes de ser um rei, é um objeto proibido de ser homem, ou melhor, é um ser proibido proibindo ser. Nenhum súdito pode arriscar um olho em sua cara ou em qualquer parte de seu corpo. Às vezes, conseguimos vislumbrar um final de manto arrastando as pedrarias num pedaço de rua. Hem? Que tal? Minimus, o Grande, foi um dos maiores acrobatas daquele tempo. Uma noite, agarrou-se num trapézio, deu um salto de mestre e se estatelou de pé, no picadeiro, diante do soberano. Cara a cara. Foi um feito tão extraordinário quanto inútil. O heroísmo durou apenas um segundo, o primeiro. No seguinte, havia uma faca engavetada entre suas costelas e Minimus, o Grande, foi retirado sob uma chuva de vaias. Que tal? Mataram e vaiaram o homem que teve a petulância de encarar a monarquia. Qual teria sido a sensação de Minimus, o Grande? Ninguém soube. Afinal, ele tentou ser exceção e acabou regra geral. A obediência ao regulamento. Se algum dia você encontrar a obediência, dê-lhe uma das mãos e ajude-a a atravessar a rua. Que grande merda é a obediência. Enquanto isso, o pierrô branco martelava os três pês: picadeiro, plateia e pensamento. A exceção era o pensamento. Pelo menos ele achava assim. Mas pensamentos também podem ser produzidos em grande escala, para todos os fins e todos os gostos. O pierrô branco não sabia que os pensamentos daquela plateia eram fabricados pelos operários do picadeiro mancomunados com uma grandessíssima safadeza que eles próprios desconheciam porque tinham a caixa craniana mais oca do que intestino de mendigo. A palhaçada geral não passava de uma indústria de cérebros fecais ardendo de curiosidade pela cor da calcinha da bailarina ou por uma trepada ocasional entre o casal de leões durante o ato do domador. As cabeças se fundiam numa só direção e lá uma vez ou outra, um olhar mais audacioso se escondia na distância e piscava uma penumbra na silhueta real. Às vezes, distinguiam-se as pontas negras da coroa e os capacetes da guarda formando um círculo protetor. Quando isto acontecia, o audacioso coçava a coluna vertebral e afugentava o calafrio, tratando de substituí-lo pelo orgulho de pertencer à mesma mistura de água e farinha que servia de pasto aos mestres da *bouffonnerie*, enquanto se articulava o truque da multiplicação. Hem? Que tal? Vamos prosseguir? Ou vamos guardar um minuto de silêncio em memória dos artimanhosos palhaços prostituídos em nome da destruição sistemática de todos os pierrôs brancos? Quem é pierrô branco só tem dois caminhos: miolo de pão ou pão sem miolo. É questão de escolha. O pê de plateia era feito da massa do pê de padaria, prostíbulo, pestilência, putrefação, pobreza, pânico, pavor, provisório, preguiça, pândega, proselitismo, paciência. Um pê petrificado na própria podridão. Mas restavam dois: o de picadeiro e o de pensamento. O pê de picadeiro eliminava-se facilmente, pois era ele que produzia o pê de plateia. Hem? Que tal? Sobrava o pensamento. Um pê solitário entre tantos pês putrefatos. O único ainda invisível e por isso mesmo intocável. Pensamento e purificação. O pê da procura, do provável e do possível. O pierrô perdia-se por não perceber os efes perdidos nos pês. A fraqueza e a falha do pensamento solitário. O pierrô era o núcleo da molécula cujos átomos seriam as esferas de metal colorido. Nunca teria feito o que fez ou pelo menos tentou, se tivesse um minuto de burrice. Na noite em que seu pensamento derramou uma gota de luz na arena, as retinas da plateia, habituadas à escuridão, se ofuscaram e o pierrô despertou do sonho sob os olhares acusadores de meia dúzia de idiotas. A guarda do rei havia levado o Corsário. Ah, o Corsário. Aqui sou obrigado a rir porque foi uma piada e tanto. O Corsário. Um *clown* inofensivo que vivia com a boca fechada. Entrava no final do ato puxando um cachorro de pano. De repente, estufava a barriga e expelia um jato d'água nas arquibancadas. Disseram que lá pelas tantas apareceu um oficial com a ordem de prisão. Mas o homem afirmava que a ordem era só pró-forma, para averiguações e que, na manhã seguinte, o Corsário estaria de volta. O diabo é que se passaram três dias e o Corsário não deu as caras. O pessoal silenciava a acusação sobre o pierrô branco. O Corsário andava grudado nele, mas era da cabeça do pierrô que a luz gotejava. Hem? Que tal? A primeira complicação do pierrô branco. Foi muito cômico. De noite, depois do espetáculo, ele se apresentou à guarda do rei e se confessou responsável por qualquer irregularidade no comportamento do Corsário. A guarda sorriu e o pierrô lá se foi, com a aprovação da comparsaria. Que tal? Foi um ato de bravura, desprendimento ou estupidez? Como vê, a grande obra nem chegou a ser iniciada. Perdoe a repetição, mas que grande merda é a obediência. Tudo isto para quê? Para atravessar uma infinidade de salas e corredores imundos, e ficar de pernas bambas diante de uma gaveta aberta, com o corpo do Corsário, nu, muito magricela, todo chamuscado de manchas roxas, os órgãos achatados, passados a ferro de engomar, a cara pintada de pó de arroz e sangue. Uma coisa cretina. É ou não é para achar graça? Então esfregaram as bochechas do pierrô na careta do Corsário e berraram: viu? É assim que acabam os heróis. Herói, o Corsário. Um infeliz que vivia de boca fechada. É uma anedota. Herói só porque morreu sem denunciar o pierrô branco? Ora, não me amolem.

O Corsário era surdo e mudo. Mas o medo não deixou que eles descobrissem um fato tão simples. Uma vez, Legrand falou sobre o medo das feras. Quando um leão está com medo não é hora de se iniciar um ato de domação. Uma fera amedrontada é mil vezes mais perigosa. Palavras de Legrand. O medo propicia a crueldade. O pierrô viu isto nas pupilas arregaladas do Corsário morto. Olhou os homens da guarda e não viu um homem da guarda. Viu o pavor tremulando por trás dos uniformes e compreendeu que não era hora de começar um ato de domação. Pela manhã foi apresentado ao senhor do capuz negro e talvez por não ser surdo-mudo surgiu uma grande amizade entre os dois. Hem? Que tal? A primeira fase durou pouco. O pierrô voltou às esferas sonoras. Infelizmente não conseguiu mais ser o mesmo. No fim de algumas noites a escuridão tornou a misturar as caras da plateia e o descontentamento se alimentou de repetições. Houve mudança nas cores das guarnições. Novamente o pensamento deu voltas e novamente o pierrô se viu à frente do capuz negro. Veio outra monarquia e restituiu as esferas de prata. Dessa vez o pierrô não aceitou. Daí em diante não aceitava nada. Acabou ficando na companhia do amigo do capuz. Um belo dia deixou de ser pierrô branco e recebeu dois registros: o de número um e o de baixo-cantante. Hem? Que tal?

O DIA EM QUE NOSSA VIZINHA ENLOUQUECEU

Para o Brandão

E finalmente, à noite, haveria o baile do clube dos Treze, que começou com intenções de sociedade literária — inspiração em Balzac — e quase termina como grêmio recreativo e escola de samba, não fosse o presidente na época ter participado da diretoria dos Setenta Pierrôs. Meu irmão nunca foi à festa porque até hoje não concorda com a linha carnavalesca. É um homem sério, com obras publicadas na Argentina, México e Polônia, e com elogios eficazes da crítica universitária. Como se vê, não é a criatura indicada para pular num cordão até cinco da manhã. Ele não compreendeu que o Baile dos Letrados foi a única maneira de se tirar o pé da lama, como declarou nosso diretor social num discurso enriquecido por Machados, Alencares e outros. Enquanto pôde, impediu-me de ir ao clube nos domingos de carnaval. Dizia que eu fazia tudo para envergonhá-lo, que o baile era um acinte aos propósitos culturais da sociedade e que ele, bem ou mal, era o sócio mais importante. Que minhas atitudes irresponsáveis — uma vez me fantasiei de dominó — poderiam prejudicá-lo nos meios literários. Eu já estava me acostumando. Meu irmão era quinze anos mais velho e como vivíamos juntos ele se achava no direito de me dar ordens e, sobretudo, de proibir coisas. Não me deixava fumar ou beber, estipulava a hora em que eu devia voltar para casa, escolhia minhas amizades e por último não queria que eu olhasse para nossa vizinha, quando na verdade, ela é que olhava para mim. Nunca descobri seu nome. Sei que era solteira, bonita e devia andar pela casa dos trinta. Pena que fosse enlouquecer no momento exato em que eu ia sair para o Baile dos Letrados daquele último domingo, fantasiado de poeta romano, com coroa de louros e lira prateada. Fechei a porta com cuidado para não assustar meu irmão, mergulhado numa leitura, mas não deu certo. Nossa vizinha estava ao lado do elevador, ostentando um vestido negro aberto até a metade da coxa, olhando-me com uma expressão situada entre o deboche e a obscenidade. Os lábios juntos e levemente projetados se ofereciam a um beijo que só eu podia dar. Aproximei-me e beijei-a. O espírito da folia me encorajava e minha mão direita se intrometeu pela abertura do vestido para acariciar-lhe a perna. Foi aí que ela enlouqueceu. A boca se afastou da minha e liberou um som gutural que se prolongou praticamente por toda nossa vida. Meu irmão apareceu e tentou acalmá-la. Não adiantou. A mulher me olhava e fazia gestos incompreensíveis. Ao ver meu irmão, abraçou-se a ele sem os arroubos sensuais que demonstrara comigo, mas com uma subserviência de idolatria sorridente, o olhar meio descontrolado, como se meu irmão representasse alguma categoria de homem além da que era. Com algum esforço ele conseguiu desvencilhar-se do abraço, pegou-lhe os pulsos e forçou-lhe as mãos para baixo. Os joelhos da vizinha se dobraram e ela quase se sentou no tapete. Ficou ali, trêmula, balbuciando sílabas desconexas, enquanto meu irmão maldizia o domingo de carnaval por todas as dificuldades que lhe acarretava. Confesso que me divertia com a visão das pernas da vizinha, agora completamente nuas. Meu irmão deve ter percebido, pois me agarrou pelo braço e tentou levar-me de volta ao apartamento. Que tolice, disse eu, não podemos deixar esta mulher assim, por que não se chama o médico que mora no quinhentos e três? Meu irmão concordou e subimos dois lances de escada. A vizinha veio atrás. Tocamos várias vezes a campainha do quinhentos e três e não houve resposta. A porta do quinhentos e dois se abriu e apareceu um rosto de mulata envolvido num turbante de baiana dizendo com voz estridente que o médico tinha ido passar o carnaval fora com a família. Meu irmão agradeceu e voltou a ofender o domingo. Eu desandei a rir, mas ele disse que não achava a mínima graça e eu parei. A vizinha não dizia nada. Apenas dançava e nos observava com o mesmo olhar desconexo. Sugeri a meu irmão que chamássemos a polícia mas ele não deu confiança. Apertou o botão do elevador e descemos para a rua. A princípio a vizinha ofereceu alguma resistência, no entanto concordou logo com as ordens de meu irmão. Perguntei o que é que ele ia fazer e mais uma vez não me deu ouvidos. Continuamos a andar sem direção. Num botequim, havia um grupo de homens batucando um ritmo frenético, como acontece em todos os botequins do carnaval. Imediatamente a vizinha começou a dançar com mais intensidade como se o batuque fosse uma imposição. Ri de novo. Meu irmão me lançou um olhar feroz e eu lhe fiz uma careta. Foi sua vez de rir. A vizinha continuava sambando com as pálpebras escancaradas. Meu irmão entrou no bar e perguntou ao dono se ele tinha um catálogo de assinantes. O homem tinha o catálogo mas não tinha telefone. Na esquina havia um. Meu irmão fez uma ligação, três ou quatro perguntas, disse alguns desaforos e desligou. Bisou mais algumas ofensas ao domingo de carnaval, ao perceber a vizinha com um copo de cerveja na mão, sambando descontrolada. Pagou a bebida e continuamos o trajeto. Tentei conversar com ele a respeito do destino que devíamos tomar, mas ele ficou exasperado e, com um tom irônico, declarou que iríamos os três para o Baile dos Letrados. A vizinha estava cantarolando por que razão só voltaste quarta-feira. Meu irmão fechou os olhos e suspirou um palavrão. Fiquei com vontade de rir outra vez mas me controlei. A vizinha se chegou para perto de mim e me puxou para dançar. Dei os primeiros passos e meu irmão acabou com nossa festa. Nesse momento passou um bonde apinhado de pessoas com fantasias iguais, índios com penachos preto e branco, pertencentes a algum bloco. Meu irmão nos empurrou e ordenou vamos nesse. Com grande dificuldade conseguimos nos espremer na parte da frente, ao lado do motorneiro. Durante a viagem meu irmão desistiu de fazer proibições. Já era alguma coisa. Eu e a vizinha ficamos de mãos dadas, dançando ao compasso da música dos índios. Não sabíamos a letra mas havia um estribilho de gritos selvagens que nos dava uma grande alegria, principalmente porque a vizinha virava a cabeça e gritava bem no ouvido de meu irmão. Ele não reagia com palavras, mas o olhar e os movimentos labiais não deixavam dúvidas a respeito de seu estado de espírito. Na verdade era muito desagradável ter de abandonar a leitura de um livro para acompanhar uma vizinha louca num domingo de carnaval sem saber para onde levá-la. Foi nesse instante que o sangue me subiu às têmporas e eu disse a ela que parasse com aquilo. Rispidamente. A vizinha riu na minha cara e continuou. Perdi a calma. Agarrei-a pelos ombros e comecei a sacudi-la. Ficou histérica. Meu irmão se colocou entre nós e me perguntou em voz baixa se eu ainda não compreendera que a mulher estava louca. Fiquei envergonhado. Ele me pediu um pouco de paciência, pois assim que a deixássemos num sanatório eu poderia ir para o Baile dos Letrados. Mas que, por favor, não o deixasse sozinho com ela. Claro que eu não ia abandonar o próprio irmão a sós com uma vizinha louca, mas a cena teve um efeito medicinal, porque no resto da viagem ela ficou imóvel com os olhos fixos em algum ponto indefinido. O motorneiro e os índios permaneceram indiferentes a nosso problema. Meia hora depois, saltamos quase em frente ao hospital da prefeitura. Quando se viu na calçada, a vizinha reiniciou a dança. Nossa entrada no hospital foi trágica, pois meu irmão achou que era desrespeito a mulher sambar num ambiente dominado pela tristeza. No entanto, a vizinha parecia decidida a dançar até o final dos tempos. Meu irmão segredou-lhe carinhos, contou casos exemplares, fez promessas e ameaças. A vizinha balançava os ombros e lhe dirigia o mesmo olhar obsceno que eu já experimentara no elevador. Meu irmão desistiu. Deixou-a comigo e foi procurar o médico de plantão. Minutos depois voltou com uma enfermeira gorda e sonolenta que nos explicou ser impossível tomar alguma providência porque o hospital não dispunha de acomodações para doentes mentais, e o melhor a se fazer num domingo de carnaval era pedir auxílio à polícia. Neste ponto lancei um olhar vitorioso a meu irmão para lembrá-lo de minha ideia inicial. Se ele a tivesse seguido, estaria em casa terminando sua leitura enquanto eu triunfava em meu baile. Mas sua preocupação com a vizinha era tão grande que ele nem notou. Antes de sairmos do hospital ainda gastamos dez minutos ouvindo todas as esquinas e quarteirões que a gorducha nos bocejou como roteiro da delegacia mais próxima. A vizinha sambou mais de meia hora até chegarmos à polícia. Um grandalhão mal-humorado mandou que nos sentássemos num banco de madeira e esperássemos. A mulher não acatou a ordem e ficou de pé, dançando. Meu irmão puxou-a pelo braço e ela caiu entre nós dois. Até sentada seu corpo se remexia no ritmo de um samba subjetivo. Sem dúvida a delegacia estava num dos seus melhores dias. Durante a espera vimos entrar quatro assaltantes, cinco vítimas de assaltos, uma jovem em prantos que teve o pai assassinado, um travesti sem sentidos, outro embriagado e duas prostitutas ensanguentadas. A vizinha não se comovia. Eu pensei na loucura e logo desviei o pensamento para o Baile dos Letrados. O relógio da delegacia marcava onze e vinte. O baile devia estar esquentando. Infelizmente minhas esperanças foram por água abaixo, porque o delegado só nos atendeu à meia-noite e quarenta. Meu irmão lhe fez um relatório literário de toda a história, o que ainda atrasou mais o desenlace, sem contar as interrupções provocadas por chamadas ao telefone, descomposturas a jornalistas, impropriedades costumeiras etc. Quando meu irmão terminou a narrativa, o policial passou a tecer uma longa resposta, uma espécie de réplica doméstica ao Elogio da Loucura, completamente inoportuna e inadequada a nossa vizinha. Mas nada se podia fazer. Descreveu episódios esdrúxulos de loucos que não eram loucos e sãos que não eram sãos. Citou exemplos familiares, ressaltando o caso comovente de uma tia solteirona que enlouqueceu na noite de núpcias, um minuto antes de se consumar o matrimônio. Enumerou todos os perigos decorrentes de não se diagnosticar em tempo hábil as loucuras que andam soltas por aí. E apontou com discrição para nossa vizinha enquanto comentava algum fato político ligado à insanidade mental. Mas desistiu e foi atender o telefone. Eram quinze para as duas. Faltavam três horas para o Baile dos Letrados acabar. Senti um nó na garganta. O delegado colocou o aparelho no gancho, virou-se para nós e confessou que a polícia não tinha meios para determinar internações de doentes mentais. Em situações como aquela devíamos recorrer ao sanatório municipal, a única instituição que aceitaria nossa vizinha para um tratamento de emergência. Desculpou-se e acrescentou que se não fosse domingo de carnaval colocaria uma viatura a nossa disposição, tal a gravidade do caso. Neste ponto eu e meu irmão olhamos para a vizinha e sua dança e sentimos um princípio de medo. Às duas e meia da madrugada conseguimos um táxi para nos levar ao sanatório municipal. Exigir sobriedade do motorista era demais, principalmente porque estava bastante alcoolizado. Entrou em ruas de tráfego proibido, subiu em duas calçadas e atropelou um gato. Entre os acidentes cantarolou um samba daquele ano e foi acompanhado pela vizinha. Não sei que horas seriam quando entramos no pátio do sanatório. Eu já havia desistido de consultar o relógio. O local parecia deserto. De repente, muito distante, ouvimos uma gargalhada. A vizinha começou a rir também. Meu irmão me olhou com desânimo e eu, para contrariá-lo, resolvi fazer o mesmo que a vizinha. Só meu irmão se mantinha sério depois de tantos acontecimentos estranhos. Súbito o riso longínquo se interrompeu e nós respeitamos a interrupção. A vizinha arregalou os olhos, parou de sambar por um instante e logo em seguida recomeçou, em silêncio, como fizera na maior parte do tempo. Então, meu irmão sorriu, aproximou-se do balcão e ficou batendo palmas até que apareceu um homem uniformizado de azul. Parecia mudo. Meu irmão tornou a contar nossa história, enumerando as minúcias, mas a criatura não se emocionou. Pegou o telefone, discou um número e repetiu palavra por palavra o que tinha ouvido. Desligou, virou o rosto para nós e fez um gesto negativo. Meu irmão prendeu a respiração e se preparou para a audição dos dispositivos regulamentares que impediam o uniforme azul de tomar qualquer atitude para internar nossa vizinha louca naquele manicômio. Perguntou-nos se algum de nós era contribuinte do fundo institucional de não sei qual repartição do estado. Caso fôssemos ainda haveria uma chance remota de resolvermos o problema na quarta-feira de cinzas, uma vez que o sanatório permanecia hermeticamente fechado durante o carnaval devido ao estado grave de seus internos. Vi o rosto de meu irmão se deformar numa cara de nojo. O homem ainda fez alguns esforços para prosseguir o discurso mas não conseguiu. Ao ver o desespero estampado no olhar de meu irmão, compreendi o verdadeiro papel daquele imbecil fantasiado de azul. No fundo não passava de um desses insetos cheios de empáfia que vivem dizendo não a tudo e a todos e entravando qualquer ação nobre. Afinal de contas, internar uma criatura louca para um tratamento de alguns dias não traria nenhuma dificuldade a uma casa de saúde municipal, especializada no assunto e cujas portas deveriam permanecer abertas a qualquer solicitação pública. Mais uma vez o ódio me dominou. Saltei o balcão, peguei o sujeito pela gola do casaco e só não fui além porque meu irmão se abraçou comigo e me pediu calma. Para evitar outras contrariedades resolvi ceder. Nossa vizinha, indiferente a todos os acontecimentos, não parou de dançar um só instante. Estava magnífica. Ao sair do sanatório, dirigiu um olhar indecente ao homem de azul, ainda meio assustado, tentando ajeitar a roupa. Na rua, podíamos ser considerados componentes de um bloco carnavalesco bem original. Uma dama de negro, sambista incansável, um poeta romano com lira e coroa e um literato *blasé* a conduzir o cortejo. Depois de andarmos dois quarteirões, perguntei a meu irmão, e agora? Ele chamou o único táxi que ainda podia ser visto naquela madrugada e, depois de entrarmos no carro, deu ao motorista uma ordem que economicamente também respondia minha pergunta. Casa de Saúde da Santa Providência. Fiquei assombrado. Eram mais de trinta quilômetros. Contudo, meu assombro não chegou a se exteriorizar porque meu irmão me apertou o braço e mandou que eu ficasse quieto. Não bastava ele ter de aguentar a vizinha. Era melhor eu parar com aquelas infantilidades. Bailes, há muitos. Quando atingimos o subúrbio o sol já iluminava a parte superior da velha fachada da Casa de Saúde da Santa Providência. Não sei por que aquilo me pareceu um bom sinal e, apesar de ter alguns pensamentos voltados para o Baile dos Letrados, fiquei tranquilo. A figura de nossa vizinha enlouquecida e balouçante me mostrou que a vida não se resumia numa parcela tão ínfima quanto uma noite de carnaval perdida. Um profundo arrependimento das ações impensadas que eu cometera durante nossa aventura, as agressões à vizinha e ao funcionário do hospital, um simples cumpridor de ordens, levou-me a uma sensação de nulidade e eu chorei. Minhas lágrimas irritaram meu irmão e ele gritou, agora mais essa. Não me importei. Afinal, a razão era dele. O tratamento que recebemos do empregado da portaria trouxe alguns motivos de esperança. Era um rapaz amável que parecia ignorar a existência do carnaval. Ofereceu-nos um sofá, a mim e à vizinha, enquanto meu irmão preenchia uma ficha de internação. Ele já devia conhecer todos os dados a respeito da mulher pois não lhe perguntou nem o nome. Depois fomos conduzidos a uma sala de ladrilhos brancos e lá ficamos à espera do médico. Naquele momento, tive a mais absoluta certeza de que se existe um sexto sentido ele pertence à loucura. Quando se viu na sala toda branca, a vizinha cessou de dançar e não teve outra reação. O psiquiatra entrou, conversou alguns minutos com meu irmão. Em seguida aproximou-se da vizinha e disse-lhe muitas coisas em voz baixa. Ela quase não falava. Ficaram assim mais de dez minutos. A vizinha caminhou até onde eu me encontrava, dirigiu-me o mesmo olhar obsceno e me implorou que não deixasse que a prendessem lá. Ela estava chorando. Não parecia a mulher que nos acompanhara durante toda a noite em requebros inexpressivos. Agora retomava sua posição de ser vivente, pleno de emoções, e suas palavras fluíam com uma lucidez que só os loucos podem apresentar. Falou-me de sua ocupação como secretária de um advogado, dos problemas causados pela mãe paralítica, das dificuldades financeiras que isto lhe trazia e da impossibilidade de arranjar um trabalho mais bem pago. Fiquei penalizado. Então, ela tornou a caminhar na direção do médico. E, desgraçadamente, recomeçou a dançar. O psiquiatra olhou para meu irmão, foi até a porta por onde entrara e fez um sinal. Dois enfermeiros apareceram e foram cercando a vizinha entre seus braços musculosos. Um deles, um mulato com quase dois metros, foi o primeiro a segurá-la. A vizinha esbofeteou-o e se soltou. Entretanto o outro homem, baixote, mas possuidor de um tórax sobre-humano, imobilizou-a definitivamente. Dava pena ver os pés nervosos da vizinha esfregarem-se nos ladrilhos, impossibilitados de continuar sua dança inofensiva. Meu irmão e o médico pediam-lhe que se acalmasse, pois nada de mal lhe iria acontecer. Teria apenas de tomar alguns remédios e descansar. Três ou quatro dias depois voltaria para casa. Meu irmão se comprometeu a vir buscá-la quando tivesse alta. Nossa vizinha não ouvia nada. As lágrimas continuavam a saltar de seus olhos esbugalhados, enquanto uma baba branca e fina escorria-lhe dos dentes por entre os lábios roxos. O médico foi outra vez até a porta e fez novo sinal. Entrou outro enfermeiro apontando uma seringa. Ao vê-lo nossa vizinha soluçou uma lenga-lenga de criancinha pedindo à mãe para não tomar o remédio. O psiquiatra fez um gesto interrompendo a injeção. A vizinha voltou a se debater. Outro gesto. A seringa retomou o caminho em direção a ela. Fiquei revoltado. Corri até o enfermeiro, ergui a lira de madeira prateada o mais alto que pude e deixei-a cair com toda a força sobre sua cabeça. O homem conseguiu esquivar-se a tempo, mas a seringa voou longe, espatifando-se. Em seguida, aproximei-me da vizinha e conversei com ela. Os enfermeiros formaram um círculo em torno de nós dois. Disse-lhe que tudo aquilo era verdade. Que três ou quatro dias seriam suficientes. Que ela estava um pouco nervosa mas as coisas iam acabar bem. E no próximo ano eu a levaria ao Baile dos Letrados. Meu irmão riu. Enfim, que aquela casa de saúde era muito agradável e ela ia acabar gostando. A última frase foi um pouco infeliz, porque a vizinha se virou para mim e com um olhar perfeitamente lógico me perguntou por que motivo eu não ficava lá em seu lugar, já que era tão bom. Não tive resposta. Então, o psiquiatra e meu irmão chegaram bem perto de mim e me fizeram uma proposta idêntica à dela. Talvez o meu sacrifício desse resultado. Ficar lá alguns dias, quatro no máximo, e dizer a ela que era ótimo, que eu estava gostando muito e convidá-la para ficar lá comigo. Assim que ela concordasse, eu voltaria para casa. Olhei para o médico, para meu irmão, para a vizinha cruelmente cercada por aqueles dois animais, e concordei.

Na verdade não posso me queixar do tratamento que tenho recebido aqui na Casa de Saúde da Santa Providência, embora meu irmão venha com recriminações e com a mesma notícia de sempre, de que a vizinha ainda não concordou em ficar comigo. Não tenho muitas esperanças, pois já se passaram vinte e oito Bailes dos Letrados. Mas enquanto for necessário manterei o sacrifício. Minha palavra está em jogo e, afinal, é uma lição. Na vida, cada objetivo tem um caminho particular. Não adianta querer mudar a direção, como eu fui fazer logo no dia em que nossa vizinha enlouqueceu.

A ÚLTIMA CEIA DO DR. ORDOÑEZ

Para Montserrat Ordoñez

Um momento, porque os dentes do Dr. Ordoñez estão arrematando o último fiapo do rosbife: a festa solitária do Dr. Ordoñez. Pronto. Agora vão rebrilhar um esplendor antes de se decidirem pelo pudim de rum com creme de ameixas. Não se decidiram. Haverá ainda um cálice de Benedictine, metade de um havana e só. Talvez nesta noite o Dr. Ordoñez não tenha o seu cochilo, um hábito pouco científico, mas repleto de um sentimento que ele chama humanidade. Infelizmente, a poucos metros dali há um laboratório acenando respostas, e o Dr. Ordoñez não possui a tranquilidade dos colegas de existência. Pudera. No dia do quarto aniversário lambuzou o rosto em tabletes de chocolate obtidos à custa da enunciação dos seus binômios de Newton. Os amigos do pai viam nele **a reencarnação do Senhor Galileo Galilei.** O certo é que o menino Ordoñez cresceu sob a égide do único teorema indemonstrável: a genialidade. O Universo congregou as forças mentais para injetá-las num só cérebro. O resultado estava naqueles sessenta anos de obesa imaginação coroada por descobertas sorriternas: antes dos trinta, Ordoñez, perdão, o Dr. Ordoñez levantara todos os prêmios conferidos ao brilho da Ciência, além dos chocolates da infância. Todavia, nada era comparável ao dinamismo intelectual tecendo **as intuições do esteta para conduzir o raciocínio matemático através do grande Labirinto**, como ele mesmo afirmava. Ou então: **Os fisiologistas são uns idiotas porque são só fisiologistas.**

— E os físicos, Dr. Ordoñez?

— Idem.

— E os

— Idem, idem.

O mundo inteiro está aplaudindo o Dr. Ordoñez, enquanto ele faz um gesto censurado para as câmeras de televisão.

— A humanidade é composta de

E a entrevista saiu do ar.

No entanto, um congresso científico, realizado numa daquelas cidades onde se realizam congressos científicos, estaria disposto a ouvir as **intuições do esteta**, embora ele não alimentasse estesias quanto à estética do **Grande Labirinto**.

Os espelhos da sala de conferências cobriram-se discretamente de reproduções de telas famosas, uma vez que o conferencista, devido a certos deslizes da natureza com relação à fisionomia, detestava superfícies polidas.

— Imagens virtuais? Uma grandiosa balela da ótica. Imagens realíssimas são o que estes malefícios medievais refletem.

Contudo, a Ciência contou com quase tudo naquela noite de orgia racionalista. Na época, a obesidade tomava as primeiras providências nos quarenta anos do Dr. Ordoñez, mas ele não se preocupava. Os desencantos físicos desentravavam-se na Física, para sublinhar um desencontro afetivo. Primeiro e único na vida do Dr. Ordoñez e que ele apelidara de **uma não interação heterossexual**. Depois, havia as **melodias desumanas deste Wolfgang Amadeus** sublinhando tendências gastronômicas e conduzindo-o, de requinte em requinte, ao réquiem da última ceia.

Mas foi uma noite de orgia racionalista. Sobretudo, pela audácia da afirmação final pontuando revelações até então acovardadas na ausência da segurança que só o gênio pode conferir. E foi para aquele instante que o Dr. Ordoñez existiu:

— Eu sei que vocês não creem no que ouviram porque veem no pensamento uma forma isolada de existência material. Mas a verdade é única e indivisível. É a mesma dos profetas. E é a mesma dos cientistas que não param nas tradições de um cartesianismo incompleto. Os quatro cavaleiros do Apocalipse são o símbolo corrosivo das quatro pontas da valência do carbono.

— Que quer dizer com cartesianismo incompleto?

— Vocês pensam, logo existem. Eu penso, logo insisto.

Entretanto, não houve insistências. As palavras do Dr. Ordoñez entraram por um ouvido e não conseguiram sair pelo outro. Os cérebros riram a novidade em dois ou três deboches pronunciados ao sabor dos corredores, mas nenhuma oposição chegou a se oficializar. O Dr. Ordoñez foi cumprimentado e abandonado às ruas desconhecidas em busca de um restaurante que servisse caprichos às duas da madrugada.

(lá em cima lá embaixo em toda parte)

— O senhor tem

(a pureza do
universo sem pensamentos paladares ou)

— lingua di pappagallo?

— ...

(sons para corromper
o silêncio que flutua em)

— Não há nada de mais em pedir lingua di pappagallo a esta hora. Sabe onde posso encontrar?

(noites e dias cuja beleza
persiste na solidão)

—....

— Muito obrigado.

(absoluta gerando formas incriadas que jamais serão vistas por um ser fabricado de matéria orgânica perecível e por este motivo permanecerão imperecíveis e incorruptíveis sem vida ou morte sem dor ou amor sem doenças ou saúdes que também são espécies de doenças sem)

— Lingua di pappagallo. Pa-ppa-ga-llo.

— ...

— Mas a pessoa me garantiu que o senhor serve

(esperanças ou desesperos sem organismos ou desorganismos sem)

este prato.

— Quer dizer que não há

(regulamento ou lei sem)

uma vulgaridade como lingua di pappagallo ou

(orgasmos ou desorgasmos medos ou coragens sem frutos ou flores para ameaçar um sistema perfeito com o contágio deste)

restaurante que preste neste

(planeta de merda)

fim de mundo?

— ...

— Então, boa noite.

No entanto, a noite não foi tão boa nas repercussões do dia seguinte. A notícia da conferência conquistou os fios do telex e a desconfiança, informada em manchetes e reuniões desinformadas:

A TERRA SERIA O ÚNICO PLANETA HABITADO

— Dr. Ordoñez, estamos dispostos a fornecer os meios de que necessita, caso nos dê uma prova científica de suas afirmações.

— Não pode haver provas científicas sem os meios de que necessito, uma vez que

A TERRA SERIA UM ERRO DO CRIADOR

minhas afirmações são o resultado do conhecimento e da intuição.

— Mas Dr. Ordoñez, o senhor deve compreender que tudo isto tem uma importância capital e nós não pomos em dúvida nenhuma de suas palavras. Entretanto, se

A TERRA SERIA UMA CHAGA NO UNIVERSO

houvesse uma prova, as coisas ficariam mais fáceis. Afinal, o senhor vai precisar de muito dinheiro.

— E o senhor não é um cientista, lamentavelmente. Acredito que

A TERRA SERÁ ABSORVIDA PELA PUREZA UNIVERSAL

o seu país tenha homens de ciência dispostos a me ouvirem. Talvez isto valha por uma prova.

O MUNDO AGUARDA A DECISÃO DA CIÊNCIA

As paredes brancas da sala são revestidas de material sintético e branco. O Dr. Ordoñez está sentado numa poltrona branca de couro sintético. À frente, em outras sete poltronas brancas de couro sintético, estão sentados sete cientistas brancos de aventais sintéticos. Entre as poltronas brancas de forração sintética há uma mesinha branca de madeira sintética. Sobre ela, uma bandeja branca de prata sintética contendo vinte e quatro doces brancos de leite sintético pulverizados com açúcar branco de cristalização sintética. O Dr. Ordoñez serve-se de um. Morde um pedaço. Faz uma careta de dentes brancos e lábios sintomáticos. Pede licença, cospe o doce numa lixeira branca de matéria plástica sintética. Começam as perguntas:

— Dr. Ordoñez. Seremos sintéticos ao máximo porque não queremos deixar nada em branco. Sabemos dos dissabores por que tem passado nas últimas semanas. Para um homem como o senhor, deve ser muitíssimo desagradável. Por outro lado, temos quase certeza absoluta da precisão de suas conclusões.

— Não existem quases em certezas absolutas.

O cientista tosse. Os outros acompanham-no. O cientista prossegue. Os outros não.

— Bem. Vamos às perguntas.

O cientista atira uma seriedade ao avental da direita. O avental ajeita os óculos:

— Dr. Ordoñez. O senhor afirma que o átomo de carbono reage positivamente sobre as células do ácido desoxirribonucleico sob a forma de uma lisimenticiginação provocando calciodrenamoglobirrubilitriginose parcial dos polissacarídios dos grupos azotobacter e clostridium sem ocasionar pigmentação bacteriofágica relevante?

— Sim.

— Pois bem. Apenas uma dúvida. É possível verificar-se uma generisotropia múltipla em protelases e amilases a partir de uma reação desta natureza, tomando por base os fenômenos de germinossextratificações hemorraxigenais?

— Aparentemente não.

— Muito obrigado.

O cientista-primeiro olhou o segundo avental. O segundo avental não ajeitou os óculos:

— Estou satisfeito.

O terceiro avental não sofria da vista:

— Que me diz dos efeitos de uma cianogenização primária sobre células compostas de mitocondríolos hidrogenitais, no caso de se tomar como padrão os dialametases diametalisos ou mesmo tetradimetalosos do ovo de avestruz?

— Insuficientes.

— E quanto às hialoplascondricompolissacais?

— Zero.

O quarto avental não esperou o olhar do cientista-primeiro:

— Como o senhor sabe, todos nós estamos expressamente proibidos de divulgar a verdade sobre o metilestrocozoma. Apesar disso, nossa preocupação com o que diz respeito ao ovo de avestruz é extraordinária devido às hialidrogenagens verificadas em reações da ordem gama mais épsilon ao quadrado e gama menos épsilon ao cubo. Em ambos os casos quase sempre obtemos nucléolos do tipo gasterinfexoidal e só em um vírgula três três três por certo conseguimos gametoglobunídios fixos. O senhor vê alguma possibilidade de sistematizar as partículas hidrargirometilferrugicinais a partir de tais princípios?

— Sim.

— E no caso específico do ovo de avestruz?

— Metilaxogenicistropetragravidinaxigilatriossenoxeratizações secundárias e nada mais.

— E nada mais?

— E nAda maiS?

— E NAda MaiS?

— E NAda MaiS?

— E NADA MaiS?

— E NADA MAiS?

— E NADA MAIS?

O Dr. Ordoñez fixou cada um dos aventais sintéticos, enquanto preparava uma conexão sintática:

— Nada mais. O ovo de avestruz é perdixofenal.

Não houve outras perguntas. Mais uma vez a notícia conquistou os fios de telex e a desconfiança, informada em manchetes e reuniões desinformadas:

O OVO DE AVESTRUZ É A PERDIÇÃO FINAL

— Dr. Ordoñez. Os nossos cientistas aceitaram suas revelações *in totum* e assim sendo, nosso país porá à sua disposição os meios de que necessita para o prosseguimento das pesquisas. Um dia o Universo lhe agradecerá.

(quem sabe?)

O Dr. Ordoñez instalou-se no laboratório recheado de computadores, guloseimas e fitas magnéticas com as melodias desumanas de Wolfgang Amadeus.

Os vinte anos que o separavam da última ceia perfizeram a solidão em certezas, cujas intuições se ofuscaram em verdades sem confissão.

De noite, o Dr. Ordoñez sentava-se no mirante e pontilhava a digestão nos brilhos do Universo visível.

Naquelas luzes campeava toda a pureza isenta de vida orgânica.

(em que desvão do tempo / dia ou noite / o primeiro átomo de carbono se formou para iniciar a grande catástrofe do *homo sapiens* que vive à custa de transformações?/ podridões gerando novas podridões para apodrecer a vida e alimentá-la / por que não abreviar esta expectativa? / o próprio universo abrirá suas garras e se defenderá no dia em que o *homo sapiens* se atrever a contaminar os corpos eternos com a carga asquerosa de carbono tetravalente / valentia tétrica ou tetracovardia que nos conduzirá à destruição final / de hoje a quinhentos e vinte e dois anos / as populações se dizimando sob moléstias celulares de propagação incontrolável / a poluição dos gases obstruindo os meios de reprodução genética / as degenerescências acelerando o processo corrosivo em progressão geométrica / e todas as formas de vida mergulharão no lodo para ressurgir milhões de eras depois na petrificação da eternidade / nos derradeiros cem anos não haverá tréguas / o sofrimento da matéria viva ocupará todos os lugares reservados para a festa do apocalipse / e tudo isto pode ser feito em alguns segundos / um suicídio ou assassinato coletivo inconsciente num simples apertar de botão da sala número treze precipitando o morticínio involuntário que duraria séculos de amarguras / POR QUE NÃO? / porque há uma lei que me obriga a comparecer em sessão secreta na próxima semana onde deverei apresentar relatório confidencial sobre minhas conclusões a respeito dos destinos do grande labirinto / os humanoides sorridoidos ficarão basbaques e me jogarão outro *prix* qualquer de *significação mundial* enquanto as bactérias continuam a trabalhar / elas não sabem que depois de vinte anos existe uma sala número treze com um botão muito)

— Particular. Estritamente reservado e particular. Depois forneceremos um comunicado especial à imprensa.

E os jornalistas não entraram.

Era interessante rever os espelhos da Academia recobertos de reproduções de telas famosas, uma vez que o conferencista devido a certos deslizes da natureza com relação à fisionomia detestava superfícies polidas.

Mas foi uma noite de racionalismo orgíaco. Sobretudo pela audácia do final afirmativo, revelando pontuações só então encorajadas na presença da segurança que somente o gênio pode conferir. E foi para aquele instante que o Dr. Ordoñez insistiu.

Entretanto, não houve existências nem deboches de corredores. O Dr. Ordoñez foi cumprimentado e acompanhado — mais do que esperava — a um restaurante que servia caprichos às duas da madrugada.

— O senhor tem lingua di pappagallo?

— Claro que temos. Mas não tanto quanto o senhor, Dr. Ordoñez.

— Que quer dizer?

— Nada. Apenas que o senhor está causando uma grandiosa decepção. No dia

(do quarto aniversário lambuzou o rosto em tabletes de chocolate)

em que nós colocamos à sua disposição os meios de que necessitava, nunca nos passou pela cabeça que os

(os amigos do pai viam nele a reencarnação do senhor)

resultados de suas pesquisas fossem levar a esta encruzilhada. Afinal o senhor parece

(galileo galilei)

um inimigo da humanidade com estas afirmações ridículas. Quando o senhor fala em quinhentos e vinte e dois anos, se esquece da situação de pânico em que

(galileo galilei)

poderá afogar dois bilhões de seres. Além disso o senhor põe em jogo uma economia mundial voltada de corpo e alma para o bem-estar destes seres. Agora mesmo não se pode dizer que haja uma guerra, apesar de alguns conflitos em determinadas regiões. Busca-se uma paz duradoura e uma tranquilidade que permita ao homem a liberdade de trabalhar pelo engrandecimento dos próprios meios de valorização. Nisto tudo, onde fica o humanitarismo de uma ciência que em vez de favorecer a espécie, não faz outra coisa a não ser proclamar uma ideia sem o mínimo fundamento?

— Não há verdades sem fundamentos.

— E daí, Dr. Ordoñez? Será que não existe um modo de se enxergar a beleza?

— A beleza é impossível no que é impuro.

— Ora, Dr. Ordoñez.

—...

— DR. ORDOÑEZ?

—...

— Dr. Ordoñez, não se pode destruir nada em troca da verdade, seja ela qual for. O senhor não pode jogar com os interesses de dezenas de nações livres. O senhor não pode se julgar

(galileo galilei)

um juiz do Universo. Ou o senhor reinicia as pesquisas num outro sentido ou seremos obrigados a

Naquela tarde, antes de subir aos aposentos, o Dr. Ordoñez passou pela cozinha e encomendou o rosbife

— Ao ponto.

e o pudim de rum.

— Com creme de ameixas.

Fez uma verificação minuciosa numa fita de computador e já se preparava para descer à sala de jantar, quando uma das janelas lhe revelou um pôr do sol. Havia uma faixa horizontal avermelhando o céu e desenhando nuvens estranhas, havia um voo de pássaros escuros em direção à luz, havia silhuetas de vegetações distantes assinalando o início do planeta, havia o planeta coberto de incandescências prontas a se revezarem cada dia seguinte, havia os dois bilhões de seres na espera dos dias seguintes para se perderem nos caminhos do grande Labirinto, havia as ruas e as casas adormecendo a noite dos milênios, havia as manhãs se sucedendo com a regularidade das manhãs, havia a esperança de que tudo representasse um tudo e não houvesse um nada por baixo, havia crianças se aprontando para o futuro, havia

— Dr. Ordoñez, o jantar.

uma arte culinária se requintando de segundo em segundo para a sublimação dos paladares, havia segredos virgens na fabricação dos vinhos ainda desconhecidos, havia uma infinidade de melodias desumanas a serem compostas, havia

Um momento. Porque os dentes do Dr. Ordoñez estão arrematando o último fiapo do rosbife. Pronto.

a festa solitária do Dr. Ordoñez, havia um pudim de rum com creme de ameixas para depois, havia um cálice de Benedictine e metade de um havana, havia um laboratório acenando respostas a poucos metros dali, havia as respostas nos signos corriqueiros de sempre, havia uma volta à sala de jantar para um complemento gustativo, havia um mirante coberto de estrelas, mas havia

— O que é isto?

um casal de moscas se relacionando sexualmente na superfície açucarada do pudim de rum com creme de ameixas.

(para reproduzir dois bilhões de insetos iguais)

O Dr. Ordoñez desviou os olhos e mentalizou uma dúvida. No entanto, antes que qualquer certeza se formasse na obesa imaginação, as intuições do esteta conduziram-no à sala número treze e a um botão muito particular.

Papel **pólen bold** 90g/m²
Tipologias **Garamond** 8, 10 e 12 e **Swiss721** 12 e 19
Impresso na **primavera** de 2025